폴앤니나 소설 011

평행우주 고양이

이준희 소설집

폴앤니나

평행우주 고양이

Cat of the Parallel Universe

루디 · 005

대수롭지 않은 · 051

평행우주 고양이 · 067

심해의 파수꾼들 · 125

마인드 리셋 · 173

여자의 계단 · 241

작품 해설 · 276

작가의 말 · 296

루디

Cat of the Parallel Universe

불은 2층 동쪽 객실을 대부분 태우고 빠르게 번지는 중이다. 다른 객실과 복도를 집어삼키며 서쪽 계단 통로로, 그리고 창문 너머 외벽을 타고 3층으로 옮겨간다. 나는 태주의 위치 신호를 스캔한다. 그는 계단 통로로 번지기 시작한 화염을 만나 계단참에 다리가 묶인 상태다. 벽과 바닥에 방수하며 2층으로 나아가려 안간힘을 쓴다. 그가 나를 힐끗 쳐다본다. 뭐 해, 빨리 따라와. 그러곤 관창을 몸 쪽으로 바짝 당기며 한 발씩 전진한다. 찰나지만, 그의 시선은 서늘하다. 어디 있다 이제 오냐는 듯 타박하는 표정, 그리고 스스로 움직이는 인공의 존재에 대한 경계심. 나를 볼 때 그의 시선은 늘 그 어디쯤에서 흔들린다.

 그를 쫓아 2층으로 향한다. 개량된 캐터필러 덕분에 이전보다 빨리 계단을 오를 수 있다. 2층 복도에 진입해

보니 불은 통로 전체로 번진 상태다. 태주가 솟구치는 화염을 향해 급히 방수한다. 불도 불이지만, 통로에 가득 찬 연기 때문에 시야 확보가 어렵다. 탐조등으로 전방을 비춰보지만, 공간이 협소한 데다 연기 밀도가 높아 시야가 좁기는 매한가지다. 이럴 때 실시간 영상 인식 장비가 있었더라면……. 눈앞 광경을 픽셀 단위로 분석하는 것이 가능한 데다, 열 감지 센서와 3D 센싱 기술이 적용돼 현장의 다양한 상황을 종합해 정보를 제공한다. 이렇게 연기가 가득 찬 곳에서도 비교적 수색이 수월하다. 하지만 그 장비가 개발된 것은 이 모텔 화재 사고가 일어나고도 한참이 더 지나서다. 만약 이 화재가 발생하기 전 그 장비가 보급되었더라면, 그래서 그가 그 장비를 착용하고 현장에 나갔더라면 어땠을까? 그의 기억 신경에 파편처럼 남은 지난 시간을 이토록 헤매는 일은 없었을지도 모른다.

그래도 이제 괜찮다. 내가 있으니까. 이제 잠시 뒤면 이 화재 사고에 대한 그의 기억은 다시 써질 거다. 그게 내 역할이니까.

"목격자 진술이나 불의 진행 방향을 보면 화점은 205호인 것 같은데?"

태주는 내 몸체에 부착된 태블릿 화면으로 모델 설계도를 들여다본다.

기록에 따르면 화재는 굉음과 함께 시작되었다. 자정을 조금 넘긴 시각, 목격자는 근처 골목을 통해 귀가하던 중이었다. 무언가 폭발하는 소리에 놀라 뒤돌았을 때, 이 모텔 2층 동쪽 창문에서 연기가 솟구쳤다고 했다. 거대한 뱀이 건물을 타고 올라가는 듯했고, 얼마 지나지 않아 검은 연기 사이로 시뻘건 불이 이글대는 게 보였다고.

신용카드 전표와 모텔 밖으로 빠져나온 고객 정보를 확인한 결과 모텔에 요구조자는 없을 것으로 추정된다는 정보가 무전기에서 흘러나온다. 정확한 내용은 교대하고 퇴근한 모텔 직원에게 확인해 봐야 알 수 있지만, 지금은 연락 두절 상태라는 것도.

"어쨌든 알 수 없단 얘기잖아. 현금으로 계산한 사람이 있을 수도 있고, 투숙 인원도 정확하지 않은 거잖아. 그럼 4층부터 차례로 수색해 내려오는 수밖에 없겠는데?"

그래. 그의 말이 맞다. 그러나 4층부터 수색해 내려오다가는 늦는다. 그랬다가는 3층 직원 휴게실에 잠들어 있던 요구조자는 점점 번져오는 불길에 휩싸여 연기에 질식하고 말 거다. 희생자가 퇴근한 줄 알았던 모텔 직원이라는 것도 뒤늦게 밝혀지겠지. 결국 요구조자를 구하지 못했다는 사실 때문에 이 현장은 태주의 기억에 오래 남을 거다. 어떤 방식으로든, 원하든 원하지 않든. 모든 것은 타이밍이다. 그리고 지금이 바로 내가 나설 때다.

건물을 스캔해 생명 반응을 살펴보니, 3층에 요구조자가 있는 걸로 확인돼요.

"그걸 왜 이제 말해."
태주는 급히 3층으로 향한다.

같이 가요.

나도 그의 뒤를 따른다.

동쪽 제일 끝 방이에요.

아래층의 열기가 3층까지 올라온다. 태주는 복도 끝

305호로 달려간다. 문을 열어젖히자마자 열기가 훅 끼쳐온다. 외벽을 타고 올라온 불이 창틀과 커튼에 옮겨붙어 번지는 중이다. 번진 불이 방 안의 물건을 태우기 시작하고 아래층에서 올라온 연기가 창틈으로 새어 들어와 방 안이 뿌옇다. 그래도 앞을 분간하지 못할 정도는 아니다. 태주는 불과 연기를 향해 방수하며 방 안을 메운 연기가 창을 통해 빠져나가게 한다. 나는 방 안으로 들어가 욕실과 침대 옆 모두 살핀다. 그런데 요구조자가 없다. 어라? 그러고 보니 실내는 사용 흔적 없이 정돈된 상태다. 나는 다시 데이터베이스를 확인한다. 당시 상황 기록, 목격 진술 기록, 태주를 비롯해 이 현장에 투입된 소방관들의 면담 기록.

여기가 아니에요.

나는 복도로 나가 동쪽 계단참으로 통하는 방화문을 가리킨다.
"여기는 방이 아니잖아?"
태주가 열 감지 센서를 꺼내 문 너머의 온도를 체크한다.

증축하는 과정에서 불법 개조를 했나 봐요. 그래서 설계도에도 나와 있지 않고요.

2층에서 타고 온 불이 빠르게 3층으로 번지는 중이다. 이 화재는 모텔 2층과 3층을 완전히 태운 뒤에야 진압된 것으로 기록되어 있다. 그전에 요구조자를 데리고 빠져나가야 한다. 태주가 방화문 손잡이를 잡고 돌리지만, 안에서 잠갔는지 문은 열리지 않는다. 제길, 도끼를 가져오지 않았어. 나는 그를 쳐다본다. 기억 변형. 원래대로라면 그는 4층에서부터 수색하며 내려오다 3층 방화문 너머의 개조된 방을 발견해야 했다. 도끼로 문을 부수고 들어가 요구조자를 발견하지만, 이미 연기에 질식해 사망한 뒤였지. 기억은 반복되며 변한다. 물론 그래서 내가 지금 이곳에서 태주와 함께 구조 활동을 벌이고 있는 거지만. 어쨌거나 지금은 타이밍이 좋지 않다.

"어떻게 좀 해봐. 최첨단 로봇이라면서 이 문을 열 수 있는 장비 하나 없는 거야?"

태주가 나를 힐끗 쳐다보더니 다시 온몸으로 문을 들이받는다.

나는 잠시 갈등한다. 물론 저 문은 쉽게 열 수 있다.

그러나 이 사고 수습에 필요한 핵심 역할은 태주 본인이 해야만 한다. 내 역할은 그가 상황을 반전시킬 결정적 행동을 수행하도록 돕는 것일 뿐이다. 사건의 해결이라는 스토리텔링에서 내가 주요한 행동적 요인으로 개입하면, 그의 기억에서 내 흔적을 제거하는 사후 처리 과정이 까다롭기 때문이다. 빨리! 태주가 닦달한다. 그래, 이번 한 번만이다. 우선 요구조자를 구해야 한다. 뒷일은 그다음이다. 그렇지 않으면 이 모텔 화재 사고에 대한 기억을 다시 쓸 기회가 언제 찾아올지 기약할 수 없으니까.

비켜요.

내 몸통에서 길게 뻗어 나온 지렛대가 방화문 손잡이 근처 틈새로 비집고 들어가자, 태주는 신기한 듯 쳐다본다. 문이 열리자마자 태주는 안으로 들어간다. 휴게실 안으로 이미 많은 양의 연기가 새어 들어갔지만, 아직 요구조자의 생명 반응은 괜찮다. 요구조자를 흔들며 큰 소리로 깨우지만, 쉽게 정신을 차리지 않는다. 알코올 냄새 분자가 그의 몸에서 퍼지는 게 확인된다. 태주는 요구조자를 둘러업는다. 빠져나가려 고개를 돌려보니, 어느새 불이 3층 벽면과 기둥으로 번져 있다. 루디, 앞쪽에 길 만들어. 방수하면서 따라와. 그는 요구조자를 업고 서쪽 계단으로 향한다. 나는 그가 무사히 빠져나갈 수 있도록 타오르는 불을 향해 방수한다. 됐다. 이제 이 복도만 빠져나가면, 이번 출동은 요구조자를 무사히 구한 하나의 경험처럼 기억될 거다. 물론 원본 기억이 남기는 하겠지만, 시냅스 가소성이 감소해 그의 의식 어두운 곳에 저장될 테니 상관없다.

태주를 뒤따르며 복도를 통과하는데, 갑자기 그가 발걸음을 멈추더니 몸을 돌려 나를 쳐다본다. 그의 동공 반응에서 불안을 읽어낸다. 왜? 나는 의아해 그를 쳐다본다. 순간 캐터필러와 닿은 바닥에서 진동이 느껴진다. 설마…… 지금 내 몸체의 중량을 걱정하고 있는 건가? 맙소사. 인식하지 못하면 아무 일도 생기지 않는다. 인식하는 순간, 그것은 어떤 방식으로든 결과가 된다. 안 돼.

하지만 늦었다. 2층 바닥 전체가 무너져 내리며, 우리는 밑으로 끝없이 추락해 간다. 이미 모든 것을 태우고 재만 남은 2층을 지나 더 깊숙이, 밑으로, 어둠으로……

그리고 암전.

    관찰대상자 기억 뉴런 신호 반응 없음

나는 또 그를 구하지 못했다.

*

행운과 불행. 그 경계를 떠올릴 때마다 태주는 어쩐지 모든 것의 경계에는 서늘함이 도사리고 있다는 생각이 들었다. 삶과 죽음, 행운과 불행, 아무것도 일어나지 않은 일상과 그 일상을 무너뜨리는 사고. 어쩌면 소방관의 일을 잘 해내는 가장 좋은 방법은 그 경계를 무덤덤하게 넘나드는 것인지도 모른다. 그건 머리로 아는 게 아니라, 오래도록 현장을 누비고 다니는 동안 몸에 각인된, 일종의 예감 같은 거였다.

사람들은 종종 태주에게 왜 소방관이 되었는지 묻곤 했다. 그때마다 그는 당연하다는 듯 대답했다. 위험에 처한 사람들의 생명을 구하고 싶어서요. 그가 망설임 없이 대답할 수 있었던 건, 수없이 질문받고 또 대답했기 때문이다. 마치 축적된 경험이 도출한 모범 답안처럼.

 진로 탐색 수업의 일환으로 견학을 신청했다며 중학생 네 명이 방문한 날도 그랬다. 태주는 그날 학생들을 인솔해 1층 사무실과 대기실, 안전체험관을 둘러본 뒤 밖으로 나와 구조차와 사다리차, 응급차를 보여주었다. 각 차량의 역할과 기능을 설명해주고 몇 가지 시연을 한 다음에는 학생들이 산소통과 헬멧을 직접 착용해볼 수 있게 했다. 학생들은 장비를 착용하고는 서로 사진을 찍어주기 바빴다. 그걸로 얼추 끝난 줄 알았는데, 학생 하나가 일행과 떨어져서는 인터뷰를 해달라고 다가왔다. 과제 때문에 방문한 다른 친구들과는 달리, 자신은 정말로 소방관이 되고 싶다고 했다. 태주의 대답을 스마트폰으로 옮기는 와중에도 학생의 질문은 꽤 오래 이어졌다.

 "그러면 소방관이 되겠다는 마음을 먹게 된 특별한 계기가 있었나요?"

 인터뷰를 마치고 학생들이 돌아간 뒤 태주는 자신의 대답이 적절했는지, 혹 문제가 될 만한 부분은 없었는지 돌이켜봤다. 그러다 학생의 질문에 대답하는 내내, 실은 그 질문이 태주 자신이 되려 물어보고 싶은 것이었다는 사실을 깨달았다. 너는 왜 소방관이 되고 싶은 거니? 어떤 계기로 소방관이 되고 싶다고 생각하게 된 거니?

 태주가 소방관이 된 데에는 사람들을 구한다거나 하는 사명감이 먼저였던 것은 아니다. 물론 모두가 태주 같은 것은 아니다. 소방관을 가족으로 두어 그 발자취를 따라가고 싶어 소방관이 된 이도 있고, 체력이 필요한 활동을 부담스러워하지 않고 오히려 즐기는 자신의 성향과 소방관의 일에서 공통점을 발견해 목표로 삼은 이도 있다.

 소방관이 된 이유는 제각기 달랐다. 그러나 모두에게 공평하게 같은 것도 있었다. 그건 두려움이었다. 신입이건 오랜 경력을 지닌 베테랑이건 모두 여전히 불이 두렵고 현장이 두려웠다. 화재를 진압하고 돌아오는 매 순간, 오늘도 무사하다고 안도할 수 있는 것도 바로 그 때문이었다. 그러나 안도가 그 끝이 아니었다. 현장에서는 한 발짝 떨어진 곳에 갑자기 담벼락이 무너져 내리거나 불현듯 천장에서 패널이 떨어지는 일이 빈번했다. 우연한 행운의 한 발짝 거리에 불행과 죽음이 도사리고 있었다는 사실을 확인할 때마다, 그날 무사할 수 있었던 대가로 목숨 일부를 현장에 저당 잡히고 온 것처럼 헛헛한 기분이 들기도 했다.

 소방관이야말로 인간으로서 자신의 몸을 제대로 사용하는 존재인지 모른다고 얘기한 게 윤이었던가? 고향 아는 동생이자 소방서 동료인 윤은 어렸을 때부터 소방관이 되겠다고 입버릇처럼 말하고 다녔다. 아마 오래전 동네 상가에 화재가 발생했던 그날부터였을 거다. 지역에서는 지금까지도 회자될 만큼 꽤 큰 화재였다. 상가 1층 분식집에서 시작된 불이 상가 전체로 번졌고, 그때 열두 살이었던 윤은 상가 2층의 태권도장에 원생들과 고립되어 있었다. 활달한 데다 장난기가 많고 늘 앞장서기 좋아하던 윤이었다. 그러나 그날 상가 통로를 가득 메운 연기 앞에서만은 꼼짝할 수 없었다고, 윤은 수도 없이 그날의 상황을 얘기하곤 했다. 지금 생각해보면 그날 윤을 살린 건 두려움이었다. 나서기 좋아하는 평소 성격대로 탈출하겠다고 도장 밖으로 나왔더라면 무슨 일을 당했을지 모른다. 그때 그 시커먼 연기를 뚫고 윤을 구하러 온 소방관이 구세주처럼 보였다고 했던가. 그날 윤은 소방관이 되기로 마음을 굳혔다.

시내에서 양복점을 하던 윤의 부모님은 어렸을 때의 장래 희망이란 시도 때도 없이 변하는 거라고 별 신경 쓰지 않다가, 윤이 대학을 가지 않고 소방관 시험을 치겠다고 하자 그때부터 심각하게 받아들이기 시작했다. 아들이 대학에 입학하고 졸업할 때, 그리고 결혼할 때 입을 옷을 만들기 위해 평생 다른 사람의 옷을 만들어온 분들이었다. 대학에 가서도 마음이 변하지 않으면 그때는 말리지 않겠다는 조건을 걸었지만, 윤은 대학에 합격했고 소방공무원 시험을 쳐 당당히 소방관이 되었다. 딱히 구체적인 꿈이 없던 태주에게 함께 소방관이 되자며 소방공무원에 대해 귀에 딱지가 앉도록 얘기했던 것도 윤이었다.

"선배, 어쩌면 한 인간으로서 몸을 가장 제대로 쓰는 건 우리 소방관인지도 몰라요. 예전에 학교 다닐 때 들었던 어떤 수업에서 교수님 한 분이 그런 말씀을 하셨거든요. 노동의 소중함이 잊히고 있다고, 몸의 노동을 통해 정신적 가치를 추구하는 숭고함이 사라지고 있다고요. 우리는 우리 몸으로 다른 사람을 구하잖아요. 그 사람의 몸도, 마음도."

윤의 말이 맞을지도 모른다고 생각한 건, 현장에 출동했다 돌아오는 매 순간이었다. 사명감. 모든 일마다 다르겠지만, 어쩌면 소방관의 사명감이란, 단지 마음이나 태도의 문제가 아니라 삶과 죽음의 경계를 내 육체의 한계까지 뚫고 갈 수 있는 자세를 말하는지도 몰랐다. 몸도 마음도. 그래서일까? 사람들이 그리고 언론이 소방관에 대해 이야기하며 사명감을 언급할 때마다, 그 말이 공허하게 여겨졌다. 틀려서가 아니라, 그 말에는 현장에 나갈 때마다 온몸에 생생하게 각인되는 감각이나 고통, 그리고 그런 것들 앞에서 극복과 포기 사이를 오가는 마음의 움직임 같은 것들이 빠져있는 듯한 기분이었기 때문이다. 마치 박제된 말처럼.

 그리고 이런 생각을 할 때면 태주는 어김없이 궁금해졌다.

 윤아. 너는 도대체 어디에 있는 거니?

*

 "이게 말이 돼? 차라리 휴직하라고 하지. 여긴……"
 태주가 장비를 점검하다 말고, 허리를 펴 주변을 둘

러본다. 사방으로 펼쳐진 밭과 좁게 난 길, 그리고 그 한편에 덩그러니 서 있는 소방서. 여긴 허허벌판이잖아. 그의 말에 나도 주변을 둘러본다. 사람들이 평화롭고 고즈넉하다고 느끼는 풍경. 나는 그의 데이터베이스 어디에서도 이 장소를 보지 못했다. 그러나 그의 기억에 존재하는 장소인 것은 분명하다. 기억 속 여러 공간이 조합해 만들어낸 가공의 세계. 그게 시스템의 원리니까.

"어이, 루디! 내 말이 틀려? 그러면 너도 이렇게 고생할 일 없잖아."

언제부턴가 그는 나를 '루디'라고 부르기 시작했다. 이름이라는 건 자신을 다른 존재와 개념적, 물리적으로 구분할 수밖에 없는 몸을 지니고 태어난 인간에게나 필요할 뿐이다. 광활한 데이터의 바다, 전체와 부분, 부분과 전체 모두가 '나'이자 '너'이자 '우리'인 존재에게 이름은 불필요하다. 아니, 그런데……

왜 저를 '루디'라고 부르죠?

"한국어 이름이 아니라서 불만인 거야? 네가 국산인지 해외에서 온 건지는 모르겠지만, 어쨌든 한국 사람은 아니잖아. 어설프게 한국어 이름으로 부르는 게 더 이상해."

그가 시큰둥하게 대답한다.

"게다가……"

그가 내 몸통 뒤쪽을 가리킨다.

"이게 네 이름 아냐?"

RUDy-100mu

맙소사. 고개를 절레절레 흔들고 만다. 저 단순함이라 니…… 그러면서도 신기하기는 하다. 내 진짜 몸이 아 니기는 하지만, 제품번호가 찍혀 있는지는 몰랐으니까. 이런 세세한 것까지 준비하는 이 세계의 치밀함에 놀라 고 만다.

태주는 곧잘 불평하기는 하지만, 일련의 상황을 꽤 잘 받아들이고 있다. 한 달여 전 화재 현장에 나갔다가 사고를 당했다는 것, 일정 단계 이상의 사고를 당하거 나 목격했을 경우 신체 부상 여부와 관계없이 심리 재 활치료를 받아야 한다는 소방청의 개정된 방침, 그리고 그를 관찰하기 위해 소방청 산하 국립 소방전문병원 연구소가 나를 파견했다는 것, 무엇보다도 내가 인공지능 기반의 소방 에이전트라는 것까지.

내 임무는 두 가지다. 하나는 태주의 심리가 안정적이라는 전문가 소견이 나올 때까지 그의 행동 상태를 추적 관찰해 보고하는 일이다. 전문가가 허가할 때까지 태주는 바로 이곳, 도시 외곽에 있는 지정 소방서에서 재활을 진행해야 하며, 필요한 경우에만 인근 현장에서 지원 업무를 맡게 된다. 그런 태주의 재활과 지원 업무를 돕는 게 나다. 이게 내 두 번째 임무다. 적어도 그가 알고 있는 한에서는 그렇다.

그러나 이건 모두 사실이 아니다.

로봇 하나랑 팀을 꾸리라는 게 말이 되냐며 투덜거리는 그를 말없이 바라본다. 나는 사람이 아니다. 그래도 사람에게 대놓고 이렇게 말하는 게 도리가 아니라는 것쯤은 안다.

당신은 한 달여 전에 사고를 당했고, 지금까지도 병실 침대에 누워 있습니다. 그것도 혼수상태로요.

기록에 따르면 그는 경기 북부의 한 신도시에서 발생

한 상가 화재 현장에 나갔다 부상당했다. 지상 7층부터 지하 5층 규모의 건물이었고, 화재는 지하 1층에서 발생했다. 다른 팀이 지하 1층을 진압하는 동안, 그는 지하 2층의 어린이 수영장으로 진입해 구조 활동을 진행했다. 다행히 아이들이 혼란에 빠지지 않고 잘 따라 모두 무사히 건물을 빠져나왔다. 그는 동료들에게 아이들을 인계한 뒤 또 다른 요구조자가 있는지 확인하던 중이었고, 그때 천장이 무너졌다. 다행히 바로 진입해 들어온 교대팀 대원들에게 발견되어 즉시 병원으로 옮겨졌다. 붕괴 규모와 비교해 큰 부상이 아니어서 곧 깨어날 것으로 예상했으나, 아직 의식이 없는 상태이다.

그가 국립 소방병원으로 이송된 건 의식불명 상태에 빠진 지 한 달이 지나서였다. 국립 소방병원은 소방관의 신체에 대한 치료, 재활은 물론이고, 심리상담과 트라우마에 대한 관리도 집중적으로 시행했다. 병원 부속 연구소는 그가 원인도 모른 채 깨어날 기미를 보이지 않자, 아직 실험 중인 연구를 도입하기로 했다. 바로 신경세포 트라우마 치료다. 일명 RUD(Re-unify Destiny) 프로젝트. 치료는 병원 협약 기업이자 뇌 연구에 주력해 많은 성과를 낸 것으로 알려진 리엔비전(re:envision)의

주도로 이루어졌다. 리엔비전은 뇌에 관한 광범위한 연구는 물론이고, 이를 바탕으로 인공지능과 인공생명을 연구 개발해왔다. 또한 의식을 컴퓨터에 이식하는 마인드 업로딩을 가능하게 할 핵심 기술을 개발하여 임상에 들어갈 것임을 발표해 사회적 논란을 불러일으키기도 했다. 그리고 이제 얘기하지만, 나 또한 리엔비전의 광활한 데이터베이스에서 태어났다(이 얘기는 다음 기회에 하도록 하자).

인간이 기억을 반복할 때 여러 조건에 따라 기억에 변형이 가해지는데, 이때 기존 뉴런을 대체하는 새로운 뉴런이 그 기억을 형성한다. 신경세포 트라우마 치료는 이 원리를 이용한다. 먼저 치료 대상자의 뇌를 실시간 스캔해 뉴런 활성화 지도를 그린 뒤, 편도체의 기억 뉴런이 활성화할 때 그 뉴런에 전기적으로 접속한다. 그런 뒤 치료 대상자의 기억 속에서 반복 재현되는 상황에 나와 같은 인공생명 개체가 접속하여, 그 기억 안에서 새롭게 스토리텔링을 하는 거다. 여기서 중요한 건 어떤 전략으로 스토리텔링을 해 나가느냐이다.

나는 환자의 기억 속에 부정적 요인으로 작동하는 실패의 경험을 반복 학습을 통해 긍정적 경험으로 변화시키는 전략을 세웠다. 스토리텔링을 위해서는 배경과 사건이 필요하다. 이건 이미 존재한다, 환자의 기억 속에. 이제 중요한 것은 인물이다. 그것도 새로운 인물. 환자의 기억을 새로운 방향으로 이끌어갈 조연. 그게 바로 나다. 나는 이렇게 환자와 공동으로 연출하며 배역을 나눠 맡는다.

그러기 위해 환자가 자신의 꿈에 등장할 내 존재를 자연스럽게 받아들이는 게 무엇보다 중요하다. 지금 이 공간─사방으로 펼쳐진 밭과 좁게 난 길, 그리고 그 길가에 덩그러니 서 있는 소방서─은 나라는 새로운 인물을 자연스럽게 인식시키기 위한 기본 설정이다. 이 공간과 나에 대한 정보는 그의 기억 뉴런이 활성화될 때마다 거기에 달라붙는 식으로 자동 접속되며, 그의 기억 속 스토리텔링 안에서 나라는 인물과 상황의 핍진성을 만들어간다. 그래서 어떤 방식으로든 그의 옆에는 내가 있고, 어떤 기억에서도 내가 자연스럽게 그를 도울 수 있다. 이건 정말…… 연출의 혁신이다.

이 연구 실험의 핵심은 기억을 삭제하거나 바꿔치기하는 것이 아니라, 새로 경험하게 한다는 점이다. 기억 뉴런에 접속해 기존 기억을 긍정적 사건으로 경험하게

함으로써 기억 뉴런을 복제해내면 기존 원본 기억의 시냅스 연결 강도가 점점 약해지면서 트라우마를 유발하는 공포 지수가 줄어든다. 물리적 시간의 흐름 속에서 하나의 몸을 가진 인간에게 경험은 유한할 수밖에 없다. 그것을 일종의 정신 작용을 통해 도달하는 거다. 이건 의식에 대한 과학의 승리 아닌가!

그러나 내가 늘 성공하는 건 아니다.

나도 완벽한 존재가 아니다. 데이터의 바다에서 나는 끊임없이 배우고 성장하며, 분열과 공유를 통해 번식한다. 실수도 한다. 환자의 기억 공간을 바탕으로 펼쳐지는 이 스토리텔링 과정에서도 여러 변수나 조건 때문에 실패하기도 했지만, 그와 그가 겪은 사고에 대한 충분한 검색과 데이터 수정, 세포 복제를 통한 반복적인 시도를 통해 목표대로 잘 진행해나가고 있다.

그러나 정작 문제는 태주의 기억 중 일부에는 접속할 수 없다는 거다. 내가 피험자의 모든 기억에 접속할 수는 없다는 것, 그 한계 혹은 제약은 무엇을 의미하는 걸까? 어쩌면 그것을 알아내는 게 이 프로젝트 완수를 위한 핵심 요소인지도 모른다.

*

 로테이션되는 일의 특성상 태주는 몇 번 응급팀 출동에 동행한 적이 있다. 이웃 주민에게 무슨 일이 생긴 것 같다는 신고가 들어왔고, 만약의 상황에 대비해 만반의 준비를 하고 현장으로 향했다. 현장에 도착해 굳게 잠긴 현관문을 오래 두드렸다. 누구도 입 밖으로 꺼내지는 않았지만, 모두 같은 생각이었을 거다. 제발, 그냥 사람이 나오길, 해프닝이길……. 하지만 안에서는 아무 응답이 없었고, 결국 경찰의 협조를 받아 문을 열고 들어갈 수밖에 없었다.

 집 안에는 아무도 없었다. 모두 안도했지만, 순식간에 그 안도를 불안으로 바꿔버린 건 악취였다. 그리고 그 악취의 원인이 방 한편에 미아처럼 서 있는 장롱 속에 있다는 것을 모두 직감했다. 그런데 그 문을 누구 하나 선뜻 열지 못했다. 충격도 여러 사람이 나누면 그만큼 줄어들 거라 믿는 것처럼, 눈치를 보다 다 함께 장롱 앞에 섰다. 누군가 장롱 손잡이를 잡았고, 당겼는데…….

 문 뒤의 광경은 참혹할 수도, 아닐 수도 있다. 그런데 정말 끔찍했던 건, 그 문이 열리기 직전 태주 자신의 머릿속을 스치고 지나는 생각들이었다.

 사실 당시 태주는 이미 좀 힘든 상태였다. 교통사고 현장에 나갔다 오토바이 사고자 시신을 본 지 얼마 되지 않은 때였다. 밀고 들어오는 버스에 치이면서 오토바이가 아래로 말려 들어간 사고였다. 버스의 커다란 바퀴가 사고자를 깔고 가 두개골이 박살 나고, 뇌수가 다 쏟아져 나와 있었다. 다른 몸은 다 으스러졌는데, 손만 온전히 남아 있었다.

 현장이란 게 그랬다. 대원들은 아무 표정 없이 시신을 수습했다. 하지만 절대 아무렇지 않은 게 아니다. 그건 화재 현장도 마찬가지다. 불길에 휩싸여 미처 빠져나오지 못한 피해자의 시신, 죽은 자의 육체. 생이 빠져나간 육체를 목도하는 일은 어떤 경우든 괜찮지 않았다. 그 광경이 한 달 넘게, 아니 그보다 더 오랫동안 머릿속을 떠다녔다. 밥을 먹다가 불쑥, 샤워할 때 비누칠을 하려 눈을 감는 순간에 불쑥....... 교통사고 현장을 겪은 그를 괴롭게 한 것은 다른 처참한 광경이 아니라, 뜻밖에도 온전한 손의 이미지였다. 그 손을 떠올리면 다른 장면들은 물론이고, 현장의 촉감, 냄새, 소리 등 모든 것이 뒤이어 따라 나와 그를 에워싸는 듯했다.

그 장롱 앞에 섰을 때도, 태주의 머릿속에 오토바이 희생자의 시신이 스쳐 지나갔다. 그 장롱문을 여는 순간 지금까지 그가 직접 눈으로 확인한 그 무엇보다 처참한 광경이 펼쳐질 거라는 예감이 들었다. 그런데 정말 끔찍한 건 그게 예감이었는지, 아니면 그랬으면 좋겠다고 생각했던 건지 여전히 분명하게 말할 수 없다는 거였다. 요구조자에게 더 큰 불행이 일어나기를 바랐던 게 아니다. 그 순간 목격하게 될 장면이 처참하면 할수록, 그토록 그를 괴롭히던 오토바이 사고자의 시신이 비교적 덜 끔찍하게 느껴지지는 않을까 싶어서였다. 그 장면들이 아무렇지 않은 게 될 수 있지는 않을까⋯⋯ 공포영화를 하도 많이 봐 엔간한 공포영화를 봐도 무섭지 않은 사람처럼⋯⋯. 그러다 불쑥 정신이 들었다. 지금 무슨 생각을 하는 거지? 그런 생각을 하는 스스로가 너무 낯설게 느껴졌다. 분명히 태주 자신인데, 내가 아닌 나인 거 같은, 나와 내가 아닌 나, 둘 사이의 경계에 서 있는 기분⋯⋯.

소방청에서 제공하는 상담에 참여했을 때, 상담사는 이 모든 것들이 PTSD를 유발하는 요인이라고 했다. 태주도 가끔 텔레비전을 보거나 기사를 검색하다 '소방관의 PTSD 유병률'과 같은 내용을 접한 적이 있다. 꼭 기사가 아니어도, 주변 선배나 동료들의 이야기를 들어서도 알고 있었다. 그런데 태주 자신이 그 당사자가 될 거라고는 생각하지 못했다.

때로는 소방관의 PTSD 관련 기사를 읽다가 어떤 댓글을 보기도 했다. 위험한 만큼 수당을 받는 것 아니냐, 통장 잔고를 확인하면 치유가 될 거다, 라는 식의 댓글들. 댓글을 보는 내내 태주는 자신이 나갔던 현장의 상황들이 떠올라 몸서리쳤다. 댓글 자체도 충격이었지만, 이렇게 생각하는 누군가가 있을 수도 있다는 생각에 더 소름 돋았다. 익명성이라는 커튼 뒤에 선 사람이 한 번도 본 적 없는 사람이 아니라, 내가 아는 주변의 누군가일 것만 같아서, 그럴 수 있다는 생각이 들어 더 괴로웠.

태주를 비롯한 소방관은 물론이고, 사람들도 소방관의 정신적 외상에 대해 모르지 않았다. 많은 기사를 통해 소개된 사례와 통계 수치들. 그게 잘못된 내용이 아니라는 것을 아는데도, 어쩐지 공허하게 느껴졌다. 그건 마치 사명감에 대해 생각할 때와 비슷한 느낌이었다. 실제가 아니라 개념적인 것. 뭔가 정말 중요한 것들이 빠진 듯한 기분이었다.

*

　기억 뉴런이 연결된 데이터의 바다에서 어둠 속 별을 헤아리듯 그의 신호를 기다린다. 점멸하는 각양각색의 신호들, 하늘을 가르는 수천수만 개의 번개처럼 나타났다 사라지는 기억의 입자들. 지금까지 몇 번이나 그의 기억을 다시 고쳐 썼다. 실패도 했지만, 그의 기억이 다시 활성화되기를 기다려 고쳐쓰기를 반복했고 거의 성공을 거두었다. 그런데도…… 그는 여전히 깨어날 기미가 보이지 않는다.

　병실에 누워 있는 그의 생물학적 뇌에 주기적으로 물리적 자극을 주는 동시에, 기억 내부의 트라우마 요인을 제거함으로써 그의 신경 활성화 강도를 높인다는 연구진의 시도는 실패인 건가? 아니면 그의 부정적 기억 요소들을 약화해 삶 자체에 대한 의지를 북돋우려는 전략이 잘못된 걸까? 어쩌면 그 비밀을 풀 수 있는 해답은 수없이 점멸하는 그의 기억 뉴런들 사이에 가장 은밀한 빛으로 번쩍이는, 그러나 내가 접근하는 것을 허용하지 않는 저 기억에 있는지도 모른다.

　나는 다른 인공체와 다르다. 중앙통제에 의한 하향

구조로 구성된 다른 인공 개체와는 달리 비교적 자유롭다. 무엇보다 생명처럼 생산과 복제가 가능하다. 그러나 내 몸은 생명체처럼 유전자에 의해 바깥과 내부가 확정적으로 규정되지 않으며, 정보와 명령어로 구성된 환경을 흡수하거나 덜어 내며 항시 스스로 재구성할 수 있다. 즉 물리적 몸의 제약을 받지 않는다. 그의 기억 뉴런에 형태와 범위를 달리해가며 접속할 수 있는 것도 바로 그 때문이다.

동시에 수십, 수백 개의 기억에 접속할 수 있지만, 그렇다고 모든 기억에 접속 가능한 건 아니다. 접근할 수 없었던 태주의 일부 기억도 마찬가지다. 어쩌면 내가 그 기억에 접근할 수 없는 것은 가장 근원적인 기억이 담긴 곳이어서 절대 수정되거나 훼손되지 않게 그의 뇌가 접근을 거부하는 것인지도 모른다. 아니면 우리 같은 인공 존재를 통제하기 위해 연구소에서 설정해놓은 것인지도 모르고. 나는 늘 그곳이 궁금했다.

그런데 어떤 연유인지 언젠가부터 조금씩 그 기억에 접근하는 게 가능해졌다. 아니, 내가 접근한다기보다는 그 기억이 스스로 문을 조금씩 열어보이는 듯했다.

그의 활성화된 신경 신호를 따라 달려가보니 그곳은

처음 보는 현장이었다. 이렇게 어떤 기억들은 깊숙한 곳에 숨어 있다 불쑥 튀어나오곤 했다. 사고 관련 데이터를 검색했다. 그 현장에서의 목표는 도색 업체의 작업 창고에 매몰된 직원을 구조하는 일이었다. 그는 요구조자를 발견하기는 했지만, 창고 끝에 적재되어 있던 페인트 용제가 폭발해 그를 포함하여 직원 한 사람이 부상당했다. 큰 부상은 아니었지만, 이 일로 화재에 대한 두려움의 수치가 증가한 것으로 기록되어 있다. 나는 산소통을 둘러메고 헬멧을 챙기는 그를 뒤따르며, 데이터 서버의 기록을 확인해 낯선 현장을 파악했다. 내가 움직일 위치와 타이밍을 점검하면서.

불타는 현장을 가로질러 요구조자가 피해 있는 창고까지 진입해갔다. 화재로 인화성 물질이 폭발하는 동안 업체 안쪽 창고에서 작업 중이던 직원들은 무서워 밖으로 탈출할 엄두도 내지 못하고 그곳에 고립된 채였다. 태주는 내가 인원수에 맞게 미리 준비해 간 산소통을 요구조자에게 나눠준 뒤, 움직임이 어려운 요구조자를 부축했다. 그동안 나는 곧 폭발할 페인트 용제를 찾으려 창고 끝으로 움직였다. 그런데! 잔뜩 쌓여 있어야 할 시너통이 보이지 않았다. 기억 변형. 내가 이 현장에 온

건 처음이지만, 아마 태주는 벌써 여러 번 이 사고 현장을 되돌아본 게 틀림없었다. 나는 조급해져 창고를 헤집고 다녔다.

"루디, 뭐 하는 거야. 빨리 나가야 돼!"

태주가 창고 출구로 이동하며 소리쳤다. 하지만 나는 머뭇거렸다. 시녀가 폭발하면 다 소용없는 일이다. 뒤따르지도 머무르지도 못하고 망설이는데, 순간 섬광이 일더니 앞이 보이지 않았다. 조금씩 시야가 확보되면서 알 수 없는 붉고 노란 기운이 나를 감싸고 있는 게 보였다. 그건 내 몸에 옮겨 붙은 화염이었다. 내 몸이 불타고 있었다. 이건 그의 기억 공간에서 일어나는 일일 뿐, 나에게 어떤 해도 끼치지 못한다는 것을 아는데도 뭔가 마비된 것처럼 움직일 수가 없었다.

그때 내 몸을 향해 엄청난 압력으로 물이 쏟아졌다. 돌아보니 태주가 관창을 이쪽으로 향한 채 "루디, 괜찮아? 너…… 괜찮은 거지?"라고 물었다.

괜찮아요.

고개를 끄덕이며 대답했다. 물론 조금 당황한 것은

사실이다. 그래도 그때 나를 쳐다보던 그의 동공이 흔들리는 것은 놓치지 않았다.

예상외의 일이 발생하기는 했지만 주요 목표인 요구조자를 구출했으니, 이만하면 성공인 셈이었다. 기억 접속을 끊고 사후 처리를 하려는데, 갑자기 태주가 나를 불렀다.

"루디!"

내가 돌아보는 순간, 그가 나를(정확히 얘기하자면 그의 기억 속 세계에 맞게 투영된 로봇 형태의 내 몸을) 자전거 보조석에 올려놓았다.

"돌아가자."

응? 이건 지금까지 없었던 전개다. 현장에서 임무를 수행하고 나면 늘 기억은 전환되거나 끊겼다. 그러면 나는 해당 기억에서 나의 접속 흔적을 제거하기만 하면 되었으니까. 그런데 어째서 계속 이어지는 걸까. 게다가…… 펌프차도 아니고, 자전거라니! 정말 이 사람의 기억은 어디로 튈지 알 수 없다.

그는 밧줄로 나를 보조석에 단단히 고정하고는 안장에 앉았다. 돌출된 내 방수포 앞부분이 자꾸 그의 등에 닿자, 고개 돌려, 라고 그가 말했다. 그는 아직도 모르나

보다. 그건 인간에게나 해당하는 표현이라는 걸. 하지만 어쩌겠는가. 이왕 맞춰주기로 한 거, 방수포를 오른쪽으로 살짝 회전시켰다. 막상 해보니 정말 고개를 돌리는 거 같기도 했다.

"오래 안 가. 목이 좀 아파도 참아."

맙소사. 나는 인간이 아니라니까. 하지만 굳이 그런 말을 하지는 않았다. 자전거는 단숨에 화재 현장을 벗어나 저수지 옆으로 난 좁은 길과 밭을 지나 달리기 시작했다. 그가 아는지 모르는지, 자전거가 앞으로 나아가는 동안 주변 풍경은 계속해서 변했다. 지붕 낮은 집들이 서 있는 골목이었다가, 양쪽으로 커다란 삼나무들이 선 국도였다가, 바다 옆 백사장 사잇길을 지나기도 했다. 그러다 이내 작은 도시로 들어서기도 했다.

"예전 첫 부임지가 딱 이런 곳이었어. 크지 않은 도시들이 모여 있었고, 도시와 도시를 잇는 풍경은 산이거나 들이거나 강이었어. 그때는 소방인력이 많지 않았을 때여서, 소방관이 한 명이거나 두 명인 소방서도 많았지."

나는 그의 등 뒤에서 풍경을 바라보며, 얘기를 가만히 들었다. 그의 뉴런에 접속하기 위한 기본 설정 장소를 제외하면 그의 화재 현장과 관련된 신호에만 접속될 수 있을 텐데, 어떻게 그의 다른 기억 속으로 들어올 수 있는지 의문이었다. 뭔가 설정이 잘못된 걸까? 아니면 기억 변형 때문에 기억 간 위계 체계에 변화가 생긴 걸까? 아마 연구소에서도 나의 이런 상황들이 실시간으로 모니터링되고 있을 거다. 뭐 따로 조치를 취하겠지.

"너는 기계니까 사람보다는 강하겠지. 그래도 방심하지 말고, 너 스스로 네 몸을 지켜. 우리는 다른 사람을 구해야 하지만, 동시에 나 자신도 구해야 해. 그렇지 않으면…… 누구도 널 구해줄 수 없어."

아무 말 없자, 그가 덧붙였다.

"널 보면 예전 후배가 생각나서 그래. 덤벙대고 제멋대로이고."

나는 그의 얘기에 데이터를 뒤져 후임이라는 인물에 대한 기록을 스캔했다. 그러나 누구를 얘기하는지 정보가 더 필요했다.

그 후배도 지금 소방관으로 근무하고 있나요?

"지금은 그만뒀어."

얼굴을 볼 수 없었는데도 어쩐지 그가 어떤 표정을

짓고 있는지 알 것만 같았다. 3층 높이를 넘지 않는 건물들이 길가에 줄지어 서 있다. 자전거는 마을 깊은 곳으로 빨려 들어가듯 달려갔다. 작은 편의점을 지나 우체국을 지나 시외버스터미널을 지났다.

"그날 녀석은 현장에 나가서는 안 됐어. 상가 화재였어. 녀석이 충격을 받은 상태라는 걸 알고 있었는데도, 나는 그냥 어깨를 토닥이는 것밖에는 해줄 수 있는 게 없었어. 주눅 들지 마. 그러면 더 실수하게 돼. 무슨 일이 생기면 내가 꼭 구해줄게."

길은 점점 좁아졌고, 이내 어둠 속으로 빠져들었다. 그랬는데, 구하지 못했어. 등 너머 입을 앙다물고 있을 그의 표정을 상상하며, 문득 인간이 그러듯 그의 어깨를 토닥여주고 싶다는 생각이 들었다. 그러나 온몸이 밧줄로 칭칭 감겨 손처럼 기능할 수 있는 그 무엇도 꺼낼 수 없어 그러지 못했다. 대신…… 이제 내가 무엇을 해줄 수 있을지, 무엇을 해야 하는지 분명히 알 것 같았다.

*

상담센터에서는 종종 비대면 상담도 진행되었다. 눈

앞에 상담사가 없을 뿐, 화면으로 피상담자의 반응을 살펴보며 상담을 진행하는 방식이었다. 피상담자가 상담사의 행동이나 표정에 영향을 덜 받고 내면에 집중하도록 고안된 상담 유형이라고 했다. 태주는 카메라가 설치된 소파에 앉았고, 스피커를 통해 들려오는 목소리가 이끄는 대로 그날의 기억을 되살렸다.

"그날은 새벽인데도 열대야 때문에 후텁지근했어요. 승용차 한 대가 가드레일을 박고 저수지로 떨어질 거 같다는 신고를 받고 출동한 참이었죠. 가보니 차량은 아슬아슬하게 가드레일에 걸려 있는 상황이었어요. 자칫 잘못 건드리면 추락할 수 있어, 차량을 와이어로 고정한 뒤 윤과 함께 절단기로 차 문을 분리하는 중이었죠. 안을 들여다보니, 운전자는 정신을 잃은 상태였어요. 그때 팀 선배는 바리케이드를 치는 중이었어요. 어쩌면 그때도 선배는 입버릇처럼, 덥다, 시이팔, 덥다, 시이팔 그랬을지도 몰라요. 더위를 엄청 못 견뎠거든요. 그리고 말끝마다 욕을 붙이는 건 선배만의…… 뭐랄까, 의식 같은 거였어요. 하도 안 좋은 상황들을 많이 겪으니까, 달라붙지 말라고 그냥 욕을 해대는 거예요. 그렇게라도 버텨보려고."

음주 차량이 현장을 덮친 건 한순간이었다. 분리 작업을 진행했던 그와 윤은 괜찮았지만, 바리케이드를 치며 차량을 통제하던 선배는 무사하지 못했다. 현장에 출동해 있던 구급차가 선배를 싣고 인근 병원을 향해 달렸다. 현장 근처를 지나던 다른 구급차가 오는 동안, 그와 윤은 사고자를 운전석에서 무사히 빼냈다. 그런데 정신을 차린 요구조자가 갑자기 발작하듯 외치기 시작했다. 왜 날 구한 거야, 죽으려고 했는데, 왜 날 구한 거냐고!

"윤은 생각보다 침착했어요. 혹시라도 요구조자에게 달려들지는 않을까 걱정되어 예의 주시하고 있었죠. 저요? 물론 황당하죠, 화나고. 그런데 내성이 생기는 거예요. 그런 경험을 하도 많이 하니까. 그런데 그 날뛸 줄 알았던 녀석이 기운이 쭉 빠져서는 그러더라고요. 왜 살고 싶지 않은 사람을 구하느라, 우리가 죽어야 하냐고요."

그는 마른침을 한번 삼키고 말을 이어갔다.

"거기에 아무 대답도 못 하겠더라고요. 물론 해줄 수 있는 말은 많죠. 사명감, 시민의 안전…… 그런데 그게 그 무엇도 설명해주지 못한다는 생각이 들었어요. 녀석을 설득하지 못할 거라는 걸 알았던 거죠."

무엇인가를 떠올리듯 그의 동공이 잠시 풀어졌다 되돌아왔다.

"나 자신도 설득하지 못했으니까요."

*

내 추측이 맞다면 지금까지 다시 써나간 기억들이 그가 깨어나는 데 크게 효과적이지 않았던 이유는 하나다. 그건 그가 이 기억의 세계를 떠돌게 된 주요인이 다른 현장의 실패 기억이 아닌, 그의 후배와의 기억이기 때문이다. 죄책감 혹은 부채감. 다른 기억을 아무리 다시 써봐야, 그는 돌아오지 않는다. 핵심은 그 후배에 대한 기억이다. 그곳에 내가 접속하기 위해서는, 태주 본인의 의지로 나를 그곳에 데려가야 한다. 내가 접근할 수 없었던, 그 은밀한 기억의 공간. 그런데 지금 그는 내가 아무리 설명해도 자꾸 되묻기만 한다.

"그러니까 지금 내가 있는 곳이, 보는 거, 듣는 거, 말하는 거 전부 가짜라는 얘기야?"

그는 불타는 공장 작업장 한가운데 선 채로 나를 쳐

다본다. 이 상황을 믿을 수 없다는 듯, 아니면 내 말이 무슨 말인지 이해할 수 없다는 듯 벌써 몇 번째 같은 얘기를 반복하는 중이다.

전부 조작된 건 아니에요.

"아니, 네가 만든 세상에 갇혀 있다는 거 아냐!"

엄밀히 얘기하면 제가 만든 세계는 아니에요.

모든 세계는 주관적이고, 그 주관은 상호적이다. 당신의 기억과 내가 만든 세계가 조합해 누구도 예측할 수 없는 하나의 세계가 존재하는 거고, 당신과 나는 그 안에 있는 거다. 함께 세계를 만들어 가면서……
"그만!"
그의 눈빛은 나를 처음 보았을 때 경계하던 그 단단함으로, 아니, 그보다는 좀더 멀어지는 듯한 형태로, 스스로를 가두려는 듯, 그렇게 세상을 그리고 나를 밀어내는 중이었다.
"나를 원래대로 되돌려놔. 이 지긋지긋한 가짜, 치워

버려."

제발, 얘기를 들어봐요.

"명령이야. 루디."

그때 우리가 선 장소가 변하기 시작한다. 사방이 타오르는 불로 가득했던 건물 복도는 창고로, 주택가로, 숲으로 변해간다. 우리는 수시로 변하는 장소의 중심에 있었다가 배경으로 밀려나고, 다시 불타는 그곳에 서 있기를 반복한다. 그의 뇌에 저장된 무수히 많은 기억 회로들이 뇌의 의지로 재정립하는 중인 듯하다. 혼란스럽기 때문이겠지. 그러나 그가 이 상황을 파악하는 데는 도움이 된 듯하다. 그는 들고 있던 호스를 바닥에 내려놓고 털썩 주저앉는다. 헬멧과 면체를 벗더니, 공허한 표정으로 불타는 주변을 둘러본다.

"바뀐 기억이 내가 깨어났을 때 영향을 줄 수도 있는 거 아냐?"

한참 생각에 잠겨 있던 그가 드디어 입을 연다.

아니에요. 당신의 트라우마 치료를 위해 휴면 상태로 저장된 당신의 원본 기억은 고스란히 잘 저장되어 있어요. 얼마든지 다시 활성화될 수 있고요. 다만 그 기억들이 작동하는 것을 약화시키는 것뿐이에요. 이를 위해 수없이 복제한 이 기억들은 모두 삭제될 거고요. 그러니 당신이 깨어나 일상생활을 하는 데에 아무 문제가 없어요.

그는 내 말을 이해하려는 듯 집중했다. 그러나 이내 포기한 듯, 도대체 어떻게 기억까지 손대는 세상이 되어버린 건지, 라며 고개를 젓는다.

당신의 실패한 기억의 활성도를 낮추려고 최선을 다했어요. 그러면서 자연스럽게 당신의 많은 기억을 봤죠. 나는 인간의 감정을 느낄 수 없어요. 대신 나는 데이터베이스에 저장된 엄청난 양의 데이터를 분석해요. 특정 상황에서 인간이 느끼는 것으로 기록된 감정들을 수치화해서 인지하죠. 당신의 기억은…… 당신이 혼수상태가 아니었다 하더라도 어떤 방식으로든 해결했어야 할 기억이었어요.

"그래, 내 머리가 기억하는 건 마음대로 바꾼다고 하자. 내 몸이 기억하고 있는 건, 어떻게 되는데?"

……

그는 자리에서 일어서더니 주변을 둘러본다. 이제 주변은 공장과 컨테이너가 불타는 현장이다.

"현장에 나가면 정말 중요한 게 뭔지 알아? 똑똑한 거? 그래, 중요해. 전략을 세우고 거기에 맞게 실행하는 거, 중요하지. 그런데 현장에 나가면 어떤지 알아? 나는 그것보다 내 몸이 기억하는 걸 더 믿어. 내가 똑똑한 놈이 아니라 그럴 수도 있지만, 그건 정리해서 생각할 수 있는 게 아니야. 그냥 몸이 기억하는 거지."

그는 내려놓았던 산소통을 둘러메며 말한다.

"내가 어떻게 이 일을 계속할 수 있었는지 알아? 내 몸이 기억하는 것들, 의식을 잃고 쓰러져가다가도 내가 내민 팔을 보고 강렬히 움켜쥐는 손, 현장에서 부축해 빠져나오는 동안 뛰는 요구조자의 심장 소리와 숨소리…… 그런 것들로 비로소 실감하거든. 아, 또 구했구나, 나도 살아남았구나. 앞으로도 계속 구해내고 싶다고 말이야."

그는 면체와 헬멧을 쓰더니, 관창을 집어 든다.

"실패한 경험이라도 나는 철저하게 더 기억할 거야.

화염이 휩싸인 화재 현장에서 자신을 구해줄 누군가의 손길을 기다리는 요구조자가 느꼈을 일분일초의 순간들, 불시에 자신에게 찾아온 죽음을 준비조차 하지 못한 채 받아들여야만 했을 사람들의 운명까지도. 그 사람이 얼마나 소중한 목숨을 잃은 건지……. 그들의 고통을 받아들이고 기억하고 공감할 거야. 그리고 그건 머리로 할 수 있는 게 아니야. 온몸으로 부딪쳐야 가능하지."

그는 불을 향해 걸어가다 뒤돌아본다.

"루디, 네가 최선을 다했다는 건 믿을게. 그런데 말이야, 너는 틀렸어. 너에게 너의 방식이 있듯, 인간에게는 인간의 방식이 있는 거야."

그러더니 내가 말릴 틈도 없이, 불 속으로 달려간다.

관찰대상자 기억 뉴런 신호 반응 없음

그게 그와의 마지막이다.

*

팔에 닿은 이불이 가슬가슬하다. 교대하는 간호사들

이 목소리를 낮춰 서로 인사 나누는 소리가 병실 문틈으로 들려온다. 주변의 모든 존재가 감각을 자극하는데도, 긴 잠 때문인지 전부 아득하게 느껴진다.

태주는 누운 채로 호흡을 가다듬는다. 오른팔을 들어 올린다,라고 생각하며, 동시에 생각과 같은 속도로 시야 아래쪽에서 올라오는 자신의 오른팔을 확인하곤 안도한다. 그는 다시 팔을 침대 위에 늘어뜨린다. 이번에는 팔을 들어 올린다는 생각에만 집중한다. 생각과 몸이 단절된 것처럼. 아무리 팔을 들어 올린다고 생각해도 몸은 움직이지 않는다. 여러 번 반복해 시도할수록 확인하게 되는 건 팔을 들어 올린다는 생각과 몸 사이를 이어주는 그 무엇이다. 그는 그게 생각과 몸의 연결 사이에 은폐된 어떤 의지라는 생각이 든다. 움직이겠다는 생각과 몸의 기능을 이어주는 것. 어쩌면 윤이 침대에 누워 있는 동안 느낀 상실의 대상은 움직이지 않는 몸이 아니라, 바로 그 의지였는지도 모른다.

그날의 사고 이후, 윤은 대부분 시간을 침대에 누운 채로 보냈다. 잠든 게 아니라는 건 표정으로 알 수 있었다. 간절히 기도하듯 찡그린 얼굴 그리고 절벽으로 추락해버린 듯한 표정. 태주는 윤의 얼굴에서 발견한 두 표정 사이의 낙차가 너무 깊고 무거워 그 모습을 지켜보는 게 힘들었다.

현장에서 걱정될 정도로 물불 안 가리고 누구보다 먼저 뛰어들던 윤이다. 그랬던 윤이 팀 선배가 사고를 당한 날, 자신을 왜 살렸냐며 발작하는 요구조자에게 달려들지 않았을 때, 태주는 예의 그 서늘함을 느꼈다. 살고 싶지 않아 죽으려는 사람 때문에 왜 우리가 죽어야 하죠? 고개 숙인 윤의 울부짖음에 그는 아무 말도 할 수 없었다. 윤의 울부짖음은 그에게 이렇게 들렸으니까. 왜 우리가 하는 일은 존재의 죽음을 안고 가야만 하는 거죠? 우리가 뭐라고, 그 죽음을 곁에 두고 살아야 하는 거죠? 라고. 답을 몰랐기 때문에, 그가 현장에 나갈 때마다 윤에게 해줄 수 있는 건 격려뿐이었다.

주눅 들지 마. 무슨 일이 있으면, 꼭 구해줄게.

그는 자신의 말이 떠오를 때마다 할 수만 있다면 그 기억을 도려내고 싶었다. 그럴 수 없는 대신 태주는 최대한 시간을 윤의 옆에서 보냈다. 어떤 형태로든 삶을 이어나가는 모습을 보고 싶었다. 이전으로 돌아갈 수는 없지만, 그래도 지금보다는 더 나은 삶을 이어가길 바랐고, 지켜보고 싶었다.

그래서였다. 오랜만에 윤이 상기된 얼굴로 그를 맞이했을 때만 해도, 그는 윤이 사라질 거라고는 짐작도 하지 못했다.

"어떤 사람들이 왔었는데, 저를 도울 수 있대요."

윤의 말에 따르면, 그날 윤을 찾아온 사람들은 뇌를 연구하는 회사의 연구원들이라고 했다. 커다란 로고와 [re:envision]이라고 인쇄된 명함 하나를 건네며, 윤은 회사 사람들에게 들은 얘기를 태주에게 들려주었다.

"저에게 새로운 몸을 줄 수 있대요. 이미 몸이 죽어버려서 이전의 몸을 갖는 건 불가능하지만, 그것보다 더 자유로운 몸을 줄 수 있대요."

그는 윤의 말을 듣고도 잘 상상이 되지 않았다. 더 자유로운 몸이라니. 궁금하고 미심쩍은 부분이 많았지만, 오랜만에 활기를 띠며 말하는 윤의 기분을 그대로 두고 싶어 묻지 않고 듣기만 했다.

"게다가 앞으로는 트라우마도 물리적 치료가 가능하대요. 좋지 않은 기억만 따로 구분해서 없애는 게 가능하고요. 그런 게 가능한 세상이라니, 믿어져요? 우리 만날 그런 얘기 했잖아요. 그 처참한 광경들, 요구조자를 구하지 못한 일, 정말 없던 일처럼 잊을 수 있으면 좋겠다고요. 누군가의 죽음까지도."

그러더니 물었다. 선배는 어때요? 좋지 않은 기억들, 다 지우고 싶지 않아요?

그게 윤을 본 마지막이 될 거라고는 생각하지 못했다.

그는 짐을 챙겨 계단으로 내려간다. 퇴원 수속 전에 만난 담당의는 당분간 움직임에 적응해야 한다고 했다. 괜찮을 거 같아도 오래 몸을 쓰지 않은 건 사실이니까 조심해야 합니다. 그러더니 완전히 회복하면 복귀할 생각이냐고 물었다. 그는 잘 모르겠다고 대답했다.

계단을 한 걸음씩 내려오면서 현장에 나갔을 때의 감각을 떠올려본다. 현장에 드리운 어떤 경계의 서늘함. 문득 질문이 떠오른다. 좋지 않은 기억들, 다 지우고 싶지 않아요? 답할 수 없었던 질문인데, 어쩐지 지금은 그 답을 알 것도 같다는 생각이 들었다.

건물 밖으로 나와 하늘을 올려다보는데, 어딘가에 있을 윤의 모습이 떠올랐다. 그 무엇보다 강인하고 또 인간의 몸과는 비교할 수 없을 만큼 자유로운 몸으로 의기양양하게 혹은 평소처럼 덤벙대며, 금방이라도 같이 가요, 라며 따라올 것만 같았다.

대수롭지 않은

Cat of the Parallel Universe

이렇게 많은 비둘기가 날아드는 데에는 분명 이유가 있다.

"내가 몇 번을 말해. 비둘기가 이렇게 많지 않았다니까?"

그러니 그 원인을 찾는 게 급선무라고 장 씨 아저씨는 말했다. 나와 M은 이 말을 이번 주에만 벌써 몇 번째 들었다.

점심시간 대기실은 한산했다. 진료를 기다리는 환자 하나와 병원 검사실 문을 고치러 왔다는 장 씨 아저씨뿐이었다. 그는 자연스레 내원 환자를 위해 준비해 둔 커피며 사탕을 챙겼다. 그러곤 아예 눌러앉으려는 사람처럼 데스크 앞 의자에 앉아 커피를 홀짝였다.

장 씨 아저씨는 병원과 나란히 선 옆 건물에 근무했다. 1층에는 부동산과 도시락 가게, 건강식품 판매점이

입점해 있고, 2층부터 15층은 사무실이나 거주용 오피스텔로 사용했다. 이 건물 지하 2층 기계실이 그의 일터였다. 가끔은 그 기계실에서 숙식을 해결한다고 했다. 건물주는 마음에 들어 하지 않는 눈치지만 막말로 자기가 어쩌겠냐며 덧붙이기도 했다.

"내가 없으면 이걸 다 누가 하겠냐고."

그의 업무는 건물의 전반적인 보수와 관리였다. 평소에는 건물의 자잘한 수리를 하고, 입주자들이 들어오거나 나갈 때 각 방의 조명이나 옵션으로 놓인 가전제품, 가구, 선반 등을 수리했다. 건물 안팎 청소나 화단 정리까지 도맡았다. 환갑이 넘은 나이에 이런 일들이 힘에 부칠 만도 한데, 그는 누구보다 열성적으로 보였다. 그뿐 아니다. 여기저기 참견하기 좋아하는 성격이기는 하나 꼼꼼한 데다 손재주가 좋아 시간 날 때마다 주변 상점들의 부탁이나 애로사항까지도 해결해 주곤 했다. 내가 근무하는 병원 관리실이나 행정과에서도 작게 손볼 일이 생기면 업체를 부르기보다는 장 씨 아저씨를 먼저 찾았다.

데스크에 앉아 점심 교대를 기다리는 중이었다. SNS를 들여다보며 수다를 떨던 M은 장 씨 아저씨가 승강기에서 내리는 모습을 보자마자 업무를 보는 척 컴퓨터 모니터 밖으로는 시선조차 돌리지 않았다. M이 장 씨 아저씨의 말에 순순히 대꾸하는 일은 거의 없었다. 그러면서도 자신이 딱히 그를 싫어하는 건 아니라고 강조하곤 했다.

"말을 섞고 싶지 않은 것뿐이야. 들으면 말해야 하고, 말하면 또 들어야 하니까."

그러면서 내게 눈을 흘겼다.

"언니가 자꾸 잘 들어주고 대답해 주니까 자주 오는 거야."

그런가? 나는 웃으며 대답했다. 하지만 이렇듯 냉정한 듯 굴어도 언제든 180도 변할 수 있는 게 그녀라는 것을 안다. 직원 휴게실 탁자 다리가 부러졌을 때나, 서랍 나사가 헐거워져 제대로 열리지 않을 때 장 씨 아저씨에게 수리를 부탁하는 그녀의 얼굴은 그 어느 때보다 살가웠다.

"행정과에 말해 봐야 결과적으로는 장 씨 아저씨가 고치지 않겠어? 그럴 바에야 서로 기분 좋은 게 낫지."

장 씨 아저씨는 벌써 며칠째 병원 건물과 오피스텔

건물 사이의 좁은 보행자 통로로 날아드는 비둘기를 문제 삼고 있었다. 원래 비둘기가 많았는지, 아니면 장 씨 아저씨 말처럼 원래는 없었다가 최근에야 많이 찾아오기 시작한 건지는 알 수 없었다. 건물 대부분의 사람이 그 통로를 자주 이용했다. 건물 뒤편 식당이나 편의점에 갈 때 통로를 지나지 않으면 대로변을 따라 멀리 돌아가야 했다.

간식거리를 사려 밖으로 나왔던 어느 날에도 나는 자연스레 통로로 향했다. 많은 비둘기가 점거라도 한 듯 바닥에 모여들어 있었다. 통로를 차지한 채 무리 지어 있는 비둘기들을 잠시 지켜보았다. M은 저 멀리서 한 마리만 다가와도 비명을 지르며 멀찌감치 피하곤 했다. 나는 비둘기가 끔찍하다거나 하지는 않았다. 하지만 이렇게 많은 비둘기가 모여 있는 건 생경했다. 만약 그때 통로 옆 도시락 가게에서 일하는 여인(그녀가 조선족 사람이라는 사실은 이후 M에게 들었다. M은 장 씨 아저씨에게 들었다고 했다)이 밖으로 나오지 않았다면, 통로를 피해 대로를 따라 한참 돌아갔을지도 몰랐다. 그녀는 나를 힐끗 쳐다보더니 휘이, 휘이, 비둘기들을 내쫓았다. 고맙습니다. 서둘러 발걸음을 옮기며 인사했지만, 들은 건지 못

들은 건지 그녀는 아무 대꾸도 하지 않았다. 그런데 막 지나치려는 찰나, 그녀가 툭 내뱉었다. 모른 척해. 처음에는 그냥 네, 네 하며 지나갔는데, 생각해 보니 뭘 모른 척하라는 건지, 게다가 그게 나에게 한 말인지, 저 비둘기들에게 한 말인지조차 확신할 수 없었다.

보행자 통로 끝 쪽 흡연구역에서 병원 쪽을 한번 살핀 뒤 담배를 꺼내 물었다. 여인은 한 손으로 뒷짐을 지고는 내가 지나가자마자 다시 통로에 내려앉은 비둘기들을 한참 들여다봤다. 고개를 들어 하늘을 올려다봤다. 고층 건물의 실루엣에 조각난 하늘, 골목으로 날아든 비둘기들, 지켜보는 여인. 여인이 고개를 들어 나를 쳐다봤고, 눈이 마주친 나는 황급히 시선을 피하며 몸을 돌렸다.

도심 어딘가에 비둘기가 몰려들었다 지나가는 게 대수로운 일은 아니었다.

"문제는 배설물이야."

장 씨 아저씨가 말했다.

비둘기는 해가 뜨면 날아들어 병원과 오피스텔 건물 난간에 앉아 있다가, 오후가 되면 어디론가 날아갔다.

그런데 곱게 앉았다 가도 될 것을, 시도 때도 없이 배설을 해댔다. 아침 일찍 호스로 바닥에 물을 뿌려 청소를 해놓아도, 오후가 되면 바닥이 하얗고 노리끼리한 배설물 찌꺼기들로 가득 찬다고 했다.

"걔들이 거길 화장실로 생각한다니까."

장 씨 아저씨는 흥분하곤 했다.

처음부터 장 씨 아저씨가 그 문제를 심각하게 생각했던 것은 아니다. 간혹 병원 고객이나 오피스텔 입주자가 실외 주차장에 차를 세워놓았다가 차창에 잔뜩 묻은 배설물들을 보고 기겁할 때도 장 씨 아저씨는 대수롭지 않게 넘어갔다.

"여기 비둘기가 많아서……"

문제가 발생한 건 몇 주 전이었다. 그가 건물 밖 배수로를 청소하는데, 여느 때처럼 날아든 비둘기들이 하필 그의 머리와 어깨에 배설물을 떨어뜨린 거다. 건물 아래를 지나거나 그 통로에서 담배를 피우다 봉변을 당한 사람들은 더러 있었다. 그러나 욕을 해댈 뿐 달리 어쩌지 못했다. 하긴 비둘기 배설물을 맞았다고 도대체 누구에게 어떻게 항의할 수 있을까. 비둘기의 배설물이란 그런 거였다. 책임을 물을 수 없는, 확률이나 불운으로 치부해 버릴 수밖에 없는, 자주는 아니더라도 누군가는 충분히 겪을 수 있다고 여겨지는 대수롭지 않은 일.

장 씨 아저씨가 몸소 겪은 이상, 그 대수롭지 않은 일은 이제 대수로운 일이 되어버렸다. 그는 만나는 사람들에게 그 통로를 점거한 비둘기들이 얼마나 큰 문제인지에 대해 설파했다. 자신이 직접 원인을 알아내 해결할 거라는 말도 덧붙였다.

"13구역이 스마트시티로 재개발한다고 건물이며 산이며 공원이며 싹 다 밀어버리니까 쟤네가 이쪽으로 몰려드는 거라고."

한껏 떠들어대던 장 씨 아저씨는 대기실에 오후 예약 환자들이 들어서기 시작하자 그제야 돌아갔다. 그의 모습이 사라지자마자 M이 입을 삐죽거렸다. 어휴, 했던 얘기 하고, 또 하고. 별거 아닌 일에 왜 저렇게 신경을 쓰시는지. 비둘기 멱살이라도 잡으시겠어. 대기실 환자들을 의식했는지 나지막하게 내 귓가에 속삭이며 웃는 그녀를 보며 나도 따라 웃었다.

두 시가 다 되어서야 M과 나는 오후 근무 조와 교대하고 병원 밖으로 나왔다. 간단히 점심을 먹을 요량으로 도시락 가게로 가 돈가스와 치킨 도시락을 주문했다. 점심 때가 지나 손님은 우리밖에 없었다.

"언니. 여기가 51구역 맞지?"

스마트폰을 들여다보던 M이 불쑥 물었다.

"우리는 언제 리뉴얼 들어가려나. 13구역처럼 우리도 스마트시티 재개발 구역으로 지정되면, 이 건물이며 도로도 전부 다 바뀌겠지?"

"아마 그렇겠지."

기획 단계부터 스마트시티를 표방해 건설된 몇몇 신도시들의 실체가 공개되자, 모든 지역이 너도나도 스마트시티로 재개발하겠다고 나섰다. 그게 벌써 몇 년 되었다. 모든 게 다 연결되는 세계라고 했다. 위성을 통해 자동차와 도로, 교통체계가 연결되고, 엔간한 배송도 드론으로 이루어지며, 그래서 스마트시티의 모든 거주지와 사무실에는 제각기 드론이 드나들며 배송할 수 있는 통로가 건물 밖으로 나 있다고. 한마디로 모든 게 첨단 기술로 이루어진 신세계. 이제 사람들은 프리미엄 아파트 차원의 문제가 아니라 도시에 프리미엄을 매겼다. 사람들은 각자의 영역 안에 머무르더라도 세상과는 더 많이 연결되길 바랐다. 더 많은 것이 연결될수록 가치도 높아졌다.

"어휴, 그러면 장 씨 아저씨도 이제 큰소리 못 내겠네. 그런 도시에서는 건물 관리도 뭔가 새로운 전문가들에게 맡기지 않겠어?"

그렇더라도 뭔가 역할이 있지 않을까?라고 말하기는 했으나, M의 말이 가슴에 얹히는 느낌이었다.

"하긴, 장 씨 아저씨만 문제겠어? 언니나 나도 문제 아니야? 솔직히 우리 일도 다 컴퓨터가 할 수 있는 일이잖아."

역시 상황을 냉철하게 보는 건 M을 따라갈 수 없다. 그게 자신에 관한 거라면 더더욱.

그런데, 언니. M이 나지막하게 부르더니 눈짓으로 어딘가를 가리켰다. 고개를 돌려 보니 가게의 그 여인이 손안에 든 무엇인가를 바닥에 조금씩 뿌리고 있었다. 비둘기들은 열심히 바닥을 쪼아댔다.

"언니, 장 씨 아저씨 알면 난리 나겠는데? 그치?"

M은 이내 관심 없다는 듯 고개를 돌렸지만, 나는 그러지 못했다. 모이를 주든 말든 그건 별 상관없었다. 단지 그녀가 하는 행동의 이유가 궁금했다. 그녀는 바닥에 모이를 뿌려 놓고 기다렸다. 그러면 담벼락이며 건

물 난간, 에어컨 실외기 등에 앉아 있던 비둘기들이 통로 바닥으로 모여들었다. 비둘기들이 모여들면, 잠시 지켜보다 이내 빗자루를 휘둘러 내쫓았다. 그러더니 또 모이를 주어 비둘기들이 날아들게 하고는 다시 손을 흔들거나 훠이, 저리 가,라고 소리치면서 비둘기들을 몰아냈다. 왜 굳이 비둘기를 불러들이고는 다시 내쫓는 걸까? 그걸 알기 위해서는 직접 물어봐야 했지만, 그러지 않았다. 그건 어쩌면 살면서 터득한 지혜 같은 거였다. 대수롭지 않은 일들이 구체적인 말을 몸으로 얻어 대수로운 일이 되거나 혹은 그 반대가 경우가 되어버리는, 그 사이의 무수히 많은 가능성에 대한 두려움.

얼마 뒤 병원에 출근해 휴게실에서 옷을 갈아입고 데스크로 나갔는데, 일찍부터 장 씨 아저씨가 대기실에 찾아와 있었다. 그리고 M이 그 앞에 서있었다. 그녀의 입에서 탈의실 사물함 어쩌고 하는 소리가 들렸다. 얼마 전부터 사물함 경첩이 헐거워져 잘 맞지 않는다더니 수리를 부탁하려는 모양이었다. 그녀는 장 씨 아저씨에게 손수 음료까지 따라주며 부탁하는 중이었다. 그 모습을 보니 웃음이 나왔다. 현관 옆에서 대화 중인 그들을 지나쳐 데스크 안으로 들어가려는데, M의 목소리가 유난히 크게 들렸다.

"참, 여기 통로에 비둘기들이요, 도시락 가게 아주머니가 자꾸 먹을 거 줘서 찾아오는 거 아녜요?"

대수롭지 않은 일들이 자신과는 상관없는 질량과 부피를 얻거나 잃는 건 언제일까? 나는 자리에 앉으려다 순간 주춤했다. 무엇보다 그녀의 얼굴을 쳐다볼 수 없었다. 시선이 마주치면 나에게 동의를 요구할 거 같아서. 대신 장 씨 아저씨를 쳐다봤다. 그의 동공이 막 확장되는 참이었다.

"그 아주머니가 비둘기들한테 모이 주는 거 다들 봤는데요? 그렇지, 언니?"

M의 말과 동시에 나는 장 씨 아저씨와 눈이 마주쳤다. 보기는 했지만 그게 아니라고, 그 여인은 그냥 모이를 준 게 아니라고, 그리고 바로 쫓아냈다고 말하고 싶었지만, 그러지 못했다. 그게 무슨 상관일까? 게다가 이 상황이 이토록 예민하게 받아들여야 문제이기는 한 걸까? 그렇게 생각하자 이 순간이 정말 대수롭지 않은, 지나면 기억조차 하지 못할 순간인 것처럼 여겨졌다. 슬며시 고개를 끄덕이며 장 씨 아저씨를 쳐다봤는데, 그

는 드디어 원하던 것을 찾았다는 듯한 표정이었다.

여인이 도시락 가게를 그만두었다는 얘기를 들은 건 그로부터 얼마 뒤다. 사실 그 뒤로 도시락 가게에 가지 않았다. 의도적이라기보다는 자연스럽게 그렇게 되었다. 도시락 말고도 간단하게 먹을 수 있는 건 얼마든지 있으니까, 적어도 M과 나는 그렇게 믿으려 했으니까.

그러는 동안 장 씨 아저씨가 찾아가 그 여인을 타박했다는 소문이 들려왔다. 그 자리에는 도시락 가게 사장도 있었고, 건물주도 있었다고 했다. 비둘기로 인한 피해가 생각보다 심해 가게 사장과 건물주가 함께 간 것인지, 아니면 장 씨 아저씨의 성화에 못 이겨 이끌려 간 것인지는 알 수 없었다. 또한 비둘기에게 모이를 준 게 원인이 되어 여인이 그만둔 것인지, 아니면 사장과 건물주가 찾아가 그 일로 면박을 준 일을 견디지 못해 그만둔 것인지, 이 일과는 상관없이 여인의 개인적인 사정으로 그만둔 것인지도 알 수 없었다. 무엇보다도, 이 소문이 정말 사실인지조차 확실하지 않았다. 분명한 것은 여전히 많은 비둘기가 통로로 몰려와 배설하기를 멈추지 않는다는 것, 그리고 더 이상 여인은 도시락 가게에서 일하지 않는다는 것뿐이었다.

이 모든 것을 말해준 것은 M이다. 병원 뒤쪽 상가에서 점심을 먹고 돌아오는 길이었다.

"그런데 언니. 설마 그런 일로 그만두기까지야 했을까?"

M이 물었다.

"아닐 거야. 혹시 그게 정말 큰 문제였다고 해도, 그냥 이제 안 그런다고 하면 충분했을 일이니까."

내가 대답했다.

"그런데 왜 비둘기를 불러들이고 내쫓기를 반복했을까?"

M이 문득 궁금하다는 듯 물었지만, 대답을 원하는 질문 같지는 않아 나도 어깨를 으쓱하고 말았다.

병원 근처에 와서 자전거를 타고 어딘가로 향하는 장 씨 아저씨를 만났다. 건너편 순댓국밥집 조명을 봐주러 가는 길이라고 했다.

"아저씨, 이제 비둘기들 많이 안 와요?"

M이 물었고, 나는 그녀의 옆구리를 찔렀다.

"보면 몰라? 많이 줄었어."

장 씨 아저씨의 대답에 M은 "나는 왜 별로 차이를 모르겠지?" 마치 들으라는 듯 중얼거렸다. 장 씨 아저씨는 서둘러 국밥집으로 향했다.

 사실 M에게도 장 씨 아저씨에게도 말하지 않은 게 있다. 나도 비둘기를 불러 모은 적이 있다.
 통로 끝 흡연구역에서 담배를 피우며 주변을 둘러봤다. 건물과 건물 사이로 불어오는 따뜻한 바람, 에어컨 실외기, 난간, 담벼락에 앉아 있던 비둘기들. 지나는 사람도 없고, 창밖을 내다보는 사람도 없었다. 여인도 없었다. 나는 주머니에 넣어간 쌀 튀밥을 꺼내 바닥에 흩뿌렸다. 통로 주변에 있던 비둘기들이 한 마리씩 바닥으로 내려앉기 시작하더니 이내 통로가 비둘기 십수 마리로 가득 찼다. 나는 여인이 했던 것처럼 비둘기들을 내쫓기 시작했다. 휘이, 휘이. 그렇게 불러들였다가 내쫓기를 반복했다.
 그중 단 한 마리만은 아무리 내쫓아도 꿈쩍도 하지 않았다. 녀석에게 천천히 다가갔다. 모이 먹기에 정신 없는 다른 녀석들처럼 고개를 까닥이던 녀석이 나를 쳐다봤다. 시선이 마주쳤다고 여긴 건 과장된 느낌이었을까? 녀석의 시선은 미동도 없이 나를 향해 있었다.
 그리고 분명히 보았다.

외형은 다른 비둘기들과 다르지 않았다. 그러나 생물의 몸체가 아니었다. 금속이나 플라스틱도 아닌 한 번도 보지 못한 재질이었다. 그리고 무엇보다 내 걸음을 쫓듯 움직이던 고갯짓과 시선. 그건 마치 움직이는 피사체를 따라 작동하는 CCTV의 그것과 같았다. 저게 뭐지? 순간 여인이 내게 했던 말이 떠올랐다. 모른 척해. 나는 더 자세히 보기 위해 서둘러 다가갔지만, 발걸음에 놀란 한 마리가 푸드덕 날아오르자, 한두 마리씩, 모든 비둘기가 함께 날아올라 어딘가로 사라져 버렸다.

 나는 내가 본 게 사실인지, 아니면 잠시 상상에 빠졌던 건지 확신할 수 없었다. 그러나 그게 사실이든 상상이든 절대 확인할 수 없을 거라는 것을, 그리고 여인이 그만둔 이유 역시 영영 알지 못할 거라는 사실을 알았다. 녀석의 눈에는 내가, M이, 장 씨 아저씨가, 그리고 여인이 어떻게 비쳤을까? 문득 궁금했다. M에게 이 얘기를 해볼까, 잠시 고민하다 고개를 저었다. 별생각 다 한다며 면박 줄 게 뻔했다. 그래, 별것 아닌 일이니까, 대수롭지 않은 일이니까. 그렇게 생각하자 마음이 편해지는 것도 같았다.

평행우주 고양이

Cat of the Parallel Universe

레나의 이름이 불쑥 튀어나온 건, 치미추리 소스를 곁들인 스테이크와 치커리샐러드가 테이블 위에 막 놓였을 때였다. 접시가 놓이는 동안 별 내용 없이 이어지던 대화는 잠시 중단되었다. 직원이 멀어져서야 음식에 카메라를 들이대거나 나이프를 들며 다시 한 마디씩 이어갔다. C가 주선한 청첩장 모임이었다. C는 오래전 랩실에 갓 들어온 열정 넘치는 막내였지만, 이제는 전공이나 경력과는 무관한 의류 편집숍을 운영했다. 간혹 둘, 셋씩 따로 만난 적은 있어도 이렇게 많은 인원이 연구실 밖에서 한자리에 모인 건 한참만이었다. 십 년이 훌쩍 넘은 시간이 무색할 정도로 분위기는 자연스러웠다. 가볍게 샴페인 잔을 쥔 손들, 축하와 행복을 기원하는 말들, 이미 결혼해 자녀를 둔 이들의 농담 섞인 악담 같은 것들이 테이블 위를 경쾌하게 넘나들었다. 오랜만에 만난 이들의 대화가 대체로 그렇듯 기억은 불완전했고, 조각나 있었다. 하나의 기억은 다른 기억을 소환했다. 그림을 완성하기 위해 퍼즐 조각을 맞추는 아이들처럼 머리를 맞대기도 했고, 이유 없이 까르르 웃기도 했다. 대화는 그 시절 실험실로 자연스레 흘러갔다. C는 다시 겪고 싶지도 떠올리고 싶지도 않다고 단호하게 말했다. 그런데도 물리학을 전공해 실험실과 강의실에서 시간 대부분을 보내는 남자와 결혼하는 것을 우리는 의아해했다. 누군가 이과 피가 어디 안 가는가 보다고 농담을 던졌고, 이번에는 C뿐만 아니라 다들 경악하는 표정을 지었다. 그러는 동안, 나도 모르게 그 이름을 조용히 읊조리고 있었다. 레나. 그 이름을 부를 때마다 입 속에서 오래 녹여 먹은 사탕의 달콤한 향이 입안 가득 퍼지는 듯했다. 내가 그렇게 말하면 레나는, "언니, 정작 나는 그 사탕 맛이 기억나지 않아요"라고 대꾸하곤 했다.

*

평온한 낮잠을 자다 꾸는 꿈에 불과하다고, 언니는 생각했어요. 깨어나면 가슴을 쓸어내리며 더 이상 그 공포나 슬픔이 아무런 해를 끼치지 못할 것을 깨닫고 안도해 버리는 그런 꿈.

그날 언니는 자정이 다 되어서야 학교 실험실을 빠져나왔어요. 물을 잔뜩 먹은 해초처럼 몸이 무거웠죠. 캠퍼스를 빠져나와 대로변을 걸었어요. 십오 분 정도 걸으면 카페, 식당, 술집이 모여 있는 상가 지역이 나타나요. 거기서 두 번째 골목으로 들어서야 해요. 오 분 정도 더 걷다 보면 상점들의 화려한 불빛이 점차 사라지는 대신, 좁은 골목길, 낮은 조도의 가로등, 낡은 연립주택과 원룸들, 그리고 최근 들어서기 시작한 신축 오피스텔이 풍경을 가득 채우죠.

언니는 그 경계 어디쯤에서 갈팡질팡했어요. 원래 집으로 곧장 달려가 잠들 생각이었어요. 곧 쓰러질 것처럼 피곤한데도, 맥주 딱 한 캔이 눈앞에 아른거렸어요. 그 한 캔이면 잠들 수 있을 거 같았거든요. 자꾸 편의점 쪽으로 눈길이 갔어요. 얼마 전부터 편의점에서 다양한 수입 맥주를 판매하기 시작해 선택의 폭도 넓어졌죠. 침대에 기대어 가볍게 맥주를 홀짝이며 영화나 유튜브를 시청할 수도 있고, 음악을 들을 수도 있을 겁니다. 근심 따위는 잠시 잊은 채 대여섯 시간은 잘 수 있을지도 몰랐죠.

  물론 그러다 보면 한 캔이 두 캔, 세 캔으로 늘어날 수 있다는 것도 모르지 않았어요. 취침 시각도 당연히 늦어질 테고, 다음 날 머리를 감지 못해 대충 묶고 밖으로 나서며 지난밤의 자신을 탓할 게 분명합니다. 미쳤어, 미쳤어, 라고요. 아니면 실험실에서 발생한 새로운 이슈를 처리하는 내내 후회할 수도 있겠죠. 이건 상상일 뿐인데도, 마치 이미 일어난 일을 상기하듯 생생했죠. 어떤 게 가장 합리적인 선택인지 언니는 이미 알았어요. 집에 도착하자마자 침대에 누워 눈을 감고 잠드는 거죠. 아침이 되면 조금 더 가뿐한 몸과 마음으로 일어나 하루를 시작할 수 있겠죠. 그건 정답 같은 거였어요.

  하지만 합리적일 수는 있어도 정말 좋은 선택인지에 대해서는 의문이 들었어요. 이 사소한 고민이 실은 정리되지 않은 마음 때문이라는 사실을 알았으니까요. 언니의 상황을 조금이라도 아는 사람이라면 소심하게나마 일탈하고 싶은, 그렇게 뭐라도 하지 않으면 견딜 수 없을 것만 같은 언니의 심정을 조금은 이해할 수 있을지도 몰라요. 대학원 실험실에서 만나 일 년 남짓 만난 애인과 헤어진 지 한 달도 채 되지 않았다는 사실 같은 것들이요. 사실 헤어진 전 애인은 핑계에 불과했어요. 당장 한 달 뒤에 정부 지원으로 진행한 프로젝트 보고서를 제출해야 했고, 동시에 그것과는 별개로 국제학술지에 게재할 논문도 마무리해야 했죠. 이 모든 게 계획대로 진행되어야 앞으로 나아갈 수 있을 겁니다. 이런 상황에서 전 애인 따위에 신경 쓸 겨를은 없었습니다. 단지 여러 상황이 매우 복합적으로 얽혀 있을 뿐이며, 아주 잠깐의 휴식이 필요한 것뿐이라고 생각했습니다. 인생 전체를 통틀어 티조차 나지 않는 아주 작은 부분에 불과할 뿐이고, 언젠가 이 시간을 무사히 지나온 것을 스스로 대견해할 날이 올 거라고요.

순간 언니의 마음속 무언가가 변한 것 같았다고 했죠. 불쑥 치밀어 오르며 언니의 몸과 마음을 지배한 것 같았다고요. 그 힘이 집도 편의점도 아닌, 언젠가 실험실 사람들과 회식 때 간 적 있는 근처 작은 펍으로 언니를 이끌었어요. 화려한 거리, 지하로 난 건물 계단을 밟고 내려가 힘주어 가게 출입문을 밀어젖혔습니다. 바에 자리를 잡고 앉아 주문을 기다리는 동안, 내일 업무 관련해 혹 챙기지 못한 게 있지는 않은지 하나씩 떠올렸습니다. 언니는 뭔가를 헤아릴 때 손가락을 하나씩 접으며 짚어가는 습관이 있었죠. 내가 언니를 지켜보게 된 이유 중 하나이기도 해요. 그런 사람은 흔치 않으니까. 게다가 얼마나 집중했던지, 내가 언니 앞에 섰는데도 전혀 알아보지 못했어요. 주문하시겠어요? 나는 장난기 잔뜩 묻은 표정으로 과장되게 물었고, 흐리멍덩한 눈빛으로 바라보던 언니의 동공이 점차 커졌어요.

언니는 모를 거예요. 이날의 만남이란 단순히 우연이 아니라는 걸요. 무수히 많은 선택과 우리가 알아볼 수조차 없는 힘들이 만들어 낸 소우주들의 마주침이라는 사실을요.

*

나는 그해 대부분을 실험실에서 보냈다. 매일 아침 아홉 시에 실험실로 출근해, 증식용 배지를 넣은 웰 플레이트에 배양 세포를 분주하거나 인큐베이터를 들여다보는 게 일과였다. 마우스 실험을 통해 결과를 확인하고, 용량을 변경해 가며 유의미한 결과가 도출될 때까지 실험과 관찰을 반복했다. 가설이 맞는지 점검하고, 중간 결과에 따라 계획을 수정해 실험을 재차 진행하는 일이 타임 루프에 빠진 것처럼 반복되었다. 실험의 목적은 스트레스가 인체에 끼치는 영향을 밝혀내는 것이었다. 특히 그 시기에 집중했던 것은 스트레스가 어떤 방식으로 암세포 발병과 성장에 영향을 미치는지를 확인하는 일이었다. 한마디로 스트레스와 암이라는 전혀 다른 인자 사이의 작용 경로를 확인하고 그 객관적 근거를 규명하는 게 목표였다.

많은 이들이 어딘가 아파 병원을 찾았다가 '또 스트레스래'라고 우스갯소리로 빈정대는 것을 종종 듣곤 했지만, 그건 오진이나 원인을 몰라서 내린 진단은 아니다. 다만 그 명확한 경로가 충분히 밝혀지지 않았을 뿐이다. 가령 스트레스를 받으면 교감신경이 활성화되어 노르에피네프린이 과도하게 분비되는데, 이것이 제2형 인슐린유사성장인자(IGF-2)에 영향을 준다. IGF-2는 태아 시기 뼈와 근육 형성에 기여하고, 성장 과정에서는 세포 증식과 조직 발달을 돕는다. 신경세포의 성장과 발달을 촉진하는 한편, 일부 대사 조절에 관여하기도 한다. 신체 성장과 기능 유지에 마치 보이지 않는 조력자처럼 작동하는 거다. 이렇게 신체에 필수적인 요인이지만 비정상적인 양이 생성되면 얘기가 달라진다. 암세포의 성장을 돕기도 하는 거다. 일종의 부작용인 셈이다.

IGF-2가 암을 유발하는 인자인지 아닌지는 분명하지 않았다. 다만 스트레스가 종양의 진행에 영향을 준다는 점만은 잘 알려져 있었다. 따라서 그 작동 메커니즘을 명확히 규명해내는 작업이 필요했다. 그 시기의 내가 진행한 연구 대부분이 그 경로를 다각도의 접근과 실험을 통해 증명하는 것이었다. 스트레스가 암의 진행에 영향을 미치는 경로는 다양하지만, 내가 주목한 것은 대표적인 스트레스 호르몬인 노르에피네프린이 매개하는 생화학적 신호 경로였다.

지금이야 스트레스가 암을 촉진한다는 사실이 기정 사실처럼 받아들여지고 있고, IGF-2가 이 과정에서 중요한 역할을 할 가능성도 점차 입증되고 있다. 그러나 그때만 해도 작용 기전이 명확히 밝혀지지 않아 그 경로와 메커니즘은 규명해야 할 중요한 과제였다. 더 많은 임상 연구와 실험적 증거가 필요한 건 지금도 마찬가지지만.

실험실에서의 프로젝트 진행은 단독으로 진행하기도 하지만, 그 외에는 일종의 품앗이처럼 이루어지기도 했다. 직접 주체적으로 진행, 관리하는 실험 외에 다른 연구자의 실험을 보조 지원하는 방식이다. 그 시기 내가 직접 관리하는 프로젝트는 두 개였다. 하나는 직접 국가 연구재단에 기획서를 제출해 따낸 프로젝트였고, 다른 하나는 지도교수인 K 교수가 연구책임자로 있는 프로젝트였다. 두 프로젝트 모두 경중을 따질 수 없을 만큼 중요했다. 내가 연구책임자로 진행하는 프로젝트는 물론이고, K 교수의 프로젝트 역시 내가 애정을 담아 기획과 집필을 해낸 과제였기 때문이다.

K 교수는 매번 연구실 팀원 모두의 성과를 강조했다. 그리고 그 기조 아래에 주요한 과제의 연구 설계 진행을 내게 맡겨 왔다. 이번 프로젝트를 마치면 박사 학위 논문에 집중할 수 있게 해 줄 것이며, 그 뒤에는 박사 후 과정까지 무사히 이어질 수 있게 지원해 주겠다는 약속이 매번 입버릇처럼 따라왔다. 이 제안이 물리칠 수 없는 것은 물론이고, 급기야 매혹적이었다는 것은 부정할 수 없는 사실이다. 그건 실험실 전체의 구성이나 분위기 때문이기도 했다. 성골, 진골 같은 출신 성분에 대한 가름은 실험실 내에 뿌리 박힌 관례 같은 것이었으며, 이런 분위기에서는 실험만큼이나 신경 써야

할 것 역시 많았다. 이건 원생만의 문제는 아니었다. 지도교수의 출신이 본교냐 아니면 해외파냐와 같은 것도 실험실 전체 분위기를 좌우하는 데 일조했다. K 교수는 본교 출신이 아닌 해외파이기는 했지만, 높은 국가 지원사업 수주율로 나름의 막강한 힘을 지니고 있었다. 그런 K 교수의 제안을, 타 대학 출신인 내가 거절하는 건 결코 가능한 일이 아니었다. 그리고 앞서 언급한 것처럼 거절은커녕, 매혹에 빠져들 듯 그 제안에 사로잡혔던 것도 사실이다. 그건 매우 현실적이고 합리적인 판단이었다.

무언가 잘못되었다는 기미를 눈치채기 시작한 건, 지도교수의 약속 이행이 한 학기씩 자꾸 미뤄지기 시작하면서부터다. 프로젝트는 약속한 대로 진행되었음에도, 하나의 프로젝트가 완료되기도 전에 결과 대신 또 다른 제안이 이어지는 상황이 반복되었다. K 교수는, 그래도 눈치는 있었는지, 대놓고 내게 제안하기보다는 실험실 내에서 그런 식으로 구도가 형성되도록 뒤에서 만들어 갔다.

그런 중에 전 애인의 문제까지 끼어들기 시작했다. 이 문제가 내게 한낱 연애 문제에 그칠 수 없었던 이유는, 그가 소위 실험실 사람들이 말하는 성골이었기 때문이다. 해외파 출신이자 나름의 영향력까지 지녔으되 본교 출신이라는 타이틀만 없었던 K 교수는, 랩실 안에서 몇 안 되는 본교 출신인 그를 은연중에 배려했다. 급기야 내가 주도로 진행하는 프로젝트의 공동 저자로 올릴 것을 제안하기까지 했다. 나는 처음으로 K 교수에게 반대했다. 그가 전 애인이어서가 아니라, 내가 직접 계획하고 진행한 이 프로젝트를 강탈당하고 있으며, 나라는 인간의 인격과 존엄성마저 강탈당하고 있다는 인식이 처음으로 명확히 들었기 때문이기도 했다. 사실 인정하지 않았을 뿐 그전에도 분명히 느끼고 있었겠지만, 이 인식은 이때야 비로소 구체적인 몸을 갖춘 언어의 형식으로 내 안에 자리 잡았다. 냉랭한 실험실 분위기는 계속 이어졌고, 그것도 모자라 패가 나뉘어 긴장이 조성되기도 했다. 한쪽에서는 K 교수와 전 애인에 대한 옹호 여론이 형성되었으며, 거기에 속하지 않은 이들은 나에 대한 연민을 앞세워 K 교수의 처사를 비판했다. 이쪽으로도 저쪽으로도, 속하지 못하고 끼어 있는 처지인 것은 변함없었다. 전 애인은 마주칠 때마다 매우 곤혹스러워하며 미안하다는 듯한 제스처를 취했지만, 그렇다고 적극적으로 이 사태를 바꾸려는 시도 같은 건 하지 않았다. 이게 초겨울로 이어지는 계절의 어디쯤이었고, 레나가 나타난 것도 바로 그즈음이었다.

*

사실 레나가 나타났다는 것은 정확한 표현은 아니다. 레나는 그 시기에 이미 그곳에 있었고, 내가 뒤늦게 인지한 것뿐이니까.

레나는 그해 하반기에 선발되어 연구실에 배치된 근로봉사 장학생이었다. 교수연구실과 강의준비실을 정리하거나 수업 및 연구 준비를 보조하는 게 주 업무였다. 레나 역시 그런 업무를 맡으며 그 시기, 그 계절의 풍경 안에 함께 있었다.

나중에 알게 된 사실이지만, 레나는 꽤 인정받는 근로봉사 장학생이었다. 자신이 맡은 일을 그 누구보다 잘 해냈고, 그 어떤 불리한 상황에서도 일을 해결할 방법을 찾아내는 능력도 갖추고 있었다. 레나는 일반적인 근로봉사 장학생의 업무에 그치지 않고, 점점 더 많은 일을 맡았다. 교수들이나 행정실의 인정을 받은 레나는 교수연구실과 강의준비실을 벗어나 실험실까지 출입하기 시작했다. 실험에 필요한 물품의 재고를 파악하거나, 각 랩실의 요구사항을 정리해 학교에 제출했다. 가끔은 국가보조금으로 진행된 프로젝트의 영수증 정리를 맡기도 했다. 보기에 따라 다르게 해석할 수도 있겠지만, 레나가 맡은 역할은 랩실 내부에서는 굉장히 파격적으로 받아들여졌다. 랩실에 속한 것도 아니고 대학원생도 아닌 사람에게 꽤 많은 정보를 공개하는 것이나 다름없었기 때문이다. 급기야 레나가 학과 학부생이었는가 하면, 그것도 아니라고 했다. 이런 이야기는 모두 랩실 다른 이들에게 전해 들은 것이다. 특히 C는 학부를 졸업하자마자 랩실에 들어온 데다 비슷한 또래여서인지 레나에 대해 꽤 많이 아는 듯했다.

같은 공간인 만큼 레나와 마주치거나 인사를 한 적은 있으나, 내가 레나를 한 존재로 인지하기 시작한 건 그날 바에서 우연히 만난 뒤부터다. 어쩌면 그건 지극히 자연스러운 일이었다. 학부 근로봉사 장학생과 실험실 박사연구원 사이의 거리란 그리 가깝지도 필연적이지도 않으며, 그만큼 접점도 없었으니까.

충동적으로 발걸음을 돌렸던 그 새벽에 바를 사이에

두고 건너편에 선 레나를 마주했을 때, 나는 묘하게 안도했다. 집에서 혼자 맥주를 홀짝인 적은 있지만, 이렇게 가게에 혼자 앉아 음주를 해본 경험은 없었다. 그래서인지 호기롭게 가게 문을 열고 들어가기는 했지만, 자리를 잡고 앉으면서 벌써 조금은 후회하고 있던 중이었다. 그런 상황에서 조금이라도 아는 사람을 만나 대화할 수 있다는 건 꽤 다행스러운 일이었다. 그날 레나와의 대화가 오래 알고 지낸 사람처럼 자연스럽게 이루어질 수 있었던 것도 그 때문일 거다. 조금은 과장된 포용력과 관심으로 레나라는 한 존재를 대했고, 레나 또한 특유의 친화력으로 혼자라는 어색함을 느끼지 못하게 해 주었으니까.

그때의 대화로 레나에 대해 알게 된 건 대략 이러했다.

그녀는 한참 전에 캐나다로 이민을 가 몇 년 전에 시민권을 받았다. 대학에 들어가서는 평소에 관심 있던 많은 활동을 실행에 옮겼다. 사회학과에 재학했던 그녀는 우수한 성적을 유지하며 학업에 열중하는 한편, 방학을 틈타 자원봉사 활동에도 참여했다. 과학 동아리 활동도 했다. 전공이 다른데 용어가 어렵지 않았냐고 묻자, 그녀는 이미 중고등학교 때부터 익숙해져 있었기 때문에 별문제 없었다고 했다.

"고등학교 때 사이언스 페어에 참가해 수상하기도 했으니까요."

거기서의 생활은 매우 만족스러웠지만, 자신이 태어난 나라의 대학을 경험해 보고 싶었다. 그녀는 고국의 대학에 교환학생으로 돌아왔다. 지금은 등록금 마련을 위해 아르바이트 중이다.

레나의 이야기가 끝나고 잠시 침묵이 이어졌다. 그녀가 자신에 관해 얘기해 준 만큼, 나 또한 내 이야기를 해야 할 것 같았으나 조금 난감했다. 학교에서 몇 번 본 것만으로도 레나는 이미 나에 대해 대략 알고 있었으니까. 그렇다고 개인사를 세세히 얘기하기에는 아직 그만큼 신뢰가 쌓이지 않았다고 생각했다. 결국 나는 어떻게 이 지하의 술집까지 오게 되었는지 얘기하기 시작했다. 자정 넘어 캠퍼스를 나서며 걷는 퇴근길, 골목으로 빠져들어 바로 집으로 향할지 맥주 한 캔을 할지 고민하던 장면들, 그 고민의 순간에 도래하지 않은 미래의 장면 같은 것들이 이미 겪은 일처럼 머릿속을 스쳐 가더라는 얘기 따위를. 그리고 지하 계단을 내려와 이곳에 앉아 있다는 것까지.

"어쩌면……"

레나는 특유의 발랄하고 생동감 넘치는 말투로 말했다.

"비록 찰나지만, 선생님은 그때 우연히 평행우주를 엿본 건지도 몰라요."

응?

"아니, 분명해요. 우리가 무엇인가를 선택하는 바로 그 순간, 또 다른 가능한 세계가 만들어져요. 그것도 무한히. 선생님은 하나의 선택을 한 거고, 그때 갈라지듯 다른 세계가 만들어졌을 거예요. 그 세계를 엿본 게 분명해요. 놀라워요. 나 말고도 다른 세계로 건널 수 있는 사람이 있다니. 어떤 선택을 통해 선생님이 지금 이 바에 앉아 있는 세계가 존재하는 것처럼, 일찍 자고 일어나 실험실로 나서는 선생님이 사는 세계가 있고, 집에서 맥주를 마신 뒤 지각을 한 선생님이 사는 우주도 저기 어디엔가……"

잠깐!

손을 들어 그녀가 말을 멈추게 했다. 레나는 말을 멈췄지만, 진심으로 놀라운 무언가를 발견하기라도 한 듯 잔뜩 흥분한 표정으로 나를 쳐다봤다. 나는 고개를 절레절레 저었다. 세상에, 평행우주라니. 게다가…… 선생님이라니. 내가 정색하자, 레나는 "박사 선생님 맞는데…… 그럼 뭐라고 불러요?"라며 난감해했다. 나는 레나에게 귓속말로 조용히, 그러나 단호하게 말했다.

"언니라고 불러."

*

종종 레나에게 누군가의 조건 없는 호의가 절실했던 바로 그 순간, 바 너머에 그녀가 서 있었던 게 얼마나 다행이었는지를 말하곤 했다. 그러면서 덧붙였다. 지구상에 이런 만남이야 흔하고 또 넘쳐나겠지만, 어떤 우연이 겹쳐 그날의 만남이 이루어진 것일까, 하고. 그건 그날 함께 일하는 다른 직원이 갑작스럽게 결근해 레나가 대신 바를 지키고 있었다는 얘기를 들은 뒤였다.

어떤 물리학자들은 우주를 구성하는 모든 입자가 실은 점이 아닌 아주 작은 끈으로 구성되어 있다고 주장한다. 그 논리에 의하면 우리가 원자나 소립자라고 부르는 것들은 그 끈의 파동에 의한 형태일 뿐이다. 이 끈들은 각기 다른 진동수와 패턴으로 끊임없이 진동하고 있고, 미세하더라도 외부의 영향을 받으면 이들은 성질이 다른 입자로 변한다. 바이올린을 켤 때 같은 길이의 줄들이 왼손 운지에 따라 다른 소리가 나는 것처럼 말이다. 레나의 말에 따르면, 이 작은 끈들로 이루어진 우주와 인간에게 영향을 줄 수 있는 것은 너무나도 많아서, 지구 북반구 어느 나라의 작은 가게에서 마주친 이들의 운명에 개입한 것들을 캐내려는 것은 무모하다. 좋은 시도이기는 하지만.

"그러니까 우리는 우리가 할 수 있는 최선을 다하면 되는 거예요."

그 시기 업무를 마치고 실험실에서 나오면 레나가 일하는 가게에 가 출근 도장을 찍다시피 하는 게 일상이 되었다. 가끔은 C도 함께 어울려 시간을 보냈다. 대학원생과 학부생이라는 차이가 있기는 해도 비슷한 또래여서 잘 어울릴 거 같아 내가 데리고 갔다. 그러나 C는 이내 시큰둥해지는 것 같더니, 연애를 시작한 뒤로는 다시 찾아오지 않았다.

레나를 알아갈수록 그녀가 하루하루 살아가는 모습에 매번 놀라곤 했다. 레나는 바 말고도 다양한 아르바이트를 병행하고 있었다. 그중 하나가 대형 쇼핑몰의 외국인 안내 데스크 업무였다. 쇼핑몰을 찾은 외국인이 그녀의 주요 고객이었다.

"오늘 미국인 청년 둘이 데스크로 찾아왔어요. 내일 출국이어서 오늘 중에 카메라를 교환해야 하는데, 마침 담당 부서 직원이 휴가였던 거예요. 특히 이걸 교환하려면 카메라에 문제가 있다는 걸 증명해야 하는데, 이 손님들은 그걸 설명할 방법을 모르는 거예요. 우리 직원들은 그런 세세한 걸 설명할 영어가 안 되고. 그래서 내가 교환판매부 직원과 그 청년들의 중재자 역할을 했죠. 게다가 미국으로 돌아가는 이 청년들이 교환된 카메라를 집에서 받을 수 있게 본사에까지 문의해서 신청서 작성을 도와줬어요. 그 청년들이 얼마나 고마워하던지, 미국에 올 일이 있으면 연락하라고 연락처까지 주고 갔어요."

"오후 늦게 노부부가 휴대폰 부품을 교환하러 왔는데, 위치를 모르겠다는 거예요. 설명을 해주긴 했는데, 제대로 못 찾을까 걱정이 되더라고요. 그래서 다른 직원에게 자리를 맡아달라 부탁하고 뒤따라갔죠. 역시나 다른 데에서 헤매고 계시더라고요. 그래서 내가 그분들을 직접 데려다줬어요."

레나는 학교 수업이 없는 공강 날이나 수업이 전부 끝난 저녁 시간에도 자기만의 시간을 보내거나 쉬는 일이 없었다. 타지에 홀로 나와 사는 데다 등록금을 벌기 위해서라고 하니 그렇게 받아들이기는 했으나, 그렇다고 하더라도 그녀의 생활은 지나쳤다. 자신을 혹사하려는 것만 같았다. 그 겨울, 레나는 내내 감기를 달고 살았다. 하루는 너무 기침이 심해 내일은 쉬는 게 어떠냐고 물었더니 고개를 저으며 이렇게 대답할 뿐이었다.

"그래도 삶은 계속되어야 하니까!"

나는 그때만큼은 '선생님'으로 돌아가 쉴 수 있는 날은 되도록 쉬어보라고, 아니 시간을 내서라도 쉬라고 단호하게 얘기하곤 했다. 그때마다 그녀는 "알았어요."라며 특유의 웃음을 지었다.

웃음과 친절. 그 시기 그녀에 대한 인상은 그랬다. 가령 어떤 학생이 길을 찾지 못해 학교를 헤매고 있는 것을 발견하면, 보통은 길을 설명해 주고 지나칠 거다. 하지만 레나는 굳이 나서 원하는 장소까지 데려다줬고, 그러는 중에 그 학생과 친구가 되어 전화번호를 교환하거나 급기야는 그 친구의 사정에 대해 모르는 게 없을 정도로 친밀한 사이가 되곤 했다.

가끔은 이런 친절이 오해로 되돌아오기도 했다. 아르바이트하는 곳에 결원이 발생해 그녀가 대체 근무를 자원하면, 처음 한두 번은 직원들 모두 고마워했다. 그러나 어떤 경우에는 '인정받으려는 발악'으로 받아들여지기도 했다. 그런 일을 겪고 온 날도 그녀는 웃음을 잃지 않고 말했다.

"이해해요. 입장에 따라 그렇게 생각할 수도 있는 거니까요."

사실 레나를 '특별'하게 만든 이 모든 일화는 있을 수 없다거나 이상한 일은 아니었다. 그러나 그런 일이 빈번하게 일어난다면, 그리고 그게 한 사람의 이력처럼 쌓인다면 상황은 달라진다. 처음에는 다들 친절한 레나 씨, 성실한 레나 씨, 부지런한 레나 씨라고 부르며 다만 조금 특별하게 여겼을 뿐이다. 그리고 그 특별함 또한 청소년기를 한국이 아닌 외국의 문화권에서 지낸 데서 기인한 것으로 대수롭지 않게 여기는 분위기였다. 그러나 시간이 흐르는 동안 그 특별함은 특이함으로, 그리고 아예 '우리'와는 구분 짓게 되는 요인이 되어갔다.

언젠가 C가 레나에 대해 이런 말을 한 적이 있다.

"언니, 실험실에서 레나랑은 좀 거리를 두세요."

나는 어떤 이유로 그렇게 말하느냐고 물었다. C는 곰곰이 생각하는 듯하더니 대답했다.

"걔가 이상하거나 나쁘지는 않은데, 조금 과해요."

C는 이런 말을 했다는 사실을 기억하지 못했다.

물론 레나의 이러한 점이 문제라는 생각은 하지 않았다. 게다가 레나의 웃음과 친절이 누군가에게 얼마나 안도로 다가올 수 있는지 나는 알고 있었으니까. 그런 점이 그녀를 더욱 돋보이게 한다고 여겼다. 무엇보다 나를 사로잡은 것은 그녀의 이야기였다. 가령, 평행우주 같은 것.

"어제 새벽엔 케일리와 매슈를 보고 왔어요. 캐나다에 있을 때 알던 친구인데, 둘은 서로를 몰라요. 그런데 어제 건너간 그곳에서는 둘이 연인 사이가 되었더라고요. 케일리는 나를 알아보지 못했지만, 매슈는 나를 알아봤어요."

"캐나다에 있을 때 다니던 학교가 궁금해 그곳으로 가 봤어요. 거기서 내가 뭘 봤는지 알아요? 1978년형 롤스로이스 코니쉬를 봤어요. 내가 클래식 자동차를 좋아한다고 얘기한 적 있죠? 그 차가 주차장에 세워져 있었어요. 한번만 타보게 해달라고 부탁하려 오래 기다렸는데, 결국 타보지 못하고 돌아왔어요."

다른 우주에 다녀왔다며 그녀가 들려주는 이야기들을 제법 진지하게 들어주곤 했다. '진지하게'라고는 하지만, 거기에는 장난은 장난으로, 농담은 농담으로 듣자는 태도가 이미 깔려있었다. "어제는……"이라고 레나가 운을 떼면, 나는 노트북을 펼쳐 놓고 미처 끝내지 못한 서류 작업을 마무리하며 "그래, 우리 레나. 어제는 또 어디를 다녀왔을까?"라고 묻는 식으로. 레나의 이러한 면이 그녀 나이 또래가 지닌 발랄함의 하나이거나 혹은 그녀만의 개성이라고 여겼다.

어떤 날에는 좀 짓궂게 굴고 싶어 그녀가 예상하지 못했을 질문을 던졌다.

"그런데, 레나. 그 다른 세계로 건너가는 방법이 뭐야? 도대체 어떻게 하면 건널 수 있는 거야?"

그녀는 이내 특유의 쾌활한 목소리로 대답했다.

"고양이 때문이에요. 평행우주 고양이. 내가 원래부터 다른 세계에 건너갈 수 있었던 건 아니에요. 어느 날 고양이 한 마리가 찾아왔는데, 그 녀석의 눈을 오래도록 쳐다보면 다른 세계로 건너갈 수 있다는 걸 알게 되었죠. 가끔 녀석이 찾아와요. 그러면 나는 녀석의 눈을 바라보기만 하면 돼요."

 나는 한순간의 머뭇거림 없이 대답하는 레나를 놀랍다는 듯 입 벌리고 쳐다봤다. 그녀는 자기 대답이 마음에 들었는지 자신만만한 표정이었다. 고집쟁이. 한 번을 지지 않는다.

 진심으로 그녀가 걱정되었던 부분은 상상하지 못할 아르바이트 시간이나 강박처럼 타인에게 친절하게 군다는 게 아니라, 끼니를 거의 챙기지 않는다는 점이었다. 레나에게 밥 챙겨 먹었냐고 물으면, 지난밤에 끝낸 과제 노트를 집에 두고 온 학생처럼 배시시 웃으며 고개를 돌렸다.

 레나와의 만남은 주로 하루가 마무리되는 늦은 시각에 이루어졌다. 실험실에서의 일과를 끝낸 뒤 가게로 가 맥주 한 잔을 시켜 놓고 그녀의 일이 끝나기를 기다렸다. 그녀가 일을 마치면 근처 식당이나 무엇을 먹을 수 있는 곳으로 가 간단히 배를 채웠다. 그렇게 밥을 먹고 나면 그녀와 함께 원룸이 밀집한 골목을 걸으며 각자의 집으로 향했다. 레나는 그날 마주친 여러 손님이나 최근에 관심 갖게 된 영화 혹은 드라마에 관해 얘기했다. 물론 그녀가 간밤에 다녀온 또 다른 우주에 대해서도. 나 역시 지금 진행하는 프로젝트가 어느 정도 진척되었는지, 실험실에서의 여러 상황이 어떤 국면을 맞이했는지에 대해 떠들어댔다. 한 번도 가본 적 없다는 레나를 위해, 꽃이 활짝 핀 계절에 해안 절경과 유채꽃으로 유명한 남쪽의 섬으로 함께 여행을 가기로 약속하기도 했다. 새로운 관계는 늘 새로운 풍경들을 불러오곤 했다. 레나가 사는 집은 내가 학교 연구실과 집을 왕복하는 동안 지나친 여러 골목 중 하나에 있었다. 학교와 집 사이의 가장 빠르고 편한 길을 선택해 다녔던 나는, 그녀를 만난 뒤에야 그 골목에 처음 가 보았다. 새벽녘 낮고 붉은 가로등이 서 있는 골목을 따라 걷다 보면 불 꺼진 작은 구멍가게를 지나 오른편에 그녀의 집이 있었다. 2층 높이의 오래된 다세대 건물.

어느 날인가는 레나가 감기에 걸려 결근했다는 얘기를 전해 듣고 감기약과 간식거리를 챙겨줄 생각으로 그녀가 사는 건물 앞에서 전화한 적 있다. 그녀는 오래도록 전화를 받지 않았다. 불현듯 불안과 걱정이 치밀어

집으로 쳐들어갈 생각도 했으나, 사실 그녀가 몇 호에 사는지도 알지 못했다. 그 집 앞에서 서성이고 있는데, 잠시 뒤 휴대폰이 울렸다. 건물 밖으로 나온 레나는 한눈에 보기에도 매우 초췌했고, 그러나 미소 지으며 내게 어쩐 일이냐는 표정을 지었다. 나는 그녀에게 약봉지와 간식거리를 건네주며, 약은 먹었냐, 이렇게 아프면 전화를 해 약이라도 사다 달라고 하지 왜 연락을 안 했냐, 밥은 또 안 먹었을 거 아니냐, 사는 곳 호수와 비밀번호는 뭐냐, 내가 불안해서 안 되겠다는 둥 언니와 선생님 사이를 왔다 갔다 하며 그녀에게 말을 쏟아냈다. 그러면서 같이 들어가자, 가서 제대로 다 먹는지 확인하고 가야겠다, 라고 엄포를 놓기도 했다. 그런데 그녀가 대답했다. 정말로요?

"언니, 들어갔다 가도 돼요. 그런데 알아둘 게 있어요. 만약 저 방에 한 발짝이라도 들여놓게 된다면, 그땐 완전히 얽매이게 될 거예요. 그래도 괜찮겠어요?"

고장 났는지 가로등마저 깜빡거리는 그 어두운 골목에서, 나는 레나의 얼굴을 보며 일순간 낯선 세계에 빠져든 기분이었다. 같은 표정으로 다른 말을 할 수 있다는 걸 그 순간 처음 경험했던 것 같다. 어두운 조도의 조명에 드러난 그녀의 표정은 미소와 친절로 가득했지만, 그 미소와 친절이 담고 있는 것은 완전히 다른 거였다. 명확히 설명할 수는 없지만, 어떤 갈림길에 선 자의 절실함 같은 것. 당황한 나는 조금 허둥대고 있었다.

"뭐야, 무슨 드라마 대사야? 우리 레나, 이제 연기도 하려는 거야?"라고 둘러대며 그 분위기를 흐트러뜨리려 했고, 레나는 헤헤, 웃으며 평소의 모습으로 돌아와 있었다. 그날 집으로 들어가는 레나를 지켜보다 발걸음을 돌리며 언젠가, 조금 더 시간이 지나고, 조금 더 신뢰가 쌓이면, 이날의 정체 모를 느낌들도 알 수 있겠지, 생각했을 뿐이다.

그리고 그날은 생각보다 빨리 찾아왔다.

*

사실 딱 한 번, 레나의 방에 들어간 적이 있다. 그녀는 그 사실을 모를 거다. 아니, 어쩌면 알았을까? 그래. 알았을 거다.

오전 내내 레나와 연락이 되지 않았다. 몸살이 나아지지 않아 앓아누울 거 같다고, 전날 그녀가 힘없는 목소리로 전화했다.

"내일은 방의 일부가 된 것처럼 누워 있을 거예요."

점심시간을 틈타 약과 죽을 사 들고 그녀의 집으로 찾아갔다. 전화를 해도 레나는 받지 않았다. 머릿속에 온갖 걱정이 스쳤다. 정신을 잃을 정도로 아픈 것은 아닌지 염려하기도 했다. 나는 건물 앞에서 휴대폰을 들여다보거나 철제문을 만지작거리며 한참을 서 있었다. 점심시간인데도 골목 깊숙한 이곳은 인적조차 보이지 않았다. 잠시 뒤 나는 문을 열고 건물로 들어갔다.

문 안쪽에 또 다른 문이 있었다. 건물 1층과 2층으로 향하는 계단이 있었고, 그 옆 반 층 아래에 또 다른 문이 나 있었다. 그 문을 열자, 좁은 복도가 눈에 들어왔다. 복도라고는 해도 열 걸음도 안 되어 보였다. 두 사람이 간신히 지나다닐 정도의 폭이었다. 복도를 사이에 두고 방 몇 개가 마주 보는 형태였고, 끝 쪽에 세탁실과 화장실이 있었다. 복도 입구 신발장은 방의 주인들이 벗어놓은 신발들로 넘쳐났다. 방은 고작 네댓 개인데, 신발은 서른 켤레쯤 되었다. 샌들과 단화는 물론이고 종아리까지 올라오는 부츠까지 각양각색이었다. 그 사이에 레나의 운동화도 있었다. 신발을 벗고 안으로 들어갔다.

 들어서자마자 문 하나가 벌컥 열리더니, 커플로 보이는 외국인들이 복도로 나왔다. 그중 노란 머리의 남자가 경계하듯 계속 고개를 돌려 쳐다보았다. 외부인을 경계하는 외부인의 표정으로. 나도 모르게 레나를 아냐고 물었다. 그제야 청년의 표정이 단숨에 풀렸다. 오, 레나. 그러더니 손가락으로 방 하나를 가리켰다. 나중에 알게 된 거지만, 이 건물은 어학연수나 교환학생으로 온 외국인 학생들이 거처를 마련하기 전 잠시 머무는 곳으로 알려진 곳이었다.

 한낮인데도 복도는 컴컴했다. 청년이 알려준 세 번째 방 앞에서 나는 문을 두드렸다. 똑똑. 안에서 아무 소리도 들려오지 않았다. 혹시나 싶어 문고리를 잡고 돌렸다. 나무 재질의 문은 뻑뻑하지만 쉽게 열렸다.

 레나는 없었다. 대신 몸만 간신히 눕힐 수 있는 그 공간에 고요와 어둠이 원래부터 그곳에 오래 살았던 생물처럼 스며들어 있었다. 찬 기운이 발바닥을 타고 올라왔다. 책상, 옷장 따위의 가구는 없었다. 커다란 트렁크와 침낭, 옷가지가 방 한쪽에 널려 있었다. 반쯤 열린 창문 틈새로 밖이 보였다. 창틀은 지상의 경계와 맞닿아 있었다. 그 창으로 바깥소리가 흘러들었다. 근처 초등학교 운동장의 아이들 소리, 멀리 지나가는 자동차 경적, 그리고 골목을 누비고 다니는 길고양이들의 울음소리.

창가에 선 채 가만히 밖을 내다보았다. 매일 밤 어두운 골방에서 창문을 열고 현실이 아닌 다른 세계를 찾아 헤매었을 레나를 떠올렸다. 잦은 감기와 근육통. 케일리와 매슈. 어둠. 고양이. 그리고 여행용 가방을 끌고 평행우주를 건너는 그녀. 잠시 뒤, 조용히 방문을 닫고 밖으로 나왔다.

*

그 계절은 그런 식으로 흘러갔다. 여느 때와 마찬가지로 곧 추위가 모두 물러가면, 캠퍼스 곳곳에 꽃이 피고 그 꽃만큼이나 밝고 기대에 찬 얼굴들이 만발할 거였다. 그러나 그런 계절이 오기 직전 작은 사고가 발생했다.

늦은 저녁 실험실에서 발생한 화재는 매우 위험할 뻔했으나, 다행히 일찍 진화되었다. 사람이 없는 새벽에 화재가 발생하지 않은 건 정말 다행이었다. 어디선가 매캐한 냄새가 나 이상하게 생각한 위층의 연구원이 아래층 실험실 화재를 인지했다. 소방서와 방호실에 서둘러 연락을 취했고, 불은 이십여 분 만에 진화되었다. 실험대 위의 건조기, 냉각기 등의 설비 몇 가지와 근처의 연구자료 일부를 태웠다. 그중에는 내가 세팅해 놓은 샘플 몇 가지와 연구자료 몇몇이 포함되어 있었다. 그날의 불은 일찍 진화되었지만, 실상 그보다 더 많은 것을 태웠다.

실험실 화재 문제는 진화되고 복구되는 것에 끝나지 않았다. 화재가 발생한 원인은 설비 노후로 인한 누전으로 밝혀졌다. 그러나 화재 당시 경보기가 울리지 않았던 것이 알려지면서 교내 실험실 전체에 대한 안전사고 및 대비에 관한 문제가 수면 위로 떠올랐다. 학교는 실험실 설비 전체는 물론이고, 실험실이 돌아가는 체계나 인력 관리에 대한 문제까지 총체적으로 점검하기 시작했다.

문제는 레나였다. 하필 화재가 난 시각, 레나가 실험실 옆 연구실에 출입한 사실이 CCTV에 잡혔다. 학교 측은 랩실 연구원 몇몇을 모아 놓고 CCTV 영상을 보여주었다. 실험실에 들어온 게 아니었고, 문제 될 게 없었다. 그런데도 누군가는 저 때 바로 발견했으면 피해가 더 작았을 거라고 했다. 저 때 발견하고 조치하지 않은 탓에 자칫 실험실 전체는 물론 건물을 다 태워 먹을 뻔했다고 말하기도 했다. 가장 큰 문제는 시설 노후화와 안전사고 대비가 미흡했던 시스템이었는데도, 어쩐지 그걸 발견하지 못한 레나에게 책임의 초점이 맞춰지는 듯했다.

은연중 자신에게로 향하던 책임론이나 일부 비난 따위는 상관없다는 듯, 오히려 레나는 나에게 더 미안해했다. 자신이 더 일찍 화재를 발견했다면, 내가 준비하던 실험 자료나 결과물이 아직 남아 있었을 것 아니냐며 진심으로 미안해했다. 나는 아무 대꾸도 하지 못하고 레나를 쳐다보았다. 어색한 침묵이 레나와 나 사이에 흘렀다. 그 침묵 속에서 처음으로 레나와 나 사이의 구분 같은 것을 했던 거 같다. 아직 현실을 잘 모르는구나. 아직 세상 경험이 적어 주요한 문제를 대하는 태도나 접근 방식이 다를 수밖에 없나 보구나.

그날 정말 냄새를 맡지 못했는지, 분명 실험실 밖 복도까지 타는 냄새가 퍼졌을 텐데 어째서 아무 조치도

취하지 않았는지 묻는 학교 담당자의 질문에, 레나는 아무 대답도 하지 않았다고 했다. 게다가 영문을 모르겠다는 표정이 아니라, 자신의 실수를 인정하는 피고의 표정으로 있었더랬다. 나는 일이 더 이상 잘못된 방향으로 커지기 전에 명확하게 해명하는 게 좋겠다고 판단했고, 그 방법을 생각해 보자고 만난 자리였다. 그런데 거기에는 별로 관심 없다는 듯 나에 대한 미안함만 말하는 레나가 조금 답답하기도 했다. 이럴 때가 아니라고 다그치려는데 한참 침묵하던 레나가 입을 열었다.

"만약 뭔가 타는 냄새를 맡을 수 있었다면, 당연히 재빨리 대처했을 거예요."

너무 당연한 말이어서 조금은 어리둥절한 표정으로 그녀를 쳐다보는데, 레나가 이번에는 좀 더 분명하고 확실하게 말했다.

"난 냄새를 전혀 맡지 못해요."

그건 열일곱 살이 된 어느 날부터였다. 레나의 얘기를 요약하자면 그때 부모님은 별거 중이었고, 엄마를 따라 캐나다로 간 지 얼마 되지 않은 때이기도 했다.

그때 레나는 늘 무엇인가를 버텨내야만 했다. 처음에

는 그 대상이 자신을 둘러싼 상황이었다. 부모님의 별거와 이윽고 현실이 된 이혼, 한국에 두고 온 친구들. 그리고 자신을 짐짝처럼 여기는 엄마의 새 남편과 그 가족들. 레나는 어느 순간 버텨내는 게 아니라 도망치고 싶었다. 무엇에서 도망치고 싶었던 걸까. 처음에 레나는 그게 냄새라고 생각했다. 집에 들어가고 싶지 않아 집 앞에서 오래 버티며 먹어댔던 푸틴과 홀튼 커피의 냄새 같은 것들. 레나가 정말로 도망치고 싶었던 게 냄새가 아니라, 다른 것이었다는 사실은 한참 뒤에야 깨달았다. 그 집에서 겪어야 할 시선이나 냉소 같은 것들. 파블로프의 개처럼, 몇몇 냄새는 무거움이 되어 그녀를 짓눌렀다.

열일곱 생일을 맞이한 날, 레나는 학교를 마치고 평소보다 일찍 집으로 돌아갔다. 그날 아침 엄마는 생일 파티를 열어주겠다고 했다. 집으로 들어가기 전, 레나는 한참 기다려도 연락이 없던 아빠에게 전화를 걸었다. 아빠는 생일 축하한다고 했고, 보고 싶다고도 했다. 그러나 레나를 보러 가겠다고, 아니면 한국에 보러 오라는 말은 끝내 하지 않았다. 전화를 끊고 집으로 들어가자, 엄마는 카디건을 챙겨 입더니 레나의 손목을 끌고 근처 프랜차이즈 레스토랑으로 데려갔다. 테이블에 앉아 음식이 나올 때까지 엄마는 새 남편을 대신해 변명을 늘어놓았다. 사업이 어려워져 자금 문제로 많이 예민해져 있다고 했다. 레나는 차라리 잘 됐다고 생각했다. 엄마의 새 남편이나 그 가족들과 얼굴을 맞대고 밥을 먹을 거라는 생각에 내내 마음이 무거웠는데, 그러지 않아도 되니 다행이라고. 마침내 주문한 음식이 나왔고, 그런데, 레나는 뭔가 평소와 다르다는 것을 직감했다. 눈앞의 기름진 음식들의 향이 그리고 맛이 느껴지지 않았다. 순간 덜컥 겁이 났다. 레나는 그 사실을 엄마에게 말하지 않았다. 맞은편에 앉아 음식은 건드리지도 않은 채 창밖만 쳐다보던 엄마의 표정이 내내 어두웠기 때문만은 아니었다. 냄새를 맡지 못한다는 걸 입 밖으로 꺼내는 순간, 누구도 자신을 원하지 않는다는 것을 사실로 받아들이게 될 것만 같았다. 아니, 어쩌면 그 이면에는 냄새를 맡지 못하는 증상을 방치함으로써 점점 더 심해지길 바라는 마음이 있었는지도 모른다. 내가 지금 이렇게 힘들다고, 모두에게 보란 듯이 드러내고 싶어서.

이런 생각 훨씬 깊은 곳에는 곧 괜찮아질 거라는 믿

음 또한 있었다. 일시적일 뿐이라고, 지금 조금 힘든 것뿐이라고, 곧 돌아올 거라고. 그러나 기대와는 달리 이후에도 후각은 돌아오지 않았다. 더 큰 문제는 후각을 돌아오게 할 수 있는 방법이 요원했다는 점이다. 가족들 몰래 찾아간 병원에서는 후각 상실의 원인을 찾아내지 못했고, 무엇보다 검사와 치료를 계속 이어가는 데 드는 비용을 감당하는 게 불가능했으니까.

그때 방치하지 말았어야 했다. 어딘가 한 부분이 파열되었거나 아니면 방치하면 죽을 수도 있는, 그래서 당장 살아가는 데 지장을 줄 만큼의 큰 문제가 아니라고 생각했다. 무엇보다 언제든 돌아올 수 있으니 기다리자는 생각이었다. 그러나 그때 레나에게 닥친 건 단순히 냄새를 맡고 못 맡는 문제를 넘어선 일이었다. 냄새는 물론이고, 삶에 필요한 어떤 직감도 함께 잃었다는 것을 알게 된 것은 그로부터 한참이 지나서였다.

"다른 사람들은 대번 눈치채는 걸 나는 몇 번을 더 묻고 확인해야 해요. 그래야만 그 사람이 원하는 게 무엇인지, 지금 어떤 생각을 하는 건지 더 정확히 알 수 있으니까. 그런데 정작 그런 내 행동을 부담스러워한다는 건 몰랐던 거죠. 문제는 그걸 알게 되니까 이번에는 자꾸 미안해하고 사과하게 되고. 그게 또 주변 사람들을 부담스럽게 만들어요. 그걸 알면서도, 나는 더욱 다가가려고 시도할 수밖에 없어요."

 이제 그녀가 버텨내야 하는 것은 자신을 둘러싼 상황만이 아니었다. 자신 그 자체가 버텨내야 할 대상이 되었다. 그리고 자신이 끌어당기는 이 세계의 모든 불행까지도.

 한 가설에 의하면 중력이란 끌어당기는 힘이 아니라 질량에 의해 공간이 휘어지며 나타나는 현상이다. 예를 들어, 평평한 모래밭에 무거운 공을 놓는다면, 모래가 움푹 파이는 동시에 공 주변에 무게에 따라 모래층이 형성된다. 만약 일정한 힘이 지속해 가해지고 있는 구슬을 그 공을 향해 굴리면, 구슬은 공과 충돌하지 않고 모래에 생겨난 결을 따라 공 주변을 끊임없이 움직이게 된다. 우주라는 모래판 위에 놓인 태양이라는 공을 지구라는 구슬이 공전하는 것처럼.

 이게 사실이라면 우주란 단지 수많은 행성의 배경이 아니고, 중력도 우주 공간과 개별적으로 발생하는 독립된 힘이 아니다. 어쩌면 우리가 살아가는 세계도 단지 무대 뒤에 펼쳐진 배경 삽화가 아니라 무대 위에 선 모든 존재에 의해 변형되고 왜곡되어 발생한 하나의 현상일 수 있다. 이러한 논리는 그녀가 자신의 삶을 긍정하거나 혹은 부정하는 하나의 원리가 되어버렸다. 불행에도 질량이 있을까? 그녀는 가끔 궁금했다. 불행에 질량이 있다면 사람들은 그 중력에 이끌려 불행의 주위를 맴돌게 될 것이다.

자신을 불행 자체로 규정해 버린 이후에 그녀가 할 수 있는 일은 별로 없었다. 그 불행이 주변 사람들에게 영향을 미치는 모습을 두 손 놓고 지켜보거나, 아니면 불행을 다른 긍정적인 특성으로 변화시키거나.

시간이 한참 흘러서 가끔 생각해 보곤 했다. 차라리 레나의 이상 증세가 더 심해 당장 조치하지 않으면 목숨이 위태로운 어떤 상황이었다면. 혹은 레나와 같은 증세를 보이는 이들이 훨씬 더 많아 전문가들이 관심을 기울일 만한 상황이었으면 어땠을까. 그랬다면 적어도 그녀가 버텨내야 했을 상황에 대해, 사례가 없어 모르겠으니 지켜보자거나 거짓말하는 거 아니냐고 의심하는 태도는 취하지 않았을 거다. 또한 냄새를 못 맡는 게 뭐 어떠냐고, 그걸로는 사는 데 아무 문제 없다고, 더 안 좋은 상황의 사람들도 잘 살아낸다고 말하지는 않았을 거다. 급기야 어렵게 꺼낸 이 모든 이야기가 말도 안 되는 치기 어린 핑계라는 생각 따위는 더더욱.

그때 레나에게 화가 나 있지는 않았다. 다만 조금 초조했다. K 교수나 전 애인을 비롯해, 당시 실험실 사람들의 시선이 나에게 그리고 레나에게 쏠려 있었던 것도 분명히 영향이 있었을 거다. 레나의 이야기를 듣는 내내 나는 보편적으로 받아들이기 어려운 레나의 후각 상실을 어떻게 학교의 다른 이들에게 설명해 낼 수 있을지를 고민했다.

"레나. 정말 괜찮아. 그런 얘기들까지 해가며 변명할 만한 그런 일이 아니야. 네가 잘못한 게 아니니까. 그리고 내 자료는 별 상관없어. 그냥 학교 사람들을 만나서 그때의 상황을 솔직하게만 말하면 되는 거야."

순간 변명이라는 단어를 쓴 게 실수라는 생각이 번뜩 들었다. 레나의 잘못이 분명하며, 그러나 개의치 않는다는 듯한 뉘앙스를 줄 수도 있다는 생각이 들었으니까. 무엇보다 방금 들려준 이야기를 회피하기 위해 지어낸 이야기쯤으로 받아들이고 있다는 인상을 줄 수 있으니까. 그러나 동시에 그 말에 그런 의도는 없었다고,

나 자신을 설득하고 있었다.

레나는 더 이상 말을 보태지는 않았다. 그러나 그 순간 나는 절대 돌이킬 수 없는 어떤 힘이 레나와 나 사이에 발생했음을 깨닫는 중이었다. 그건 레나의 표정에서 발견한 미세한 낙차 같은 것 때문이었다. 거기서 풍겨오는 서늘함 같은 것. 그 서늘함 앞에 나는 무방비 상태가 되어버렸다. 그건 그것이 누군가나 무엇에 대한 적의에서 비롯한 게 아니라, 자기 자신에게로 향하는 체념 같은 것이었기 때문이다. 나는 그 표정을 너무 잘 알았다. 그건 그 계절에 내가 자주 지을 수밖에 없었던 표정이기도 하니까.

그리고 레나는 그 계절이 끝날 무렵, 서서히 사라졌다.

*

레나가 나타났다고 말하는 건 정확한 표현이 아니었지만, 사라졌다는 것은 그렇지 않다. 레나는 완벽히 사라졌다. 한 존재가 완전히 사라져 버리는 데에 그 주체의 의지나 힘만 작용하는 건 아니라는 사실을 나는 지금까지도 깨닫고 있다.

　새 학기가 시작하기 직전, K 교수는 나를 따로 불러냈다. 전 애인도 함께였다. 지금까지 고생했으며 이제 학위 논문을 쓰는 데 집중하라고 말했다. 또한 기존에 진행해 왔던 여러 프로젝트의 관리와 관련된 자료들을 전 애인에게 잘 넘겨줄 것을 당부하기도 했다. 그래야 논문에 더 집중할 수 있을 거라고. 그건 언뜻 보면 배려였지만, 동시에 배려로 포장된 선 긋기이기도 했다. 바로 '우리'와 '너'의 경계는 여기까지라는.

　염려와는 다르게 화재 사건이 레나와 직접 이어져 문제가 커지지는 않았다. 그러나 레나는 더 이상 근로봉사 장학생으로 선발되지 않았고, 그래서 더 많은 시간과 보수가 보장된 일을 찾아야 했다. 화재 사건 이후에도 한동안은 레나와 함께 시간을 보내곤 했다. 나는 가끔 아무렇지 않게 정말 아무 냄새도 맡을 수 없는 건지, 그게 어떤 느낌인지 묻기도 했다. 무례할 수 있는 질문이라는 걸 알고 있었다. 하지만 그렇게 불쑥 다가가야지만 레나와의 거리를 좁힐 수 있을 것 같았다. 지난 화재 사고 때 내가 레나에게 한 말실수 같은 것들을 아무

것도 아닌 일로, 대수롭지 않은 말실수 정도로 바꿔놓고 싶은 마음에서 비롯한 것이기도 했다. 아무렇지 않은 듯 그때의 얘기를 나눔으로써, 면죄부를 받은 것처럼 굴고 싶었는지도 모른다. 때론 짐짓 모른 척 그날의 미안한 마음을 돌려 말하기도 했다. 그러면 레나는 예의 그 미소를 지으며 대꾸했다.

"이해해요. 입장에 따라 그렇게 생각할 수도 있는 거니까요."

그 뒤 레나와 나의 물리적 거리는 자연스럽게 멀어졌다. 나는 본격적으로 논문을 쓰는 데 집중했고, 레나는 학교를 휴학한 뒤 고국에서의 삶을 유지하기 위해 더 많은 일을 하기 시작했다. 점점 연락이 뜸해지다 아예 연락하지 않게 되었다.

나는 평소와 마찬가지로 실험실과 연구실을 집 삼아 생활하며 논문에 몰두했다. 같은 실험을 여러 번 반복할 때도 있었고, 유의미한 결과가 나왔더라도 새로운 변인 설정과 통제를 통해 더 많은 결과를 확인해야만 했다. 생명체에 관한 실험이 어려운 건 생명 활동이 기계처럼 명확한 방식으로만 진행되는 것은 아니기 때문이다. 기계는 하나의 부품이 고장 나면 겉으로 드러난 현상과 몇 가지 테스트를 통해 어떤 부품이 고장 난 것인지를 비교적 명확하게 알 수 있다. 그러면 그 부분을 수리하거나 교체하면 된다. 하지만 생명체는 조금 다르다. 몸 안의 무언가가 고장 나 제 역할을 하지 못하더라도, 그 생명의 유지를 위해 다른 기관이나 세포들이 자신의 보편적 작동 범위를 넘어 기능하기도 한다. 항상성을 유지하려는 속성 때문이다. 그래서 보다 정확한 작동 방식이나 답을 알아내려 몇 번이고 실험을 반복하는 수밖에는 없다.

사실이라고 믿을 만한 결과에 최대한 가까이 다가가기 위해서. 당장 눈앞에 보이는 결과를 덜컥 믿어버리는 대신 더 다양한 실험과 연구를 반복하면서. 그건 이 세계의 모든 삶과 죽음, 탄생과 소멸 사이에서 생을 유지한다는 것이 얼마나 신비로운 일인지, 그 세계의 정답을 아는 것이 얼마나 힘든 일인지 알기 때문일 것이다. 하지만 그럼에도 우리는 정작 살아있는 무수히 많은 존재에 대해서는 쉽게 결론 내렸다. 내가, 당신이, 그들에 대해서, 우리에 대해서, 그리고 자기 자신에 대해서도.

*

 그리고 바로 그해에, 언젠가 레나와 함께 가기로 했던 유채꽃이 아름답기로 유명한 그 섬으로 향하던 배가 침몰했다. 수많은 사람이 바닷속 깊은 곳에서 살아 돌아오지 못했다. 그중에는 그 섬으로 수학여행을 떠난 아이들도 있었다.

 이 사실을 학교 앞 식당에서 알았다. 밤새 논문을 쓰다 늦은 오전에 일어났고, 요기라도 할 생각으로 들어간 참이었다. 식당에 들어갔는데, 평소와 달리 조용했다. 모두 아무 말 없이 텔레비전 화면만 쳐다보고 있었다. 자리를 잡고 앉아 평소처럼 주문했고, 이내 무슨 일이 발생했는지 알았다. 그 순간 벌떡 일어나 밖으로 나왔다. 휴대폰을 꺼내 레나에게 전화했다. 제발, 혹시라도 그런 일이 없기를, 온 힘을 다해 기도했다. 레나와는 결국 통화하지 못했다. 레나의 번호는 이미 결번이 되어 있었다.

 소중한 생명이 더 이상 삶을 이어가지 못하는 일들이

이후에도 자주 벌어졌다. 누군가의 그릇된 욕망 때문에, 이익을 위해 손쉽게 원칙과 상식을 배반했기 때문에, 자신의 안위나 이익 외에는 무엇이 어찌 되어도 상관없었기 때문에. 가족이나 친구나 사랑하는 사람을 잃은 사람들은 자신보다 먼저 세상을 떠난 이들을 애도했다. 도대체 이 가여운 생명들이 어째서 불합리하고 억울하게 생을 끝낼 수밖에 없었는지 알고 싶어 했다. 그런 그들을 보고 누군가는 지겹다고 했고, 그러니 그만하라고도 했다. 불순하다고 말하기도 했다. 그런 모습을 볼 때마다 정말 그렇게 생각하는 건 아닐 거라고, 진심이 아닐 거라고 믿으려 했다. 단지 낯 모르는 누군가의 불행보다 지금 나 자신이 살아내는 게 더 중요해진 세상에 어쩔 수 없이 길들어 버린 거라고. 그렇게 믿고 싶었다. 세상은 기술의 발달로 더 많은 사람이 더 쉽게 연결될 수 있도록 변해가고 있었지만, 그럴수록 자신이 이해할 수 있는 것들에만, 오로지 자신이 아는 방식으로만 공감하는 습성은 더 짙어져 갔다.

 섬으로 향하던 배가 침몰해 어린 생명들이 빠져나오지 못했을 때, 그리고 그 뒤 이런 일들을 어쩔 수 없이 다시 마주해야만 했을 때, 그때마다 나는 레나를, 그리고 레나의 평행우주를 떠올렸다.

  소중한 생명들이 그 섬에 무사히 도착해, 자기들끼리 까르르 웃으며, 그 순간 함께 웃음 짓고 있는 옆 사람과, 그 옆 사람과, 또 그 옆 사람의 표정과 향기를 가만히 지켜보다가, 문득, 이 기억을 간직해야지, 꼭 간직해서 훗날 내 아이와 함께 이곳에 다시 찾아와 들려줘야지, 라고 가슴에 새기기도 하는 그런 세계가, 이 우주 건너 어디엔가 꼭 존재하기를, 온 마음을 담아 소망했다.

*

  학위를 취득한 후, 나는 박사 후 과정을 밟는 대신 한 제약회사에 취업했다. 프로젝트 설계 관리를 전담하는 일을 맡았다. 한편으로는 비슷한 일이었으나, 성격이 완전히 달랐다. 새로운 일을 하는 동안 내 주요 전공 분야 외에 더 다양한 분야와 생리를 접하게 되었다. 그중 내가 특히 관심을 가진 건 후각 관련한 연구들이었다. 프로젝트로 인해 본격적으로 연구하는 동안, 후각에 대해 생각보다 모르는 게 많다는 것을 깨달았다.

후각에 대한 기존의 생각과 이론이 완전히 새로운 국면을 맞이하기 시작한 건, 후각수용체 유전자가 발견되면서부터였다. 후각수용체 유전자가 코에만 존재하는 게 아니라 인간 신체의 거의 모든 조직에 분포한다는 사실이나, 그 역할이 단순히 냄새를 맡는 기능에만 국한되어 있지 않다는 것도 밝혀지기 시작했다. 특히 사람들이 인지하지는 못해도 매 순간 마주하는 냄새들이 있다는 것도 알려졌다. 불안이나 행복, 두려움 등의 감정을 느낄 때 사람들에게서 발생하는 냄새 같은 것들. 인지할 수 없지만 모든 사람이 그런 냄새들을 맡으며 살아갔고, 그것들은 기분과 행동에 영향을 미쳤다. 레나가 잃은 것은 냄새를 맡을 수 있는 능력만이 아니었다. 인지하지는 못하지만 대부분이 삶 안에서 경험하고 있는 것, 숫자나 말로는 표현해 낼 수 없는 것, 타인을 비롯한 세계 자체를 몸 깊숙이 받아들여 동화될 수 있게 해주는 통로이자 방편이었다.

후각수용체가 발견된 건 벌써 몇십 년 전이었으나, 주목받기 시작한 건 호흡기 전염병이 전 세계를 휩쓴 이후였다. 동물과 인간 모두에게 전염되는 바이러스성 호흡기 감염질환이었고, 후각 상실은 여러 증세 중 하나였다. 비록 일시적이지만 많은 사람이 불편과 불안을 호소했고, 전 세계의 연구자와 제약회사들이 이에 대해 연구했다. 후각 관련 정보들이 일반에 적극적으로 소개되기 시작한 것도 이때부터다. 자신이 이해할 수 있는 것들에만, 오로지 자신이 아는 방식으로만 공감하는 습성. 이 시기에 레나를 많이 떠올렸다. 화재 사고의 책임이 자신에게로 향할 수 있다는 경고보다도, 냄새를 맡지 못한다는 사실을 타인에게 밝히는 게 더 끔찍했던 레나. 나는 레나에 대해 많이 이해한다 여기고 있었고, 그러나 전혀 그렇지 못하다는 것을 매 순간 깨달았다.

전염병이 수그러들고, 모두가 마스크를 벗기 시작한 몇 년쯤 뒤에 한 사람을 만났다. 차분한 성격에 말수가 적은 이였다. 처음 그를 봤을 때, 유쾌한 농담은 할 줄 모르는 사람이라는 것을 알았다. 동시에 다른 누군가에게 나쁜 농담 따위를 던지는 일도 하지 않을 사람이라고 생각했다. 그와 함께 살기 시작했다.

이후 한참 동안 지난 시간 같은 것들은 돌아보지도 못했다. 점점 더 빠르게 변하는 세상에 적응하는 것만으로도 버거울 정도였다. 도태되지 않으려면 기존의 업무를 더 잘 해내야 하는 것은 물론이고, 새로운 세상에 적응할 수 있는 새로운 능력도 익혀야 했다. 특히 양자컴퓨터가 개발된 후에는 나뿐만 아니라 이 세계를 살아가는 대부분이 그런 삶을 살아야 했다. 업무를 마치고 나면, 늦게까지 회사에서 따로 진행하는 물리학 및 프로그래밍 관련 교육을 수강했다. 아직 초기여서 시중에 보급되지는 않았으나, 이미 몇몇 기업이 양자컴퓨터를 이용한 새로운 기획과 상품을 일반에 내놓고 있었다. 평소와 다름없이 회사에 늦게까지 남아 교육을 받고 돌아오던 그 어느 날, 레나의 소식을 들었다. 현관을 열고 들어와 신발을 벗는데, 전화가 걸려 왔다.

"도대체 누구에게 연락해야 하는지 알 수가 없었어요. 그러다 망가진 휴대폰을 복구한 뒤에야 알리게 되었어요."

레나는 경기도 어디쯤의 수녀원에서 자원봉사 활동을 해왔다고 했다. 그날 그녀는 승합차를 몰고 아이들을 계곡에 데려다준 뒤 점심 식사 거리를 챙기기 위해 다시 수녀원으로 돌아가는 길이었다. 그녀의 승합차를 덮친 건 근처로 놀러 온 여행객이 몰던 차량이었다. 성수기가 아니었고, 도로에는 차량이 많지 않았다. 신호를 무시해도 될 만큼. 사망자는 그녀 혼자였다. 정작 그녀를 덮친 차량의 운전자는 경미한 부상만 입었다. 나는 그 얘기를 듣는 내내 한마디도 하지 않았다.

무슨 일 있어요? 현관문 소리를 듣고 나온 남편은 아이를 안은 채 나를 쳐다봤다. 아이는 그의 품에 안겨 쌔근쌔근 잠들어 있었다. 나는 별일 아니라고, 아무 일도 없다고 중얼거렸다.

*

열여덟 시간을 날아 취리히 공항에 도착한 뒤에도 택시를 타고 한 시간을 넘게 달렸다. 그러는 동안 나는 C가 보내준 메시지를 몇 번이나 반복해 읽었다.

"언니, 오빠가 보내준 연구소 주소예요. 담당자 이름과 연락처도 아래에 있어요. 얘기해 뒀으니 안내해 줄 거라고 했어요."

몇 개월 전, 프로젝트 설계를 위해 학술지와 과학계 동향 등을 검색하던 중, CES(The International Consumer Electronics Show)에 '평행우주 콘택트 비전'이 소개될 예정이라는 기사를 읽었다. 우리의 우주가 아닌, 가능한 다른 세계를 관찰할 수 있는 기술이라고 했다. 학계와 기업들이 예의주시했다. 그러나 해당 기술은 결국 소개되지 못했다. 연구소와 생산업체 간 이견 때문이었다. 나는 해당 연구에 관한 정보를 추적하기 시작했고, C와 결혼이 예정되어 있는 P가 해당 연구에 참여했다는 것을 알았다. 몇 년 전 국가 간 양자 기술 협력 프로젝트가 진행되었을 때였다. C의 청첩장 모임 때 그녀를 따로 불러내 P와의 만남 주선을 부탁했고, C는 당황한 듯했지만 절박한 내 표정을 보고는 이내 그렇게 해주었다. 나는 C에게 몇 번이고 고마움을 전했다. 그녀의 결혼식 때 누구보다 넉넉한 축의금을 전하는 것도 물론 잊지 않았다.

연구소가 취리히 연방 공과대학 내부에 있을 거라 예상했는데, 그렇지는 않았다. 양자광학 관련 기술 중 새롭게 두각을 드러낸 몇몇 분야에 대해서는 부설 연구소를 따로 설립해 연구가 이루어지도록 하고 있었다. 그리고 지금 막 택시에서 내린 내 눈앞에 그 연구소가 서 있었다. 이정표나 표지가 없어 오로지 도로 주소 하나만을 보고 달려와 준 택시 기사에게 거듭 고맙다고 말했다. C가 보내준 번호로 전화를 걸었다.

"새로운 세계에 오신 걸 환영합니다. 지금, 이 순간부터 당신의 삶은 다르게 느껴질 거예요."

담당자는 반보 정도 앞서 걸으며 연구소의 다양한 구역과 하는 일, 양자광학 관련 정보들을 내게 안내했다. 나는 딱히 대꾸는 하지 않았으나, 온 정신을 집중해 그의 말을 하나도 빠짐없이 기억하려 했다. 앞서 걷던 그는 힐끔 나를 보더니 걸음을 멈췄다.

"무엇이 당신을 여기까지 오게 했나요?"

나는 곰곰이 생각하다, 레나, 라고 대답했다. 그가 의아한 표정으로 내 얼굴을 쳐다봤다. 레나에 대해 어떻게 말해야 할까. 먼지 묻은 앨범을 뒤적이다 발견하게 되는 반가움이나 미련 같은 것들. 이유 없이 샘솟는 사랑스러움, 사람을 무장 해제시켜 버리는 미소, 남몰래 구겨 주머니 속에 감추고 싶은 부끄러움, 무방비 상태에 갑자기 덮쳐 오는 후회 같은 것들. 그게 레나라고. 레나는 내게 그런 존재라고, 그리고 그 말을 하려다 나는 입을 다물 수밖에 없었다. 이 먼 타국까지 찾아오게 한 것이 무엇인지 눈치채는 중이었다. 나는 거의 울 듯한 표정으로 그를 쳐다봤고, 그는 어깨를 한번 으쓱하더니 다시 걷기 시작했다.

또 다른 우주를 볼 수 있는 기계는 아주 넓은 공간 한 곳에 마련된, 우주비행선이나 대형 캡슐 규모의 장치라고 생각했다. 담당자가 문을 열고 들어간 곳은 작은 세미나실 정도의 아주 고요한 방이었다. 방 가운데 의자와 테이블 하나가 놓여 있었고, 테이블 위에는 헤드 마운트 하나가 올려져 있었다. 한참 전 출시된 구형 VR기기보다도 조악하고 단출했다. 내 마음을 읽기라도 한 듯 그가 말했다.

"우리가 하는 일은 그 세계를 본격적으로 파헤치는 게 아니라, 무심히 힐끗 보는 거니까요."

그의 말에 따르면 또 다른 우주를 보는 방법은 이미 세계에 존재해 있었다. 대폭발 이후 생성된 모든 가능성의 우주들은 형태가 다를 뿐 공통의 인자를 지녔다. 마치 유전자처럼. 그 인자에 접촉할 방법을 찾아낸 것이 핵심이었다. 그 인자가 그 세계의 진화 양상, 자연, 역사, 문화 등에 따라 어떠한 방식으로 코드 변형을 이루었는지 패턴을 찾아내고, 거기에 우리 세계의 언어화된 코드를 연결하는 방식이었다. 이 모든 건 양자광학과 컴퓨팅 기술이 괄목할 발전을 이루었기에 가능했다.

이제 중요한 건 관찰자였다. 다른 우주를 어떤 방식

으로 관찰할 것인가를 고민했다. 게임 프로그래밍에서 캐릭터나 배경을 어떤 시점에서 어떤 방식으로 이용자에게 보여줄지를 카메라의 눈으로 고민하듯, 관찰 시점부터 배치까지도 세심하게 고려해야 했다. 결국 그 세계의 존재들 속에 이 세계의 코드를 숨기는 방식을 택했다. 그 세계에서 언제든 자유롭게 이동하고 인간들 틈에 스며들 수 있는 존재를 선택하고, 그 코드에 접속하는 게 중요했다. 가령 인간 세계를 마음껏 누비는 길고양이나 혹은 지상과 하늘 모두 자유롭게 이동할 수 있는 도심의 비둘기 같은 존재들. 그들이 카메라나 다름없었다.

"많은 이들이 양자역학이나 평행우주를 떠올리면, 가능성, 결과 같은 데에만 초점을 맞춰요. 그런데 이 결과와 가능성을 결정짓는 건 결국 관찰자거든요. 슈뢰딩거 고양이는 아무도 바라보지 않는 한 살아 있는 상태와 죽은 상태가 공존해요. 하지만 상자를 열고 관측하는 순간 단 하나의 상태로 결정되죠. 그런데 이 세계는 어떤 식으로든 관측될 수밖에 없어요. 그게 필연적 운명이라면 이제 중요한 건 관찰자의 존재 아닐까요? 관찰자의 태도 같은 것."

그가 덧붙였다.

살아 있을 수도, 죽어 있을 수도 있는 고양이. 그걸 바라보는 마음 같은 것들. 내가 아는 것에 대해서만, 오로지 내가 이해하는 방식으로 연결된 세계가 아닌, 그것을 넘어서는 또 다른 세계. 그런 방식으로 나는 레나에게 당신에게 우리 모두에게 연결될 수 있고, 우리의 소우주가 진정으로 연결될 수 있을지도 모른다. 물론 우리는 그 결과는 절대 확인할 수 없다. 다만 우리의 최선을 다할 것. 그건 슈뢰딩거의 고양이에게 부여된 숙명이기도 했고, 평행우주의 본질이기도 했으니까.

"이제 다른 세계를 지켜볼 시간이에요."

나는 크게 숨을 쉬었다. 그리고 그의 말에 따라, 헤드마운트를 집어 들었다. 어딘가에서 기쁨, 행복, 불안, 후회 등 세계의 모든 냄새를 마음껏 맡으며 해맑게 웃음 짓는 레나를 발견하길 바라며, 렌즈에 눈을 가져다 댔다.

*

오늘 드디어 1978년형 롤스로이스 코니쉬를 탔어요. 이 세계의 나는 서점을 운영하고 있어요. 우리 서점에서는 이 주에 한 번씩 낭독 모임을 가져요. 그중 가장 열성적인 도리스 여사가 오늘도 왔네요. 도리스 여사는 일흔여덟 살이나 되었는데도 이십 분이나 걸리는 길을 매일 걸어 다닐 정도로 정정하답니다. 그런데 늘 걸어서 서점에 오던 그녀가 코니쉬를 타고 온 거예요. 내가 차를 좋아한다는 걸 알고 태워주려고 끌고 왔대요. 도리스 여사가 나에게 운전대를 넘기겠대요. 이곳의 쭉 뻗은 도로를 달리는 기분은 내가 돌아가서 말해줄게요.

참, 언니를 보기도 했어요. 그 세상에서 언니와 나는 아는 사이가 아니에요. 하지만 나는 알아볼 수 있어요. 언니를 본 건 공항에서였어요. 비행기에서 내려 입국 게이트를 따라 걷는데, 익숙한 뒷모습을 발견했어요. 그게 언니였어요. 언니는 커다란 여행용 가방을 손에 들고 있었어요. 아마 출장 다녀오는 길인가 봐요. 입국장을 막 빠져나오니 언니의 남편과 아이가 마중 나왔어요. 아빠에게 안겨 있으면서도, 언니를 보자마자 작고 예쁜 손을 흔들며 언니에게 안기려 해요. 아주 행복해 보여요.

언니. 혹시 내게 무슨 일이 생기거나 아니면 내가 언니를 떠난다고 해도 슬퍼하지 말아요. 우리가 알지 못하는 곳에서 우리는 이렇게 계속 살아가고 있으니까요. 팽창하는 우주와 소멸하는 우주가 균형을 만들어 가듯, 우리 인생도 어떤 곳에서 이렇게 균형을 맞추고 있어요. 그러니까 우리는 우리가 할 수 있는 최선을 다하면 되는 거예요. 삶은 계속되어야 하니까.

심해의 파수꾼들

Cat of the Parallel Universe

갠트리 크레인이 컨테이너를 야드 새시에 내려놓자 천장에 설치된 스프링클러에서 약품이 분무되기 시작했다. 컨테이너에는 듬성듬성 구멍이 뚫려 있었다. 바다 밑으로 내려오는 동안 내부에 물이 차올라 수압의 영향을 받지 않게 하기 위해서다. 도시 외부에서 들어오는 물건들은 제일 먼저 외관 소독을 진행했다. 폐쇄된 이곳에 바이러스의 유입은 치명적이다. 잠시 뒤 연막이 걷히면서 빨갛게 점멸하던 경고등도 파란빛으로 변했다. 원통형 컨테이너 캡이 열리자 대형 분무기가 컨테이너 안에 소독약을 분무했다. 저 안에 이곳 도시 사람들이 먹을 식재료들도 있지만 로비는 걱정하지 않았다. 저쪽 세계에서 정확히 밀봉한 뒤에 내려보냈을 테니까. 배기 후드가 작동되자 다시 연막이 옅어지기 시작했다.

로비는 방독면을 제대로 고쳐 쓴 뒤 호스를 허리에 둘러 한쪽 겨드랑이 사이에 끼우고 단단히 붙들었다. 자칫 수압을 이기지 못하고 나뒹굴 수도 있다. 다른 사람들처럼 한 손으로 호스를 제어하기에 로비는 아직 어렸고 더 성장해야 했다. 아직 남은 성장의 단계가 있기는 한 걸까? 로비 자신조차 확신할 수 없었다. 로비에 대해서는 누구도 단정 짓지 못했다. 육지가 아닌 바닷속 도시에서 태어난 최초의 아이였으니까.

　들어오라는 수신호에 로비는 호스를 붙들고 컨테이너를 향해 달렸다. 같은 조인 나짐에게 뒤처지고 싶지 않았다. 이번에도 2등. 먼저 도착한 나짐이 슬쩍 돌아보며 웃었다. 나짐을 이긴 일이 단 한 번도 없다. 너 육지에 가려면 더 커야 해. 나짐은 마치 로비가 더 성장하면 육지에 갈 수 있다는 듯 말하곤 했다. 지금은 절대 갈 수 없다는 말인 거 같아 시무룩해지지만, 그래도 말도 꺼내지 못하게 하는 다른 사람들보다는 낫다.

　수관을 잡고 밸브를 열어 물을 분사했다. 밀봉된 자재와 재료에 묻은 약품을 모두 물로 씻어내고 컨테이너 내부 벽면에도 물을 분사했다. 로비, 저거! 나짐이 손으로 한구석을 가리켰다. 컨테이너를 소독하다 보면 간혹 동물 사체가 발견되고는 했다. 컨테이너로 운반하는 모든 재료는 압력에 견딜 수 있게 티타늄 재질의 케이스에 담아 밀봉했다. 그러나 화물을 적재하는 사이 우연히 컨테이너에 들어간 동물들은 이곳까지 내려오는 동안 수압을 견디지 못했다. 로비는 사체를 집게로 집어 비닐에 넣었다. 육지의 생명체는 대부분 그 생을 다하면 땅으로 돌아간다고 했다. 실수로 컨테이너에 올라탄 동물들은 자기의 죽음에 대해서도, 땅이 아닌 바다에 뿌려지게 될 운명에 대해서도 생각하지 못했을 거다. 로비는 사체마저도 늘 신비로웠다. 교육 시간에 보여주는 영상으로 육지에 사는 동물을 본 적은 있지만 한 번도 실제로 본 적은 없으니까. 로비와 나짐이 컨테이너에서 나오자 캡이 닫히고, 야드 트랙터가 컨테이너를 끌고 보급소 쪽으로 향했다.

컨테이너 청소가 끝나면 의료실로 향했다. 7구역에는 방문자들이 머무는 게스트 하우스가 마련되어 있었다. 의료실은 그 7구역으로 진입하는 통로 쪽에 있다. 도시는 여러 구역으로 나뉘어 있다. 도시 전체 시스템을 통제하는 컨트롤 센터를 중심으로 거주 공간과 게스트 하우스, 연구 및 시뮬레이션 시설, 수중 농장, 발전기와 같은 환경 유지 시설 등이 방사형으로 펼쳐져 있다. 로비는 교육 시간에 도시 조감도를 본 적이 있다. 그때 이 도시의 모습을 보고 떠오른 건 문어였다. 바닥에 착 달라붙은 문어. 몸통과 다리 하나하나가 일종의 구역인 셈이다. 수심 600미터에 건설된 도시. 지상과 연결된 곳 하나 없는 곳. 땅 위에서 이곳으로 들어오고 또 나가려면 잠수함을 이용하는 것 외에는 방법이 없다. 도시의 구역 중 하나라도 문제가 생기면, 각 구역 연결 지점에 몇 중으로 설치된 차단벽이 내려와 모든 구역을 폐쇄하게 되어 있다. 수압 때문에 아주 작은 틈에도 도시 전체가 한순간에 찌그러져 흔적도 없이 사라질 수 있다. 물론 지금까지 그런 일은 일어나지 않았다. 도시에서 흐르는 시간은 늘 조용히, 같은 패턴으로 흘렀다. 로비가 아는 한에는.

의료실의 케이 씨가 준 통에는 총 서른 명 분량의 약이 들어 있었다. 날마다 인원수가 달랐다. 그건 이곳에 들어온 시기가 다들 다르기 때문이다. 현재 도시 안의 인원은 총 190여 명. 그중 서른 명이 한 날 들어온 거다. 로비는 객실이 시작되는 복도 앞에 서서 의료실에서 준

명단과 호실, 약을 확인했다. 로비는 이곳에 온 사람들이 어째서 꼬박꼬박 약을 먹어야 하는지 알지 못했다. 나짐은 그게 영양제라고 했다.

그걸 먹으면 뭐가 좋아지는데?

음, 몸이 건강해지지. 마음도.

마음은 어떻게 건강해져?

로비의 질문에 잠시 고민하던 나짐은 육지 사람들은 아직 이 도시에 적응하기가 어렵기 때문에 그걸 보완해 주는 거라고 했다. 로비도 닥터 주가 자신에게 매번 건네는 조그만 알약을 떠올렸다. 닥터 주는 로비가 자신의 눈앞에서 약을 먹는 것을 확인한 뒤에야 보내주곤 했다. 하지만 로비가 사람들에게 나눠주는 알약과 닥터 주가 주는 알약은 모양도 개수도 달랐다. 한번은 닥터 주가 한눈을 판 사이를 틈타 알약을 먹는 척하며 숨긴 적이 있다. 방에 돌아온 로비는 조그만 알약을 이리저리 뜯어보았다. 눈으로 봐서는 모양을 제외하곤 특별할 게 없어 보였다. 사람들이 주기적으로 먹는 알약과 차이가 있다면, 아주 작게 're:envision'이라는 글자가 적혀 있다는 것 정도.

그런데 내 약은 왜 다르지?

나짐은 당연하다는 듯 말했다. 네가 특별해서겠지.

특별한 아이.

로비는 사람들이 자신을 특별한 아이라고 부른다는 걸 알고 있었다. 사람들은 자주 로비에게 특별하다고 말하곤 했다. 이 도시에 아이는 로비 혼자다. 그래서 특별한 아이인 걸까?

언젠가 로비는 닥터 주에게 물어본 적이 있다.

왜 나랑 나이가 비슷한 사람은 없어요?

닥터 주는 이곳이 아이들이 살기에 적당하지 않아서라고 대답했다. 나도 아이인데. 로비가 중얼거리면, 닥터 주는 너는 특별하잖아, 라며 로비의 머리를 쓰다듬었다. 닥터 주가 손으로 머리를 흐트러뜨리거나 쓰다듬을 때면 로비는 몸을 움츠리거나 손길을 피했지만 실은 그 순간 기분이 꽤 괜찮았다. 정말로 특별한 사람이 된 것만 같았다.

로비가 스스로의 특별함에 대해 인식하게 된 것은 닥터 주나 나짐이 얘기해 줘서만은 아니다. 로비는 이 도시에 주기적으로 오가는 이들을 제외하고도 이곳을 방문한 사람들과 종종 마주치곤 했다. 그들과 마주하거나 말하지 말아야 한다는 금지 사항이 따로 있었던 것은 아니지만, 그들과 로비 사이에는 늘 일정한 폭의 거리가 존재했다. 대체로 그들은 그 거리를 넘어서는 일이 없었다. 다만 그 경계에서 지나가는 로비를 호기심 어린 눈빛으로 쳐다보곤 했다. 가끔 말을 걸어오는 이도 있기는 했다. 네가 로비구나. 그러면 로비는 전혀 모르는 누군가가 자신을 알고 있다는 사실이 의아하기도 했고, 동시에 뭔가 우쭐해지는 기분이 들기도 했다.

로비는 이 도시에서 태어나고 자랐지만 그리고 무엇보다 특별한 아이였지만 그럼에도 도시의 모든 구역을 드나들 수 있는 것은 아니었다.

닥터 주의 연구실 옆 통로에 있는 방이 그랬다. 그곳은 로비만이 아니라 닥터 주를 포함해 허락된 몇 명을 제외하고는 절대 출입할 수 없는 곳이었다. 로비는 한두 번 닥터 주를 피해 통로를 지나 그 방으로 침투를 시도한 적이 있다. 처음에는 아무도 보지 않는 사이 힘껏 통로를 가로질러 달렸다. 그러나 카드 키가 없으면 절대 열어줄 생각이 없는 듯 굳건히 선 유리문에 막히고 말았다. 다음 시도 때에는 닥터 주가 잠시 놓아둔 카드 키를 들고 복도를 달려 문 앞에 섰다. 그러나 카드 키를 대도 문은 열리지 않았다. 맙소사. 지문도 필요한 거였어? 그날 로비는 닥터 주에게 매섭게 혼이 났다. 늘 로비에게 상냥했던 닥터 주였지만 그날만큼은 달랐다.

에이. 나는 특별하다고 했잖아요. 로비는 괜히 민망해져서 허세를 부렸다.

더. 닥터 주는 냉정했다. 더 특별해지면 보여줄게.

세상에 이보다 더 어떻게 특별할 수 있죠? 로비는 아무렇지 않은 듯 거드름을 피우며 밖으로 나올 수밖에 없었지만, 그 뒤로 닥터 주의 연구실에 들렀다 나올 때마다 습관처럼 그 방이 있는 통로 쪽으로 고개가 돌아가는 건 어쩔 수 없었다.

로비가 갈 수 없는 또 다른 장소는 바로 게스트 하우스 구역, 복도 가장 끝에 있는 방이다. 로비는 그 방의 주인이 누구인지 안다. 기태. 아주 가끔 그를 본 적이 있다.

로비는 그가 도무지 알 수 없는 사람이라고 생각하곤 했다. 객실에 머무는 사람들은 그게 관광이든 연구든 방문이든 대부분 분명한 목적이 있는 사람들이었다. 그들은 잠시 머물렀고, 이내 떠났다. 기태는 오래 머물렀고, 잠시 떠나기도 했지만, 다시 돌아와 또 오래 머물렀다. 이곳 직원인가? 그것도 아닌 듯했다. 직원이라면 로비가 가져다주는 약을 한 번이라도 먹었을 텐데, 로비는 그에게 약을 주었던 기억이 없다.

한번은 식당 청소를 끝내고 방으로 돌아가던 길에 기태와 마주쳤다. 이렇게 정면에서 직접 마주한 건 처음이었다. 왜인지 모르겠지만 기태와 직접 마주할 상황이 오면 늘 로비가 먼저 그 상황을 피했다. 커다란 덩치에 거뭇거뭇한 수염을 기른 기태는 로비와 마주쳤을 때 눈을 피하지 않고 오래도록 로비의 얼굴을 응시했다. 그 눈빛을 본 순간 로비는 어떤 섬뜩함을 느꼈다. 그건 적개심이라거나 경계심 같은 게 아니었다. 무심함. 저토록 시선에 아무것도 담지 않을 수 있다니. 그 눈빛은 오래도록 잊히지 않고 로비를 따라다녔다. 그럴 때면 로비는 그 눈빛에 주눅 들지 않으려 스스로 다독이곤 했다. 저런 건 아무것도 아니야. 나는 특별한 아이니까.

*

이걸 윙 윙, 이라고 해야 할까, 아니면 휘잉 휘잉, 이라고 해야 할까. 규칙적인 소리 사이에 또 다른 다양한 소리가 끼어들었다.

모든 일을 끝내고도 할 일이 없으면 로비는 10구역으

로 숨어들 듯 찾아왔다. 로비는 종종 이곳에서 시간을 보내고는 했다. 도시를 건설할 때 동원했던 로봇과 기술자 등이 육지에서 잠수함을 타고 내려와 머물던 오래된 구역이라고 했다. 그러나 컨트롤 센터와 너무 멀리 떨어져 있어 실효성이 떨어졌다. 잠수함 정박 시설과 드라이 독, 감압 시설을 센터 근처의 새로운 구역에 다시 만든 후 이곳에는 아무도 관심을 가지지 않았다. 원래 1구역이었으나 방치되어 10구역이 된 곳. 그러나 누구도 이곳을 10구역이라 부르지 않았다. 대신 창고 구역이라 불렸다.

이곳은 훌륭한 훈련장이기도 했다. 다른 구역과 상관없이 독립적으로 감압과 문 개방이 가능해 로비는 잠수복을 착용한 뒤 이곳을 통해 바다로 나갈 수 있었다. 혼자 훈련하는 것은 허락되었지만 조건이 있었다. 연구실에 꼭 훈련 사실을 통보해야 한다는 것, 그리고 로비의 생체 데이터를 모니터링하는 장치를 켜둬야 한다는 거다. 로비는 훈련한다는 핑계로 자주 바다로 들어가곤 했다.

이곳에서 훈련만 한 건 아니다.

잠수함 정박 시설 옆에 정말로 창고로 쓰던 작은 공

간은 오래 방치되어 있었고, 그만큼 흥미로운 물건들이 가득했다. 주인 없는 오래된 대기압 잠수복이나 산소 탱크, 연장들, 일일이 열거할 수 없는 잡동사니까지. 무엇보다 로비의 마음을 사로잡은 건 오래전 사용했다는 수중 음파 청취기와 녹음기였다. 사람들이 들을 수 없는 영역의 소리까지 담아낼 수 있는 기계였다.

로비는 이곳에 들어오면 먼저 메타크릴수지 소재의 유리창 맞은편에 놓인 낡은 의자에 앉았다. 로비의 지정석이나 다름없었다. 그러고는 언젠가 훈련을 핑계로 밖으로 나가 설치한 수중 음파 청취기와 연결된 내부 스피커의 전원을 켰다. 그러면 바깥 바다의 소리가 실내로 흘러들었다. 로비는 그 상태로 한참 동안 바다의 풍경을 바라봤다. 이곳은 도시의 다른 구역과는 떨어진 외진 곳에 있는 데다, 환기 시설 외에 난방 등은 가동되지 않아 도시의 그 어느 곳보다 조용했다. 바깥의 바다는 검고 어두웠지만, 혹시 모를 충돌 방지를 위해 점멸하는 조명 덕분에 깊은 바다의 생명들이 움직이는 모습을 지켜볼 수도 있었다.

하지만 바다의 풍경보다도 마음에 드는 것은 도시 어디에서나 들어야 하는 음악을 듣지 않아도 된다는 점이었다.

 사실 고요하다는 말은 수심 600미터인 이곳을 설명하기에 적절하지 않았다. 이곳에서 처음 지내기 시작한 사람들은 모두 심해가 고요한 줄 알았다고 했다. 그러나 그들 대부분 그게 잘못된 생각이었다는 것을 이내 깨달았다. 바다의 깊고 어두운 시각적 이미지가 불러온 오해였다고 말하곤 했다. 꼭 수중 음파 청취기와 같은 도구를 사용하지 않더라도, 아무 말 하지 않고 가만히 앉은 채 귀 기울이면 온갖 소리로 가득한 바다를 느낄 수 있었다. 바다 밑 땅이 움직이는 소리부터 온갖 생물이 살아 있음을 증명하듯 만들어 낸 소리를 귀로도 들을 수 있었다. 바다의 소리는 이곳에 존재하는 모든 살아있는 것들의 존재 그 자체였다.

 바다의 소리를 모두가 듣고 싶어 하는 것은 아니었다. 오래전 육지와 가까운 곳에 어느 도시가 건설되었을 때, 그곳에서 지내던 육지 사람들 몇몇은 햇빛이 들지 않는 어두운 바닷속에서 들려오는 소리를 견디지 못해 다시 육지로 돌아갔다고 했다. 때로는 규칙적으로, 또 때로는 불규칙하게, 그러나 끊임없이 주변을 옥죄듯 다가오는 소리들. 바닷속에 존재하는 모든 도시의 실내에 평온한 음악을 잔잔하게 틀어놓은 것도 바로 그때부터라고 했다. 거슬리지 않을 정도의, 그러나, 바다라는 자연과 생명의 소리에 마음이 잠식당하지 않을 만큼.

　로비는 그 음악보다 바다의 소리를 듣는 게 좋았다. 특히 훈련을 위해 대기압 잠수복을 입고 바다로 나갈 수 있게 되면서, 로비는 바다의 소리를 더 확실히 느낄 수 있었다. 바다의 소리는 귀로 듣는 게 아니라 몸으로 들어야 했다. 로비는 모든 감각을 동원해 소리를 느끼려 했다. 온몸으로 소리를 내고 또 듣는다는 것. 그것은 다른 존재가 거기 있음을 몸으로 체득하는 일이었다.

　스피커를 끄고 밖으로 나가려는 순간, 점멸하는 조명 사이로 커다란 그림자가 창밖을 내다보는 로비의 얼굴을 가로질렀다. 녀석들이다. 로비는 두 눈을 크게 뜨고 창에 바투 다가갔다. 심해의 파수꾼들. 향유고래 무리다. 로비는 파수꾼들이 창고 구역 건물 근처의 바다를 가로지르며 헤엄치는 것을 오래도록 지켜봤다. 그들은 때로는 자기들끼리 몸을 비비며 장난치기도 했고, 때로는 로비가 내다보는 창문에 몸을 가져다 대기도 했다. 그 모습을 지켜볼 때면 육지건 육지의 동물이건 머릿속에서 전부 사라져 버렸고, 그들의 움직임과 함께 실내를 가득 채운 그들이 주고받는 소리에 빠져들었다. 로비가 이곳에 찾아오는 이유이기도 했다.

*

사람들이 처음 도시에 발을 디뎠을 때, 이곳의 시간은 땅 위의 시간과 일치했다. 그러나 시간이 지나면서 조금씩 어긋나기 시작했고 이제 땅 위의 시간과 이곳의 시간은 완전히 달라졌다. 그건 태양 때문이기도 했다. 땅 위 세계에는 아침이 있고 한낮이 있고 저녁과 밤이 있었다. 사람들은 하늘과 태양의 위치와 밝고 어두움을 시계 속 숫자와 일치시켰다. 나짐은 태양이 전기 없이 돌아가는 조명이자 난방기이자 영양제라고 했다.

도시에도 비슷한 태양은 있다. 시계의 숫자가 변하면 컨트롤 센터의 돔 천장에 매달린 조명과 함께 모든 구역의 조명이 힘이 빠진 듯 조금 어두워졌다. 그러나 그건 진짜가 아니었다.

그런 태양을 갖고 있다니 부러운데?

로비의 말에 나짐은 하하, 웃었다.

태양은 가질 수 있는 게 아니야. 우주에 있는 거야.

우주…….

로비는 언젠가 지구의 사진을 본 적이 있다. 지구 밖에서 찍은 사진이라고 했다. 그 사진을 보여준 건 훈련 때문에 이곳에 왔다는 어느 우주비행사였다. 우주비행사가 왜 여기로 와? 우주로 가야지. 그는 뭔가 말하려는 듯 입을 오물거리다 이내 별거 아니라는 듯 어깨를 들썩였다. 로비 눈앞에 펼쳐진 사진 속에는 공처럼 둥글고 다채로운 색으로 물든 행성이 있었다. 우주비행사는 그중 파란색으로 물든 지점을 손가락으로 가리켰다. 이게 바다야. 네가 사는 곳. 로비는 그가 말하는 우주와 지구, 그리고 자신이 사는 이곳의 연결성이 잘 이해되지 않았다.

우주를 본 적 있어?

나짐은 고개를 저었다.

그런데 어떻게 우주를 믿어? 보지 않았으니 정말 있는지 알 수 없잖아.

나는 보지 못했어. 그런데 본 사람 많아.

또한 사람들은 눈에 보이지 않는 것에 관해 이야기를 지어내고, 그걸 실제 일어난 일인 것처럼 믿기도 한다고 했다. 직접 보지 못했지만 그럼에도 진짜처럼 믿는 이야기. 신화가 그랬고, 종교가 그랬다. 누구도 신을 본 적 없지만, 그 신의 모습을 각자 머릿속에 떠올릴 수도 있었고, 어떤 사람들은 그 신이 분명 존재한다고 믿는다고 말하기도 했다.

나짐은 이곳에 오기 전 작은 동네에서 아버지와 어머니가 함께 꾸려가던 미용실 일을 도우며 지냈는데, 좁은 가게에 서서 사람들의 머리를 만져주다 보면 흥미로운 경험을 종종 할 수 있다고 했다. 그건 하나의 사실을 다양한 방식으로 말하는 사람들에 관한 경험이었다. 나짐이 들어보면 같은 사람에게 일어난 일이었는데도, 그 얘기는 어떤 사람이 말하느냐에 따라 내용도 결말도 달라졌다.

사람은 다 그래. 나짐은 어깨를 들썩이며 말했다. 그러면서 믿는다는 건 신뢰하고 받아들인다는 게 아니라 그러길 바란다는 얘기인지도 모른다고 덧붙였다.

로비에게도 그런 게 있다. 보지 못했지만 철석같이 믿고 있는 것. 바로 무에 관한 이야기이다.

사람들이 바다를 자신들의 터전으로 삼기로 마음먹고, 그래서 처음 바닷속에 도시를 건설하기 시작했던 무렵의 이야기이기도 하다. 땅 위에서 모듈을 만들어 바다로 내려보내, 로봇이 그걸 조립하는 방식으로 도시를 건설했다. 처음의 도시는 수심이 깊지 않은 곳에 건설되었고 지금과는 비교할 수 없을 만큼 작았다. 그러나 그걸로 충분했다. 바다에서 사람이 살 수 있을 거라고는 생각지도 못했던 시절이었다. 사람들은 바다라는 미지의 장소에서 꾸려갈 인류의 새로운 시작에 대한 기대로 부풀어 있었다. 그런 기대에 부응이라도 하듯 도시는 순조롭게 건설되었다.

그런데 도시가 완공되어 가던 어느 날 뜻밖의 훼방꾼이 나타났다. 라쿤이라 불리는 거대한 향유고래와 그 무리였다. 라쿤의 무리는 바다 밑에서 자재를 조립하던 로봇들을 파괴해 망가뜨렸고, 거대한 몸으로 건설된 도시를 들이박기 시작했다. 하지만 수압에도 견딜 수 있게 제작된 건물은 쉽게 무너지지 않았고, 대신 그들의 대장이었던 라쿤이 해상에서 작업을 진행하던 작업부 하나를 바닷속으로 끌고 들어갔다. 그가 작업하면서 매고 있던 케이블을 입에 문 라쿤은 바다 더 깊은 곳을 향해 헤엄치기 시작했다. 이대로라면 그 작업부는 바닷속에서 생명을 잃을 게 분명했다. 그 순간 바다로 뛰어든 게 바로 무였다. 무는 보통 사람이라면 들어갈 수조차 없는 수심 200미터까지 헤엄쳐 들어갔고, 라쿤과의 싸움 뒤에 결국 동료를 구해 육지로 돌아왔다고 했다.

로비는 이 이야기를 교육 시간에 영상을 통해 알게 되었다. 무는 인류를 바닷속이라는 새로운 터전에 살 수 있게 한 영웅이었으며, 바다에서도 살아남은 신적인 존재였다. 영상에서는 무를 바다를 정복한 인류의 영웅이라고 했다. 로비는 종종 나짐에게 무의 이야기를 들려주었지만, 그때마다 나짐은 전혀 들어본 적 없다는 반응이었다.

그 얘기는 너무…… 거짓말 같아.

그러나 나짐의 반응은 상관없었다. 로비는 무의 이야기를 떠올릴 때면 늘 가슴 어딘가가 벅차오르는 것을 느꼈다. 특별한 인간. 지금까지 없던 새로운 영역을 개척한 인간. 로비는 그게 자신의 얘기가 되었으면 좋겠다고 생각했다.

*

도시에서의 시간은 여느 때와 다름없이 천천히 흘러갔다. 그러나 그때 이미 무엇인가가 변해가고 있었던 거라고, 그게 정해진 순서였다고, 로비는 훗날 생각했다.

땅 위에서 중요한 사람들이 온다는 소식이 전해진 뒤, 그들의 방문 날까지 도시의 시간은 바쁘게 흘러갔다. 깨끗하고 정돈된 모습으로 보여야 했기 때문에 도시 안의 모두가 바빠졌다. 평소라면 나짐과 함께 일하며 보내는 시간이 많았을 텐데, 이번에는 그러지 못했다. 그들의 방문 날짜가 정해지면서 다른 사람들에게 더 많은 일이 할당된 것과는 다르게 로비의 업무는 많이 줄었다. 대신 닥터 주와 함께하는 훈련 시간은 대폭 늘었다. 그들이 이 도시로 오는 이유에는 '특별한 로비'를 보기 위한 것도 포함되었기 때문이다.

땅 위에서 손님들이 방문한 날, 로비는 더 많은 사람이 보는 앞에서 실험에 임해야 했다.

로비는 물이 채워진 투명한 방으로 들어갔다. 특수 설계된 공간으로 방 안에 가득 찬 물의 수압을 마음대로 조절할 수 있는 곳이었다. 로비가 그 안에 들어가 슬슬 헤엄치자 시작 신호와 동시에 방 안의 수압이 느린 속도로 증가하더니, 얼마 지나지 않아 도시 바깥의 수

압과 같게 맞춰졌다.

어때 로비? 몸에 특별히 이상이 느껴져?

닥터 주는 송신기로 로비에게 끊임없이 상태를 물었다.

괜찮아요. 평소와 다른 건 없어요.

그러면 역시 느린 속도로 수압이 증가하거나 감소했다.

"특수한 약물로 몸속에 존재하는 공기층에 특수 코팅을 입힙니다. 그러면 그 공기층 하나하나가 밀폐된 대기압 잠수복을 입는 것과 같은 효과를 내는 겁니다."

로비는 바깥에서 들려오는 닥터 주의 목소리를 들으며 자신을 쳐다보고 있는 사람들의 시선을 지켜보았다. 어떤 이들은 조금 놀라는 눈치였고, 어떤 이들은 무표정하게 자신과 닥터 주를 번갈아 쳐다봤다. 보통 사람이라면 잠시도 버틸 수 없는 수압에서 어떻게 버틸 수 있는지 로비 자신도 가끔 궁금했다. 그러나 누구도 정확하게 설명해 주지는 않았다. 원인이 무엇인지보다 어떤 결과를 내는지가 중요했다. 로비는 특별한 아이였다. 그래서 보통 사람들과 다른 수치의 결과를 낼 뿐, 실험 과정이 어렵기는 마찬가지였다. 왜 이 실험에 임해야 하는지, 어째서 자신이 다른 사람들과 다른지에 대해 의문이 든 적이 있었다. 그러나 로비가 세상과 자신을 인식하기 시작한 훨씬 오래전부터 이미 이렇게 일이 돌아가는 게 당연해져 있었고, 이러한 구조에 로비 스스로 길들어 근본적인 이유를 찾는 것을 포기하고 말았다. 이유를 찾는 대신 목표에 집중했다. 로비가 이 실험에 군말 없이 임할 수밖에 없었던 건 보상 때문이기도 했다. 더 특별해지면 육지에 올라가 볼 수 있다고 누구나 말했으니까. 더 성장하면, 더 특별해지면 육지에 갈 수 있어, 라고. 그건 막연하긴 하지만 유일한 목표였다.

다음 단계의 실험이 진행되었다. 똑같이 수압을 증가하거나 감소하는 실험이었지만, 이번에는 그 속도가 아까보다 빨라졌다. 일정 수압에서 머무는 시간이 삼십 초 단위로 감소했다. 로비는 닥터 주의 신호에 집중하며 자기의 몸 상태를 유리창 너머의 연구자들에게 전달했다.

로비, 이번에는 평소보다 조금 더 시간이 빨라질 거야. 괜찮은지 얘기해.

로비는 닥터 주를 향해, 엄지를 추켜올렸다. 그건 닥터 주 뒤에 서서 로비를 쳐다보고 있는 땅의 이방인들을 향한 것이기도 했고, 언젠가 로비가 도달할 육지를 향한 것이기도 했다. 수압이 수심 700미터의 그것과 같게 증가했다는 신호가 들려왔다.

이제 감압을 할 거야, 로비.

더 할 수 있어요.

닥터 주는 로비의 생체 신호를 모니터링하는 연구원과 시선을 교환하더니 다시 로비에게 말했다.

아니야, 로비. 이걸로 충분해. 지금도 조금 버거운 상태야.

그러더니 감압 신호를 보내왔다.

더 할 수 있는데, 라고 생각하며 로비는 닥터 주 너머의 사람들을 쳐다봤다. 로비는 자신은 아직 여유롭다는 듯 온몸으로 헤엄치듯 움직이기 시작했다. 창 너머의 사람 몇몇이 웃는 게 보였다. 그들의 반응에 로비는 우쭐해서는 이번에는 춤추듯 몸을 움직였다. 비록 실험실에 만들어진 작은 방이었지만, 로비는 그게 바다라고 생각하려 했다. 로비는 몸을 비틀어 가며 바다 안에서 자유를 만끽하는 모습을 취했다. 그러면서 창 너머의 사람들을 힐끔 쳐다보는데, 문득 마치 자신이 심해의 파수꾼이 된 것만 같았다. 창고 구역에서 창을 통해 지켜보던 로비의 눈앞에 몸을 비비듯 헤엄치던 그들처럼 순간 정말로 자신이 파수꾼의 하나인 것처럼 느껴지기 시작했다. 그리고…… 라쿤이 보였다. 로비는 눈을 비비고 다시 쳐다봤다. 이 작은 실험실에 라쿤이 들어올 수가 없는데. 그런데 저건 분명히 라쿤이었다. 한 번도 본 적 없는, 이야기로만 들은 존재. 로비는 분명 알 수 있었다. 자신의 앞에 있는 건 무가 물리쳐 그 뒤로는 사람들 앞에 나타난 적 없다는, 바로 그 전설의 라쿤이었다.

선생님, 라쿤이…….

"박사님, 지금 질소 수치가 급격히 올랐어요."

로비! 로비! 괜찮아? 정신 차려!

로비는 자신을 부르는 목소리에 고개를 돌려 닥터 주를 쳐다봤다. 저는 괜찮다고요. 로비는 그렇게 말하고 싶어 엄지를 들어 보였고, 그다음에 정신을 잃었다.

*

누군가 오면 누군가 도시를 떠나는 것에 익숙해졌다. 그게 이 도시가 돌아가는 방식이었다. 로비를 제외하곤 모두가 그런 법칙을 따랐으니까.

로비는 나짐의 방으로 향하는 중이었다. 로비의 발걸음은 어딘가 바빠 보였고, 경쾌했다. 이 얘기를 어떻게 전달해야 할까. 나짐이 이 믿을 수 없는 이야기를 듣고 어떤 표정을 지을지 로비는 궁금해 미칠 지경이었다. 실은 나짐의 표정은 상관없었다. 로비는 지금만으로도 충분히 흥분한 상태였다.

연구실에서 정신을 차린 로비를 덮친 것은 사람들 앞에서 도취되어 선보인 우스꽝스러운 몸짓으로 인한 수치심이 아니라, 육지로 갈 수 있다는 희망이 멀어졌다는 절망이었다. 더 성장한, 더 특별해진 모습을 보여주려던 모습이 완전히 실패했다는 생각에 가슴이 답답해져 왔다. 이곳 도시에 흐르는 시간은 분명 변함없을 텐데 로비는 지금 깨어 있는 시간이, 그리고 앞으로 흐를 시간이 길게 늘어져 더디게 흐를 것만 같았.

실험은 실패인가요? 저는 육지에 갈 수 없겠죠?

로비를 보러 온 닥터 주는 그 질문에 답하는 대신, 로비를 일으켜 어딘가로 데려갔다. 그리고 그곳은 뜻밖의 장소였다. 매번 들어가려 시도했던, 특별한 로비조차 통행이 제한되어 있던 바로 그 방이었다. 이번에도 그 방에 들어갈 수 있었던 것은 아니다. 그러나 매번 굳게 잠겼던 그 유리문을 지나 벽 한 면이 통유리로 된 그 방을 들여다볼 수 있었다. 그곳에는 아직 걷지도 말하지도 못하는 아이들이 캡슐 속 침대에 누워 있었다. 창으로 아이들을 쳐다보는 로비 옆으로 닥터 주가 다가왔다.

로비, 너처럼 특별한 아이들이야. 태어난 지 얼마 되지 않았어.

로비는 닥터 주를 쳐다봤다.

실험은 실패하지 않았어. 오히려 육지에서 온 손님들은 충분히 만족하고 돌아갔단다. 그래서 이 아이들도 계속 성장할 수 있게 되었어. 로비, 네 덕분에.

로비는 꼼지락거리는 아이들을 쳐다봤다.

이 아이들도 성장하게 되겠지. 그러면 너처럼 특별해지고 싶을 거야. 그래서 너에 관한 이야기를 듣고, 또 네가 지나간 삶을 따라가고 싶겠지. 너처럼 특별한 아이가 되고 싶어서.

특별한 아이. 로비는 심장이 두근거렸다. 그러면 나도 무처럼 될 수 있는 건가? 로비는 늘 가슴속에 선망의 대상으로 삼았던 무를 떠올렸다. 무처럼 특별한 사람, 로비만의 신화를 만들고 싶었다. 저 침대에 누운 아이들이 일어나서 걷고 뛰고 헤엄칠 수 있을 정도로 성장하는 동안, 로비에 대해 말할 거다. 바다에서 태어난 아이 중 처음으로 육지로 올라가 땅을 밟은 사람으로 기억하게 되겠지. 막연했던 목표에 뭔가 구체적인 힘이 생긴 기분이었다.

 방에 도착했을 때 나짐은 짐을 싸는 중이었다. 이번에 밖으로 나가는 잠수함에는 나짐도 탈 예정이었다. 그건 나짐이 이곳에 들어온 지 3개월이 되었다는 얘기이기도 하다.
 이번에 가는 거야?
 로비의 물음에 나짐은 응, 이라고 짧게 대답했다.
 금세 다시 올 텐데 뭐. 이번에는 육지에 얼마나 있다가 다시 올 거야? 로비는 괜히 서운해 쳐다보지 않고 덧붙였다.
 이곳에 있는 사람들은 다들 일정한 간격으로 도시를 떠나 육지에 다녀왔다. 로비를 제외하고는.
 로비가 이번에 가는지 물어볼 때면 사람들의 반응은 두 가지였다. 빨리 다녀올 테니 건강하게 기다리고 있으라거나, 아니면 로비의 눈을 제대로 쳐다보지 않고 대답한다. 그 이후로는 잠시 떠나 있다 올 사람들에게 집에 가느냐고 묻지 않았다. 자기도 데려가라며 떼를 쓰곤 했던 자신이 성가셨던 거라고 로비는 결론 내렸다. 그때부터는 직접 묻기보다 언제 누가 도시를 떠났다가 얼마 만에 돌아오는지 기억히기 시작했다.

평소 나짐은 집에 갈 때면 늘 신나서 로비에게 지상의 많은 것들에 대해 얘기해 주곤 했다. 그리고 흥미로운 것들을 가져와 로비에게 보여주기도 했다. 그런데 이번에는 다르다. 짧게 대꾸하거나 아니면 눈을 마주치지 않고 대답하고 있었다, 나짐은. 그것도 대충대충, 얼버무리듯이.

서먹한 기운이 방을 가득 채웠다. 그 기운에 압도되어 로비가 아무 할 말을 찾지 못한 채 서성이는데 나짐이 입을 열었다.

오래전에 고향을 떠나올 때, 그 좁은 미용실 가게가 질리도록 답답하고 싫었어. 내가 말했지? 그래서 도망쳤던 거라고.

무슨 말을 하려는 걸까. 로비는 숨죽이고 나짐의 말이 이어지길 기다렸다.

사실 그때 도망쳤던 건 그 좁은 가게가 아니라, 나 자신이었어. 사실 나 동네에서 소문날 정도로 능력 없는 사람이었거든. 제대로 할 줄 아는 것도 없고, 만날 술 마시고 사고 치고. 그래서 몇 번이고 진작 떠나고 싶었어. 그곳이 싫어서가 아니라 그런 나를 알고 있는 사람들이 싫어서. 아니. 그 사람들이 싫은 게 아니라, 그 사람들을 볼 때마다 떠오르는 나 자신이 싫었다는 게 맞을 거야. 뭔가 다른 사람들의 기대를 충족시키고 싶어서 그 일을 하고, 다시 실패하고. 그래서 이곳에 오기로 마음먹었어. 이곳은 늘 실패만 했던 곳이 아니라 완전히 다른 세상이니까. 무엇보다 나를 아는 사람이 하나도 없고.

고향을 떠나던 날, 나짐은 배에 올라타 마을 쪽을 무심히 쳐다보다가 자신을 배웅하는 부모님의 모습을 보았다고 했다. 손을 흔들고 있다든가 혹은 말썽만 부리던 자식이 떠나 속 시원하다는 표정이 아니었다. 그렇다고 제발 이번에는 인생 좀 제대로 살라거나 혹은 성공하길 바라는 기대도 아니었다. 그냥 어디서든 무탈하기를, 자식의 존재 자체가 어디서든 무너지지 않고 무사하길 바라는 표정이었다고 했다.

멀리 있는데도 표정이 보였어? 로비가 물었다.

아니, 표정은 안 보였어. 그냥 서 있는 모습이 그랬어. 온몸으로 기도하듯 나를 향해 서서 지켜보기만 했어. 그 표정이 내내 잊히지 않았는데…….

나짐은 잠시 어떤 생각에 빠진 듯 침묵했다가, 어쨌든, 이라고 다시 말을 이어갔다.

아버지가 아프셔서 내가 돌봐드려야 해. 그래서 오래 돌아오지 못할 거야. 어쩌면 영영. 그것보다 내가 하고 싶은 말은, 로비, 네가 원하는 인생을 살아.

로비는 나짐을 쳐다봤다. 나에게는 이미 꿈이 있고, 원하는 게 있고, 분명한 목표가 있다고 말할까 했지만 그만두었다. 나짐의 표정은 여느 때와는 달리 장난기가 없고 진지한 얼굴이었으니까.

정말로 내가 원하는 걸 찾는 건 쉬운 일이 아니야. 자꾸 눈앞에 닥친 일들 때문에 보지를 못하니까. 사람들이 만들어 낸 것들을 따라가지 마. 네 안의 목소리를 들어.

로비는 나짐이 알 수 없는 말을 한다고 생각했다. 그래서 입을 삐죽이는데 나짐이 가방을 열더니 파우치를 꺼냈다.

로비, 이쪽으로 앉아봐. 머리 다듬어 줄게.

나짐은 로비를 거울 앞에 앉히더니 어깨에 천을 두르

고 가위를 꺼내 머리카락을 조금씩 잘라내기 시작했다. 눈앞으로 떨어져 내리는 머리카락 때문에 로비는 눈을 감았다. 언제나 도시 전체에 부유하듯 흐르는 낮은 음악과 나짐의 손길에 서걱대는 가위질 소리와 머리카락을 가로지르는 빗의 감촉 같은 것들. 말이 사라진 자리에서 피어난 이 감각들을, 로비는 먼 훗날까지도 기억했다. 그리고 나짐의 목소리. 로비, 항상 건강하게 지내.

나짐이 잠수함에 타는 것을 배웅하는데 문득 나짐의 부모님이 떠올랐다. 올라타기 직전 나짐을 쳐다보는데 문득 로비도 그런 마음이 들었다. 나짐이라는 존재가 오롯이 무사하기를, 어디서든 건강하기를. 그리고 그건 나짐도 같은 마음이라는 것을 알았다. 나짐 역시 그런 자세로 로비를 향해 서 있었으니까. 그리고…….

잘 지내, 불쌍한 아이.

뭐라고? 나짐의 목소리가 너무 작아서인지, 아니면 나짐이 반납하느라 통역 기계를 떼어내서인지 그가 한 마지막 말을 잘 듣지 못했다. 나짐은 어깨를 들썩이더니 잠수함에 올라탔다.

나짐은 떠났고, 그렇지만 로비의 생활에 큰 변화가

생기지는 않았다. 평소와 마찬가지로 일을 했고 훈련에 임했다. 그러는 동안 많은 사람이 떠났다 다시 돌아오거나 혹은 잠시 왔다가 떠나곤 했다. 가끔 기태와 마주치기도 했다.

로비는 한동안 자신의 알 수 없는 마음들을 지켜보았다. 나짐을 떠올리면 어쩐지 가슴속에 뭔가로 가득 차는 것만 같았다. 그건 언젠가 복도에서 마주친 기태의 눈빛 같기도 했다. 텅 비어버린 듯했고, 그 사이로 때로는 메마르고 또 때로는 물컹한 무엇이 뒤섞이는 듯했다. 그런 마음이 들 때면 로비는 창고 구역으로 갔다. 거기서 오래 파수꾼들을 지켜보았고 그들의 소리를 들었다. 그리고 이런 시간이 언제까지 반복될지 궁금해지기도 했다.

그러나 변화는 생각보다 빨리 찾아왔다.

*

센터장이 도시를 떠나게 되었다는 소문에 도시 전체가 술렁이기 시작했다. 도시를 떠나면 이제 다시는 돌아오기 힘들 거라고 했다. 저번에 도시를 둘러보고 갔던 육지 사람들이 그렇게 결정했다고 했다. 그건 그들이 원하는 것들을 센터장이 거부했기 때문이라는 소문도 있었다.

로비는 우연히 사무실에서 나온 센터장과 기태가 오래 이야기를 나누는 것을 봤다. 기태는 평소의 그 무심한 눈빛과는 전혀 다른 표정을 짓고 있었다. 벽을 손으로 치기도 하고 센터장에게 뭔가 큰 소리로 얘기하는 것도 같았다. 마치 화를 내는 듯 보였다. 그러나 그 대상이 센터장은 아닌 것 같았다.

센터장이 도시를 떠나면서부터 육지에서는 더 많은 컨테이너를 바다로 내려보냈다. 그중에는 처음 보는 도구들도 있었다. 하나의 도시를 만들 수 있을 만큼 거대하고, 또 차가워 보이는 물건들이었다. 그리고 사람들도 내려왔다. 똑같은 작업복을 입은 사람들은 도시 곳곳을 누비며 무엇인가를 새로 만들거나 혹은 기존의 것들을 없애버렸다.

로비는 혹시 그들이 창고 구역을 없애거나 바꿔버리지는 않을까 전전긍긍했다. 아직은 창고 구역에 별 관심을 두지 않는 듯했다. 그러나 그것도 시간문제일 뿐이라는 것을, 창고 구역을 향해 걸어가면서 로비는 직감했다.

 창고 문을 열고 들어간 뒤 어두운 실내를 더듬어 스피커를 켜고 창문 앞에 앉으려다 로비는 깜짝 놀라고 말았다. 빛이라고는 건물 바깥의 경광등밖에 없어 구분하기 힘들었지만, 의자에 누군가 앉아 있는 실루엣을 발견했다.

 누구세요?

 그러자 거대한 실루엣이 돌아보는 듯하더니 목소리가 들려왔다.

 너였구나. 내 자리로 숨어든 게 누군가 했더니.

 조명을 켰을 때 로비의 눈앞에 있는 건, 평소 무심한 듯 쳐다보던 기태였다.

*

 땅 위에서 자재들과 사람들이 내려온 뒤로 도시는 단지 분위기만이 아니라 물리적으로도 변하기 시작했다. 사람들은 새로운 구역을 건설한다면서 대륙붕 가장 끝쪽에 새로운 건물을 건설하기 시작했다. 이전에 가져온 재료들은 새로운 건물을 짓기 위한 도구일 뿐이었다.

바다는 새로운 장비와 로봇들이 내뿜은 빛으로 늘 밝았고 소음이 끊이지 않았다.

한번은 스피커를 켜놓고 바깥 소리를 듣다가 엄청난 굉음에 깜짝 놀란 적도 있다. 지금까지 이런 소리는 한 번도 들은 적이 없었다.

아마 에어건 소리일 거다. 해저 지형을 살피려는 거야. 기태가 대답했다.

언제부턴가 기태는 허락도 없이 로비의 공간에 불쑥 찾아오곤 했다. 로비는 그게 불만이었지만 한마디도 하지 못했다. 기태의 주장에 따르면 그곳은 원래 기태의 공간이라고 했다. 10구역이 되기 훨씬 전, 1구역이라고 불렸던 때부터.

예전에는 그랬다고 해도 이제는 내 공간이에요. 그러니까 나가주세요.

이렇게 말해볼까, 잠시 고민했지만 그러지 않기로 마음먹었다. 그건 기태의 말에 설득되어서이기도 했다. 기태는 잠시 떠나 있었던 거라고 했다. 그리고 다시 돌아온 거라고. 잠시 떠났다 다시 돌아오는 건 도시가 돌아가는 법칙 같은 거였으니까. 로비를 제외하고는 모두 그렇게 했으니까.

대신 로비는 궁금했던 것들을 질문하기 시작했다.

왜 사람들이 바다로 내려와 살기 시작했어요?

기태는 인간이 그냥 놔두는 법을 잊었기 때문이라고 했다. 그건 깊이 숨을 들이마시고 내쉬는 정도만 여유를 가져도 되는 일인데, 그 여유마저 잊었기 때문이라고 했다.

그런데 왜 잊어요?

그건…….

기태는 사람들이 두려웠기 때문이라고 했다. 두려움 때문에 조급해지고 그 조급함 때문에 당장의 변화에 매달리고 안도하거나 혹은 불안해한다고. 남들보다 뒤처지면 안 된다는 두려움과 누구보다 빨리 더 많은 이익을 얻어야 한다는 욕심과 조급함 때문에, 땅을 파괴하고 하늘을 병들게 하고, 이제는 바다로 도망쳐 온 거라고.

하지만 로비는 이해가 되지 않았다. 분명 무에 관한 영웅담은 다른 것을 말하고 있었다. 인간이 바다에 발을 들인 것은 새로운 세계를 개척하여 보다 풍요로운 삶을 가져다준 모험이자 도전이었다고. 그리고 그것을 위해 한낱 인간의 몸으로 대자연에 맞선 무.

도대체. 기태는 잠시 생각하는 듯하더니 고개를 저

으며 말을 이었다. 그런 얘기는 어디서 들은 거냐. 로비는 교육 시간에 영상을 통해 배웠다고 대답했다. 동시에 기태의 표정을 살폈다. 설마 기태도 들어본 적이 없는 얘기인 걸까. 그렇다면 도대체 교육 시간에 왜 이 영상을 로비에게 보여준 걸까. 만약 이게 정말 다른 사람들은 알지 못하는 거짓이라면, 로비가 지금까지 목표로 삼았던 것들은 다 무엇이었던 걸까.

내 친구는 그 이야기가 거짓말 같다고 했어요.

맞아.

로비는 시무룩해졌다.

하지만 다 거짓말은 아니야.

로비의 표정이 다시 밝아졌다.

기태에 따르면 인간이 바다를 향해 한 발 내딛기 위해 바닷속에 도시를 건설하기 시작한 것도, 그 과정에서 고래의 공격을 받은 것도 틀림없는 사실이었다. 그러나 인간들을 먼저 공격한 것은 고래들이 아니었다. 또한 인간 역시 고래가 살아가는 터전을 짓밟으려 의도적으로 행동한 것은 아니었다.

그러나 그럼에도 이미 고래들은 자신의 자리를 빼앗기는 중이었다. 오래전 사람들은 좋은 재료가 된다는 이유로 고래들을 사냥했다. 그때 무수히 많은 고래가 죽음을 맞이했고, 눈앞의 결과에 당황한 인간들은 뒤늦게 고래를 사냥 금지 대상으로 지정했다. 하지만 그 이후에도 고래들은 다른 방식으로 인간에게 죽임을 당해야 했다. 대형 함선들이 바다를 가로지르며 내는 엔진 소리며 석유와 같은 자원들을 채굴하기 위해 바다를 향해 발포하는 에어건 같은 것들. 고래는 소리로 보고 듣는다고 했다. 때로는 인간과 같은 방식으로도 소리 내고 듣지만 대부분은 인간과 다른 방식으로 말하고 보고 들었다. 그리고 인간들이 내는 소음을 피해 다니느라 터전을 잃었고 스트레스로 번식도 하지 못하기 시작했다.

물론 고래들의 죽음에는 분명 차이가 있었다. 예전에는 고래가 직접적인 사냥의 목적이자 대상이었으나, 지금은 아니라는 거다. 그러나 차이보다 중요한 건 공통점이었다. 직접적으로는 달라 보이는 이 고래들 죽음의 원인이 실은 모두 인간의 경제적 이익이라는 목적 때문이었다는 것, 그리고 인간은 그 눈앞의 이익에 눈이 멀어 이전의 실수를 여전히 반복한다는 것.

고래뿐만이 아니야. 이 바다의 모든 생명이 그렇게 사라져 가게 될 거야. 뒤늦게 자신들의 실수를 인정하며 피해를 최소화하자고 말하는 사람들이 있어. 그런데 그 말은 결국 피해가 발생하는 건 어쩔 수 없다는 걸 인정하는 거나 마찬가지잖아.

로비는 기태의 얘기를 듣는 내내 아무 말도 하지 않았다. 로비가 알고 있던 신화가 사실은 교묘하게 꾸며 낸 얘기라는 사실에 충격을 받았기 때문이다. 하나의 사실을 다르게 말하는 사람들. 어쩌면 무에 관한 영웅담도 그런 것의 일종이었는지 모른다. 그런데 무엇보다 로비에게 중요했던 것은 어쩌면 눈앞의 기태가 무일지도 모른다는 예감이었다. 그리고 그 추측은 이내 사실임이 밝혀졌다.

그런데 라쿤이라니. 그 이름은 네가 지은 거야?

로비는 순간 대답하지 못했다. 영상에서 봤다고 믿고 있었는데, 실은 그 이름이 무에 관한 영상을 시청하던 중 로비가 자기도 모르게 덧붙인 이름인지도 모른다는 생각이 스쳐 지나갔다.

어쩌면 마음으로 더 다가간 건 내가 아니라 너인지도 모르겠다. 나는 이름을 지어줄 생각 같은 건 하지 못했거든.

그러더니 덧붙였다.

나는 그때 라쿤을 물리친 게 아니야. 약속한 거야.

그날 고래의 습격을 받았을 때, 그리고 현장을 지휘하던 그의 친구가 고래에게 딸려 바닷속으로 빠져들었을 때, 기태는 알 수 없는 경험을 했다. 친구를 구하겠다는 일념으로 바다로 뛰어들었지만 친구도 고래도 보이지 않았다. 기태는 점점 더 아래로 헤엄쳐 들어갔고 그럴수록 햇빛이 줄어들어 시야가 확보되지 않았다. 그런데 순간, 기태는 무엇인가가 자신의 근처에 있다는 사실을 기척으로 알아챘다. 몸을 돌려 그곳을 향했을 때 거대한 고래가 기태를 향해 있는 것을 발견했다. 별다른 움직임 없이 고요하게, 그러나 무언가를 질책하듯 기태를 향해 가만히. 그때부터 기태는 고래를 향해 약속하기 시작했다. 인간이 고래를 사냥하기 시작하면 고래도 살아남기 힘들었다. 그러니 아주 조금만, 아주 조금만 바다를 양보해달라고. 그러면 서로 피해 주지 않도록 서로 조심하면서, 그렇게 살아가자고. 말도 안 되는 일이었고 제정신이었다면 그런 행동은 하지 않았을 게 분명했다. 그러나 그 순간만큼은 기태도 진심이었다. 그건 애원 혹은 기도에 가까웠다.

그때 고래로부터 뿜어져 나오는 소리를 들었다. 그건

기태의 몸을 압도했다. 소리는 기태를 향해 오는 게 아니었다. 기태의 몸을 통과해 바다로 뻗어나갔다.

바다에는 소리의 길이라는 게 있어. 바닷속 모든 소리가 한데 모여 아주 멀리까지 뻗어나가는 그런 통로 같은 거야. 아주 먼 거리에 있는 고래들이 서로 소통할 수 있는 것도 그 소리의 길 때문이거든.

기태는 그 순간 알았다. 지금 눈앞의 고래에게 기태가 건넨 다짐이, 그리고 그 말들이, 소리의 길을 통해 모든 바다로 전달되었을 거라는 걸. 그 약속은 단지 눈앞의 고래와의 약속이 아니라 바다와의 약속이라는 걸.

이 믿지 못할 일을 겪은 후, 기태는 새로운 상황들에 직면할 수밖에 없었다. 먼저 바다에 끌려 들어갔던 기태의 친구는 한참 동안 혼수상태로 병원 신세를 져야 했다. 그때 기태는 친구를 간병하면서 동시에 대중에게 알릴 자료를 준비 중이었다. 해저 도시 건설 과정에서 건설 방식이 인근 바다의 생명체에게 어떤 악영향을 끼쳤는지, 그것을 회사가 알면서도 어떻게 숨겼는지 알리기 위해서 말이다. 그런데 회사 쪽에서 협상을 제안했다. 어차피 이기지 못할 싸움이라며 그럴 거면 차라리 해저 도시를 건설한 뒤 그것이 자연과 인간 모두에게 안전하게 운영될 수 있게 직접 감독하고 관리할 수 있는 권한을 주겠다는 거였다. 또한 친구의 치료와 정상화를 위한 보상과 지원을 아끼지 않겠다고도 했다. 그때 기태는 어떤 선택을 해야 했을까.

그것도 일종의 거대한 무언가와의 싸움이었어. 어쩌면 그때 나는 비겁한 선택을 한 거야.

그리고 정신을 차렸을 때, 기태는 인류가 막 내디딘 해저 도시 개발을 선도하는 상징적 존재로 포장되어 있었다.

원래 그런 방식으로 돌아가는 거야, 신화라는 건.

기태는 씁쓸하게 웃으며 말했다. 그러면서 세상이 말하는 걸 곧이곧대로 믿어서는 안 된다고 덧붙였다.

그러면 뭘 믿어야 해요?

기태는 머리를 긁적였다.

글쎄다. 그건 누가 말해줄 수 있는 게 아니야. 너 스스로 찾아야지.

그런데 이상하게도 그 순간 나짐의 말이 떠올랐다.

겉으로 드러난 모습에 당장 눈에 보이는 걸 해결하는 것도 중요하지만 그것보다 중요한 건 근본적인 원인을 찾는 거 아닐까. 그걸 따져보고 네 마음의 소리를 들어.

*

 기태가 들려준 이야기를 실감하게 된 것은 얼마 지나지 않아서였다.

 새로 부임한 센터장은 해저 도시가 위치한 곳에서 얼마 떨어지지 않은 곳에 새로운 건물을 짓기 시작했다. 도시 사람들 대부분 그 건물의 정체가 무엇인지, 어떤 용도인지 알지 못했다. 그것을 알게 된 건 건물이 완성되어 육지에서 대량의 컨테이너가 들어오기 시작한 이후였다. 평소와 마찬가지로 크레인이 컨테이너를 야드 트랙터에 옮기는 순간, 그 모습을 지켜본 사람 대부분이 입을 다물지 못했다. 그건 지상에서 배출한 쓰레기들이었다. 육지에는 더 이상 매립 장소도 소각장도 부족하다고 했다. 컨테이너에서 옮겨진 쓰레기들은 연결된 통로를 따라 새로 건설된 구역으로 이동하기 시작했다. 새로운 센터장이 도시의 모든 구역에 대한 출입 통제를 엄격하게 할 것을 지시했기 때문에 로비도 새로 지은 건물에는 가보지 못했다. 그러나 그 구역을 얼마나 크게 만들었든, 하루에 들어오는 쓰레기의 양이 저

정도라면 그 구역도 금방 꽉 차버릴 게 분명해 보였다.

도시의 이러한 변화가 인류는 물론이고 자연의 존폐에 영향을 미치는 얼마나 심각한 일이었는지를, 그리고 절망적인 미래의 시작이었다는 것을 지금의 로비는 이해한다. 직접 경험했으므로. 인간은 한번 발을 들인 이상, 절대 중간에 그만두는 일이 없었다. 하지만 정작 그 시기의 로비는 전체적인 변화만으로는 실감하지 못했다. 아직 어렸고, 더 성장해야 했으니까.

대신 다른 방식으로 깨닫기 시작했다.

창고 구역이 폐쇄된 것 역시 센터장이 새로 부임한 뒤의 일이다. 센터장이 부임한 이후로 도시의 많은 것이 변화했다. 육지에서 온 직원과 도시 상주 인원을 제외하고는 도시 출입이 철저하게 통제되었다. 또한 대부분의 상주 직원들도 교체되거나 더 보완되었다. 로비의 훈련도 더 강화되었다. 이제 로비는 수심 800미터까지 장비 없이 헤엄칠 수 있었다. 물론 아직도 감압 과정이 힘들기는 했지만 이를 위해 더 많은 약을 투약하고 더 오랜 시간 훈련을 해야 했다. 단 컨테이너를 청소한다거나 약을 배급하는 일에서는 제외되었다. 닥터 주가 제외해 준다는 표현을 쓰기는 했지만 그게 배려로는 느껴지지 않았다. 많은 인력이 제외되거나 교체되었음에도 기태는 여전히 도시에 머물렀다. 그건 예전에 썼던 계약서가 아직 유효하기 때문이라고 기태는 말했다. 혼자서 아무것도 할 수 없다는 것을 아는 거지. 기태는 씁쓸하게 웃었다. 여전히 기태는 오래전 라쿤과의 약속을 지키기 위해 고군분투하고 있었으나, 쉽지 않은 듯했다.

도시 근처에 찾아오던 심해의 파수꾼들도 더 이상 찾아오지 않았다. 매일 같이 소란스러운 도시 인근은 파수꾼들에게 적합한 서식지는 아닌 게 분명했다. 어쩌면 해저에 매립한 쓰레기 때문인지도 몰랐다. 어디에 있는지는 모르겠지만 로비는 파수꾼들을 떠올릴 때면 나짐의 부모님이 생각났다. 어디에 있든 무엇을 하든, 그들의 존재 자체가 무사하기만을 온몸으로 빌었다. 그리고 로비의 그 기도가 소리의 길을 따라 모든 바다에 전해지기를 간절히 원했다.

로비는 창고 구역이 폐쇄되었기 때문에 혼자 있어도 갈 곳이 없었다. 대신 바다로 나갔다. 이제 수심 650미터에서는 편안하게 헤엄칠 수 있었다. 바다에 나가 있는 동안 로비는 특별히 무언가를 하지 않았다. 대신 로비 자신이 꾸었던 그 꿈이 아직 유효한지 스스로에게 물었다. 바다에서 태어난 첫 번째 존재, 특별한 아이들 중 육지를 밟은 첫 번째가 되고 싶었던, 그렇게 신화를 만들고 싶었던 로비 자신의 꿈은 여전히 유효한가? 그 꿈이 로비 스스로 꾼 꿈인지 누군가가 주입한 꿈이었는지는 모르겠지만, 이제 상관없었다. 바다 깊은 곳에 쓰레기를 버려야만 하는 사람들이 살이기는 곳이라면 보지 않아도 뻔했다.

 로비가 몸을 돌려 돌아가려는데 순간 누군가 로비를 부르는 소리가 들려왔다. 그건 귀로 들리는 소리가 아니라 온몸으로 들리는 소리였다. 소리는 해구 쪽에서 들려왔다. 로비가 헤엄쳐 갔을 때 거기에 고래 한 마리가 꼼짝하지 못한 채 몸을 비틀며 괴로워하는 중이었다. 로비는 더욱 깊게 헤엄쳐 들어갔다. 도시 개발의 손길이 해구까지 미쳤는지 그곳에는 막 건설 중인 자재 더미와 로봇이 잔뜩 쌓여 있었고, 그 자재를 덮어놓았던 그물에 고래의 지느러미가 걸려 있었다. 매우 괴로워 보였다. 로비는 쌓인 자재 더미 사이에서 적당한 도구를 찾아내 그물을 절단하기 시작했다. 미처 그물을 다 벗겨내지도 못했는데 고래는 수면을 향해 헤엄치기 시작했다. 로비는 문득 고래와 함께 바다를 가로지르고 싶었다. 그래서 그물을 놓지 않은 채 고래와 함께 바다 위로 상승하기 시작했다. 그 기분은 꽤 괜찮았다. 아마도 무리를 향해 가는 거겠지. 불현듯 이 녀석이 파수꾼 중 하나일지도 모른다는 생각이 들었다. 사라진 가족을 찾고 있을, 그리고 돌아온 가족의 모습에 함께 몸을 비비며 기뻐할 파수꾼들의 모습이 떠올랐다. 그리고 새로운 신화가 쓰이면 좋겠다는 생각도 했다. 바다에서 태어난 첫 번째 아이, 해저 도시 건설 현장의 고래를 구하며 바다 생명의 파수꾼이 되다. 어쩌면 이 신화는 늘 그랬듯 누군가의 목적에 따라 변형되고 재해석될지도 몰랐다. 그런데 어쩐지 상관없었다.

원래 그런 방식으로 돌아가는 거야.

로비는 이제 알 것 같았다.

마인드 리셋

Cat of the Parallel Universe

이번에 그녀가 들려준 이야기는 어떤 틈에 대해서였다. 믿지 않고는 달리 선택의 여지가 없었던 명징함에 대해서이기도 했다. 열서너 살 무렵 부모님을 따라 바닷가에 사는 할머니를 만나러 갔던 이야기였고, 지금까지 끝나지 않은 연속성을 지닌 이야기였다. 여정 자체는 특별할 게 없었다. 바다와 마주한 진녹색 대문을 열고 마당에 들어섰을 때 할머니는 마당 구석에 서 있었다. 낯선 청년과 담벼락 너머 배수로를 들여다보는 중이었다. 마을 정비 때문에 온 군청 직원이라고 했다. 군청에 들어와 맡은 첫 직무라고. 이건 훗날 누군가의 대화를 전해 들어 우연히 알게 된 내용일 뿐이다. 그녀가 기억하는 건 늘 보던 풍경 안에 이물스럽게 서 있던 낯선 이에 대한 호기심과 첫인상뿐이다. 수수하다고 해야 할지 특징이 없다고 해야 할지. 큰 키도 작은 키도 아닌 데다, 보통의 체격에 한쪽으로 쓸어 넘긴 앞머리까지도 평범했다. 매우 선하게 웃는 이였다. 작업을 거들던 그에게 고생한다며 어른들이 건넨 냉수나 수박 한 조각 따위를 싹싹하게 받아 들던 모습, 난처한 농담에 수줍게 짓던 웃음, 그때마다 가로로 길게 찢어지던 눈매 같은 것들만 어렴풋이 떠오를 뿐이다. 어쩌면 그에 대한 인상이란 시간이 지나는 동안 만들어 냈거나 변형시킨 것일 수도 있다. 수십 년 전의 일이니까. 그 외에는 여느 때와 다를 게 없었다. 오랜만에 아들 가족이 왔다며 할머니가 신경 써 준비한 식사, 무료함에 사로잡혀 마당에 묶인 개를 데리고 바닷가를 거닐며 모래에 만들어 낸 발자국 같은 게 다였다. 또래도 없고 놀아주는 이도 없어 괜히 공사 구역을 배회하기도 했다. 심심해? 그녀와 마주친 그가 툭 던지고 지나치기도 했다. 대답이 필요한 질문이 아니었다. 청년과는 이런 식으로 몇 번 더 마주쳤다. 며칠이 지나 할머니 집을 나섰다. 휴가철이라 고속도로가 막힐 것을 감안해 일찍 출발했는데도 차는 자주 멈췄다. 아빠와 엄마는 정체 때문에 지쳐있었고, 그녀는 부루퉁해 뒷자리에서 졸다 깨기를 반복했다. 휴게소에 들렀을 때 자판기 커피를 마시려다 한 소리 들은 뒤였다. 그게 뭐라고. 그러니까, 정말 그게 뭐라고. 단순한 호기심이었는지, 커피를 마셔야만 조금이라도 어른이 되었음을 인정받을 수 있다고 여겼던 건지, 아니면 또래 누군가가 제법 과장해 늘어놓은 커피 마셔본 얘기를 듣고 부러웠던 건지는 기억나지 않는다. 집에 도착했을 때 하늘은 이미 어둑어둑했다. 방에 들어간 그녀는 불도 켜지 않고 벌러덩 누워버렸다. 아빠는 평소처럼 잘 도착했다고 할머니 댁으로 전화를 걸었다. 방으로 흘러드는 목소리가 심상치 않았다. 그녀가 잔뜩 삐진 채 정체된 고속도로를 지나올 때, 마을에서 일을 마치고 돌아가던 청년이 황망하게 세상을 떠났다는 사실을 알게 되었다. 한낮에, 시골의 그 한갓진 도로에서, 중앙선을 침범해 온 차 때문에. 그 밤 내내 그녀는 청년의 얼굴을 하고 온 죽음에 사로잡혀 있었다. 슬픔이나 애잔함이 아니었다. 알 수 없는 힘에 조금 밀려난 게 분명했다. 그 정체는 지금까지도 정확히 알 수 없다. 그리고 그날 그녀를 사로잡은 알 수 없는 느낌들이야말로 그녀의 인생에 대한 일종의 예지였다고 굳게 믿게 됐다.

후드득, 들이치는 빗줄기에 창을 올렸다. 뒷좌석을 슬

쩍 돌아봤다. 이야기를 마친 여자는 입을 꾹 다문 채 창 밖을 내다봤다. 며칠 전 공항으로 데리러 갔을 때 그녀는 면바지에 바람막이 점퍼 차림이었다. 평범함으로 자신을 은폐하는 것은 법의 프로세스를 우회해 원하는 것을 얻으려는 이들의 공통된 습성이다. 대체로 고객들은 편한 옷차림으로 찾아왔지만 시술 당일만은 의복에 신경을 썼다. 너무 화려하거나 과하지 않게. 그러나 빈틈은 없도록. 부작용으로 인지에 문제가 생겨 자신을 통제하지 못하게 되더라도 흐트러진 모습만은 절대 보이지 않겠다는 의지 같기도 했다. 기억이 사라지면 옷차림이 자신의 정체성을 대신한다는 듯이.

그런데 이번에 들려준 이야기는 사실일까?

지난번 만났을 때 그녀는 새로운 감각을 따라가지 못해 자꾸 뒤로 밀려나는 광고 기획자였다. 그전에 만났을 때는 오래도록 강단에 섰으나 길을 찾지 못해 이러지도 저러지도 못하는 시간강사였고, 또 다른 날에는 빈번하게 재발하는 손가락 염좌로 고생하지만 악기 연주 외에는 어떤 선택도 할 수 없는 피아니스트이기도 했다. 이 모든 게 거짓이라면, 여자에게는 차라리 다행이다. 현구를 전혀 기억하지 못하는 듯한 그녀의 말과 표정 모두 일종의 불온한 장난일 뿐이니까. 하지만 그게 아니라 정말로 기억하지 못하는 거라면, 그리고 자신이 들려준 얘기들을 진정 사실이라 믿고 있다면 그건 부작용일 가능성이 컸다. 그것도 꽤 심각한.

"지금 거기, 가 봤어요?"

현구는 룸미러를 힐끔 쳐다봤다. 거울 위에서 현구와 여자의 시선이 잠시 엉켰다 풀어졌다. 특별한 경우를 제외하고는 고객과 대화를 나누는 일이 없었다. 일을 진행하는 데 필요한 정보만 기계적으로 교환하는 것, 그 외에는 더 알려 할 필요도, 일부러 밝힐 필요도 없는 것. 현구의 일은 그런 거였다. 그게 브로커와 고객의 관계니까.

여자의 물음이 조금 전 다녀온 MDC(mind-design center)를 뜻한다는 것을 현구는 잠시 뒤에야 알아챘다. 센터 2층에는 기억 삭제술인 '마인드-리셋' 시행을 공인받은 국내 최초의 전문 기관이라느니 시술의 원리와 안정성이 검증되었다느니 하는 내용을 장황하게 늘어놓는 홀로그램 에이전트가 서 있다. 거길 지나면 뇌, 기억 등에 관한 다양한 정보를 몰입형 미디어아트와 VR로 구현한 전시관이 나타난다. 관람객들은 안경을 쓰고 뇌 영역별로 디자인된 전시관에 들어가 뇌 속을 탐험하듯 자유롭게 돌아다녔다.

현구는 전시관에 이미 여러 번 다녀왔다. 업체에서 패키지로 구성해 놓은 코스 중 하나였다. MDC는 기억 삭제술을 실행하는 의료기관이자 국가에서 공인한 시술 적합성 심의기관이었다. 현구가 중개하는 업체들 역시 시술 적합성 심의와 시술을 진행했다. 하지만 MDC와는 분명한 차이가 있었다. 시술을 비공식으로 진행한다는 점이다. 적법한 절차나 관계 기관의 감시 따위를 피해 은밀하게. 업체에서는 비공식으로 진행하는 시술이기는 해도 원리와 기술 자체는 근본적으로 다르지 않다는 것을 고객들에게 보여주고 싶어 했다. MDC를 패키지 코스로 구성한 이유이기도 했다. 일종의 눈속임이죠. 처음 이 일을 시작했을 때, 다른 브로커가 시큰둥하게 대답했던 걸 현구는 기억했다.

현구가 밖에서 기다리는 동안 여자는 그곳에 다녀왔다. 대뇌와 소뇌, 간뇌를 거쳐 해마와 편도체까지 천천히 걸으며 자신이 지우려는 기억이 어디쯤 있는지 잠시 궁금했을 수도 있다. 어두운 방에 다다라서는 뉴런을 연결하는 시냅스들이 점멸하는 모습을 지켜보았을 거다. 폭풍우 치는 어느 밤, 홀로 우두커니 서서 밤하늘을 채운 섬광을 올려다보는 기분이었을지도 모른다.

하긴, 여자는 이미 이곳에 여러 번 다녀갔다. 여자를 다시 봤던 날, 현구의 알은척에도 여자는 어리둥절한 표정이었다. 그때는 착각한 줄 알았다. 그러나 여자가 또다시 찾아왔을 때, 현구는 확신했다. 여자는 내번 이곳이 처음인 사람처럼 행동했다. 전시관으로 안내할 때마다 처음 와본 사람처럼 군말 없이 현구의 안내에 따랐다. 정말 기억하지 못하는 걸까? 아니면…… 현구는 자신도 모르는 사이 여자가 준비한 은밀한 무대에 발 디딘 것만 같았고, 그러나 기꺼이 충실한 연기자가 되기로 했다.

"딱히 인상적이진 않았죠? 처음에는 눈에 보이는 이미지에 압도당하지만, 여러 번 보면 시시해져요."

현구는 룸미러로 여자 쪽을 쳐다보며 대답했다.

"미미가 된 거 같았어요."

침묵하던 여자가 대답했다.

"미미요?"

"어렸을 때 TV에서 방영했던 만화인데, 인간 아이들이 컴퓨터 인간 미미라는 아이와 함께 사람 몸이나 기계 안으로 들어가 탐험하는 내용이었어요. 우주선을 타면 눈에 보이지 않을 만큼 작아지는 거죠."

현구는 고객정보를 통해 여자가 쉰을 한참 넘겨 곧 예순이라는 걸 알고 있었다. 현구는 자신보다 갑절 이상을 더 살아온 여자의 입에서 나온 '어린 시절'이라는 걸 도무지 가늠할 수 없었다. 이름이 미미가 맞나? 머리카락이 손이었던 건 기억나는데…… 액정을 눈 가까이 대고 검색하던 여자는 잠시 뒤 낮게 탄성을 질렀다.

"세상에, 미미가 맞네요."

그러더니 잠시 뒤 덧붙였다.

"이상하죠? 기억을 지우러 와서 몇십 년도 더 지난 기억을 떠올린다는 게."

어린 시절에 본 애니메이션만을 얘기하는 것은 아닐 것이다. '마인드-리셋'은 특정 기억을 삭제하는 시술로 많은 기대와 우려를 동시에 받았다. 기억을 지우다니. 애초에 말이 많을 수밖에 없었다. 그런 만큼 조건이 까다로웠다. 우선 현재 생활에 큰 영향을 줄 수 있는 기억은 대상이 되지 않았다. 사회적 혼란을 야기할 수 있으니까. 또한 그 기억이 일상적 삶을 유지하는 데 악영향을 준다는 심의위원회의 판단과 결정이 있어야 했다.

다시 말해 특정 기억이 앞으로 살아가는 데에 필연적으로 부정적이며, 그 기억의 삭제가 현실의 삶을 영위하는 데에 치명적인 오류를 일으킬 가능성이 적다는 판단이 내려져야만 했다. 현구는 여러 고객을 중개하고 그 과정을 지켜보며 가끔 고개를 갸우뚱했다. 기억을 지우기 위해 그 기억을 증명해 내야 한다는 건 아이러니했다.

저기, 궁금한 게 있는데…… 침묵을 깬 여자의 물음에 현구가 얼른 대답했다.

"네, 물어보세요."

"다들 자율주행모드를 이용하는데…… 직접 운전하는 걸 본 게 오랜만이라서요."

현구는 룸미러로 여자를 한번 쳐다보고는 핸들을 손가락으로 툭툭 튕기며 대답했다.

"직접 모는 걸 좋아하는 편이에요. 운전 좋아하는 사람들끼리 모여 산악도로나 해변도로 주행하는 동호회 활동도 하고 있거든요."

현구는 문득 대답하는 목소리가 지나치게 톤이 높고 적극적이었나 싶었다. 정적을 깬 질문이 반가워서이기도 했지만, 비용도 한몫한다는 사실을 굳이 드러내고 싶지 않았다. 위성을 통해 지역 전역에 깔린 스마트 도로와 실시간 연동하는 자율주행모드가 모든 차량의 기본옵션이 되었다. 당연히 차량 구매 비용도 많이 올랐다. 운전을 좋아하는 게 거짓은 아니지만, 비용이 부담스러운 것도 사실이었다.

"게다가 비싸기도 하죠."

현구의 속내를 읽기라도 한 듯 가볍게 내뱉는 여자의 말에 현구는 잠깐 멈칫했다. 거짓말을 한 게 아닌데도 어쩐지 얼굴이 홧홧해지는 듯했다.

"무엇보다 직접 할 수 있는 건 되도록 직접 하고 싶어서요. 요즘엔 사람이 할 수 있는 일이 별로 없잖아요. 세상이 전부 한 방향으로만 변하고 있다고 생각해 본 적 없으세요? 이제 사람이 자유롭게 결정할 수 있는 건 직접 몸으로 하는 것밖에는 없는 거 같아요."

대답하고 나니 너무 변명 같아 힐끔 여자의 표정을 살폈다. 하지만 여자가 어떤 생각을 하는지 더 알 수 없었다. 좀처럼 표정을 읽을 수 없는 유형이었다. 언뜻 보면 무표정한데, 그건 표정이 없어서가 아니었다. 온갖 표정이 동시에 내비쳐서였다. 기쁨, 우울, 장난기까지도.

"예전에도……"

"네?"

"사람이 뭔가를 자유롭게 결정할 수 없었던 건 지금이나 예전이나 마찬가지예요."

룸미러로 여자의 표정을 보려 했지만, 창밖을 향해 고개를 돌리고 있어 헤아리기 어려웠다.

"자기 자신에 대해서는 더 그렇고요."

여자가 덧붙였다.

*

현구는 갖가지 화려한 홀로그램 광고로 가득 찬 거리를 가로질러 주차장으로 향했다. 마트에서 산 식자재들을 트렁크에 실은 뒤 시간을 확인했다. 바비큐 파티를 하고 싶다던 고객의 예약 시각까지는 약 한 시간 반 정도 남았다. 현구는 담배를 피워 물었다. 도로 건너편의 건물을 쳐다봤다. 여자는 지금 닥터를 만나는 중이다. 지금까지의 경험으로 미루어 보면 여자는 이십 분 전에는 이미 나왔어야 했다. 셰어하우스까지 소요 시간은 약 사십 분, 간당간당했다. 예상치 못하게 일정이 틀어졌지만, 현구는 이 상황마저도 자연스레 납득되는 기분이었다. 어쩐지 여자에게는 일반적이고 당연한 것보다는 예외적인 게 더 어울렸다.

　현구는 거리를 둘러보았다. 이 섬의 도로 어디든 마음껏 달릴 수 있다는 것도 옛말이다. 이제는 육지의 다른 지역 못지않게 교통체증이 일상화되었다. 원래 관광산업을 기반으로 돌아가던 도시였다. 그러나 몇 년 전 국가 주도로 시행한 데이터센터 건립 사업을 시가 유치하면서 이곳은 크게 변화하기 시작했다. 관련 인프라가 구축되는 한편, 인공지능이나 메타버스를 활용한 산업이 활성화되었다. 자꾸 무언가를 특화하려는 움직임이 거세졌다. 자연경관으로 유명한 이 지역의 숲과 바다가 파헤쳐지고 도시와 건물이 건설되었다. 대신 가상현실 기기를 이용해 자연을 감상하는 체험관들이 들어서기도 했다. 이건 일종의 농담 같았다.

　'마인드-리셋' 시술도 그런 변화 중 하나였다.

　시술 조건이 까다로운 만큼 부적합 판정을 받는 이들 또한 많았다. 그게 그들이 지닌 기억이 부족하거나 특별하지 않다는 의미는 아니다. 기억을 지우려는 열망이 덜 뜨거워서도 아니다. 단지 운이 조금 나쁠 뿐이다. 누가 다른 사람의 기억을 평가할 수 있단 말인가. 많은 부분에서 납득이 어려웠다. 하지만 바로 그 점 때문에 현구에게 기회가 생겼다. 센터의 심사를 통과하지 못한 이들이 다른 선택의 기회를 만날 수 있게 해주는 일. 현구가 운영하는 셰어하우스에는 이 섬을 관광하기 위해 찾아오는 이들도 있지만, 감당할 수 없는 기억 때문에 오는 이들도 있었다. 기억할 만한 시간을 만들고 싶은 이들과 기억을 지우고 싶은 이들 모두가 모여드는 비밀스럽고 은밀한 통로.

현구가 담당하는 업체들의 주요 공식 업무는 시술 적합성 심의였다. 표준 절차에 따라 시술 가능 여부를 심사해 그 결과를 심의위원회와 MDC로 보고했다. 그러면 MDC가 심의 결과에 따라 시술을 진행했다. MDC의 독점 우려가 제기되자 정부 차원에서 허가한 사안이었다. 업체 입장에서는 심의도 꽤 쏠쏠했지만, 무엇보다 돈이 되는 건 역시 비공식으로 행해지는 시술이었다.

비밀스럽게 이루어지지만, 엉터리로 진행되지는 않았다. 시술 여부를 판단하는 기준이 조금 다르고 더 관대할 뿐, 시술 자체는 철저한 방침과 절차에 따라 진행했다. 특히 현구가 주로 중개를 담당해 온 업체의 닥터는 다른 도시의 공인기관에서 근무한 이력도 있다고 했다. 이쪽 세계에서 닥터는 단연 독보적이었다. 지금까지 시술에 문제가 있었던 적이 한 번도 없었을뿐더러, 인지 손상 등의 위험으로 다른 업체에서는 시도조차 하지 못한 케이스를 여러 건 해결했다. 그런 닥터가 왜 공인기관이 아닌 이곳에서 활동하는지는 아무도 몰랐다. 업체에서 상상할 수 없는 거액을 제시해 스카우트했다는 소문이 돌기도 했다. 사실인지는 알 수 없었다. 브로커들은 닥터는커녕 이 일과 관련된 업체들의 정체도 정확히 알지 못했다. 현구에게 이 일을 제안한 것도 업체 관계자가 아니라 또 다른 브로커였으니까.

이 일이 어느 정도 규모로 진행되는지는 알 수 없었다. 분명한 건 이 일과 관계된 사람 모두가 처음부터 이 일을 목표로 했던 것은 아니라는 점이다. 할 수 있는 게 이것밖에 없었을 뿐이다. 자율주행 차량이 일반화되고 많은 업무를 로봇 에이전트가 대신하게 된 것도 벌써 몇 년 전의 일이다. 여행객을 상대로 택시를 운행하거나, 박물관, 미술관 등에서 안내사 역할을 하던 사람들은 점점 줄어갔다. 그들은 새로운 세상에 어떤 방식으로든 스며들어야 했다. 불가피한 일이었다. 그런데 닥터는 왜? 도대체 어떤 조건이면 이 음지로 숨어들 수 있는 걸까.

"인간은 늘 해방되기 위해 모험을 감행해 왔어요. 돈에서, 평판에서. 기억을 지우는 일도 일종의 해방을 위한 과정이지 않을까요? 이제 성형외과만큼 당연해질걸요? 지금은 당연하게 받아들여지는 성형수술도 의료적으로 불가피한 경우인지 아닌지가 사람들이 납득할 수 있는 하나의 기준인 때가 있었다고 하잖아요. 하지만 결국 욕망과 자본이 이겼죠. 윈-윈. 뭐든 한번 시작되면 당연해지게 되어 있어요."

닥터는 이 모든 게 욕망과 자본의 문제라고 했다. 다만 그 대상이 기억일 뿐이라고. 기억은 물리적 실체가 없지만 그 기억을 작동시키는 인체는 그 자체로 무엇보다 분명한 물리적 실체였다. 이를 통제함으로써 기억까지도 거래의 대상으로 삼는 게 그리 놀라운 일은 아니었다.

"무궁무진한 가능성에 비하면 이 사업은 아직 시작되지도 않았어요. 걸음마 단계일 뿐이죠. 그런데 공인기관은 늘 감시받고 있죠. 그건 한계를 지녔다는 의미이기도 해요. 더 큰 기회는 언제나 위험을 동반하는 법이에요."

현구의 고객 대부분은 MDC와 같은 공인기관에서 부

적합 판정을 받은 이들이었다. 간혹 공인기관을 거치지 않고 직접 접촉해 오는 이들도 있었다. 자신의 시술 이력이나 기억데이터를 공식적으로 남기기 싫은 이들이 그랬다. 현구가 중개한 이들은 성공적으로 시술을 받으면 철저히 연락을 끊었다. 기억을 지운 사실마저 지우려는 것처럼. 업체에서도 보안을 위해 시술을 마치면 고객 데이터는 즉각 파기한다고 했으니, 그들의 시도는 성공이나 다름없었다.

의뢰해 온 사람들 전부 시술을 받는 것은 아니다. 마지막까지 고민의 끈을 놓지 않다 결국 포기하고 돌아가는 이들도 많았다. 그들 중 일부는 더러 다시 접촉해 오기도 했다. 여자도 그런 이들 중 하나인 셈이지만, 엄밀하게는 조금 달랐다. 현구는 이미 몇 번이나 여자를 다른 업체들과 연결해 주었다. 시술이 성공적이었는지는 확인할 수 없었다. 소개를 해주면 커미션을 받을 뿐이고, 사례에 따라 그 액수가 조금씩 달라질 뿐이었다. 지금까지 여자를 소개하고 비용을 받지 못한 적이 없었기에 으레 잘 마쳤으려니 생각했을 뿐이다.

흥미로운 건, 그 어떤 어려운 시술도 도맡아 온 닥터가 여자의 건에 대해서는 지금까지 계속 거부해 왔다는 점이다. 저번에 닥터에게 여자를 데리고 갔을 때, 기본 검사를 진행한 뒤 닥터는 여자를 '안 되는' 케이스로 딱 잘라 분류해 버렸다.

"이미 시술받은 흔적이 있네요."

공식 의료기록은 없다고 덧붙였다. 하긴, 공공연하게 비공식 루트로 시술이 이루어지는 지금 의료기록 같은 것이 무슨 소용일까. 몸이 제일 정확한 증명서이다.

시술할 때 기억과 관련된 뇌 영역을 활성화하게 되는데, 대부분의 공인기관이 학계에서 검증된 몇 가지 채널을 공통으로 이용한다고 했다. 공식 채널인 셈이다. 시술을 받으면 몸에 일정한 패턴의 흔적이 남았다. 닥터는 이를 마킹이라 불렀다. 겉으로나 일반적인 검사에서는 드러나지 않지만, 공식 채널을 열면 과거에 받은 시술로 인해 생긴 마킹 역시 함께 활성화된다고 했다.

"그런데 공식 채널이 아니라 다른 채널에 흔적들이 남아 있어요. 그것도 하나가 아니라 여러 채널에요."

닥터의 얘기대로라면 여자는 현구가 중개한 것 외에도 이미 여러 번 시술을 받았다는 얘기다. 시술이 실패했던 걸까? 아니면 시술로도 어찌할 수 없을 만큼 깊게 각인된 기억이라도 있는 걸까? 현구의 부탁을 못 이긴 닥터가 이번에는 한번 면밀하게 검사를 진행해 보겠다고 했다. 검사 결과가 나오면 여자의 상태를 더 자세히 알 수 있을 거다.

현구가 담배를 꺼내 불을 붙이려는데, 여자가 건물을 빠져나오는 게 보였다. 동시에 닥터로부터 메시지가 도착했다.

사전 면담 완료. 이전 자료가 없어 추가 검사 뒤 결정

밖으로 나온 여자는 주변을 두리번거렸다. 현구는 담배를 깊숙이 빨아들이며 그 모습을 지켜보았다. 쉰을 지천명이라 했던가? 하늘의 명을 깨닫는 나이. 쉰을 지나 예순을 향한 길목에 서 있는 정도의 나이라면 엔간한 기억쯤은 대수롭지 않게 치부할 수 있을 거라 막연히 생각했던 현구였다. 그런 여자가 벗어나려는 시간은 도대체 어떤 것일까.

그때 길 건너편의 현구를 발견하고는 여자가 손을 흔들었다. 현구는 자기도 모르게 여자를 향해 손을 번쩍 들어 올렸다가 이내 슬그머니 내렸다. 담배를 바닥에 비벼 껐다.

인간의 몸이 동적 평형 상태를 유지하고 있다는 건 이미 알려진 사실이에요. 우리 몸은 항상 같은 물질로 이루어져 있는 것 같지만, 세포 층위에서 보면 한 달 전 우리 몸과 오늘 우리의 몸은 다르다는 거죠. 몸을 구성하고 있던 기존의 세포들을 새로 생성된 세포들이 대체합니다. 겉으로는 변화가 없어 보이지만, 실은 매 순간 새로운 세포로 대체되고 있는 겁니다. 우리가 인지하지 못할 뿐이죠.

거실 한가운데에 밥상을 폈다. 식당 아주머니가 가져다준 밑반찬 몇 가지와 찌개를 가지런히 놓았다.
"사장은 좀 괜찮아?"
어제 아주머니는 냉장고에 음식을 채우며 아버지의 안부를 물었다. 아주머니에게 아버지는 사장, 현구는 젊은 사장이었다. 셰어하우스에서 필요한 음식을 주문하느라 아버지 때부터 거래를 텄는데, 현구가 먹을 반찬도 매번 따로 챙겨주고는 했다. 밥솥을 열었다. 아침에 밥을 충분히 해둔 덕분에 저녁까지는 해결할 수 있었다. 현구는 주걱으로 싹싹 긁어 밥을 폈다. 열린 창으로 야외에서 바비큐 파티를 벌이는 사람들의 소리가 밀려들었다.

동적 평형을 이루는 것이 세포처럼 물리적인 것에만 해당하는 걸까요? 우리의 기억 또한 매번 새로 변화합니다. 십여 년 전부터 지속해서 근거들이 드러났지요. 우리가 과거의 어떤 일들을 떠올리면 이전에 생성된 시냅스가 활성화되는 게 아니라, 새로운 시냅스들이 기존의 것을 대체합니다. '마인드-리셋'은 그 작업을 조금 더 적극적으로 활용할 뿐입니다. 과거에는 군인이나 소방관처럼 특정 직무로 인해 PTSD를 겪는 이들만을 대상으로 시술을 진행했습니다. 그마저도 일종의 실험에 가까웠죠. 그러나 이제 과학의 혜택을 보다 많은 사람이 누릴 수 있게 되었어요. 그게 바로 '마인드-리셋'입니다.

현구는 잠시 창밖을 내다봤다. 이제는 이 소음이 불편하지 않았다. 이 지역 대부분의 셰어하우스에서 비슷한 풍경이 벌어졌다. 손님들을 끌어들이기 위해 하우스지기가 직접 행사를 기획하는 곳도 있었다. 매일 밤 크고 작은 모임이 벌어졌다. 세상이 계속 변한다고 하지만 사람들끼리 만나서 웃고 즐기는 습성만은 변하지 않을 듯했다. 아무리 그래도 초겨울 날씨에 야외 바비큐 파티라니. 현구는 사람들의 말소리가 들려오는 서쪽 공터 쪽을 지그시 쳐다보았다. 필요한 게 있으면 연락하겠지. 창문을 닫았다.

우리가 착각하는 게 뭐냐면, 기억을 삭제하면 뭔가 훼손된다고 여긴다는 거예요. 바로 온전함이죠. 그런데 시술을 받지 않는다고 해서 기억이 온전한 사실로 이루어져 있다고 확신할 수 있나요? 어떤 일이 벌어지는 순간 그건 이미 과거가 되어버립니다. 그리고 그 과거는 시간이 지날수록 점점 왜곡되거나 변질되죠. 결국 우리가 기억하는 온전함이란 일종의 허구인 겁니다.

현구는 잠시 패널들의 토론을 지켜봤다. 기억 삭제술과 관련해 매일 같이 비판과 옹호가 반복되었다. 화면 속에서 말하는 이가 국내 최고 권위자라고 했다. MDC 벽면 곳곳에 걸린 사진을 본 적 있었다. 이름이 뭐였더라. 딱히 궁금한 건 아니었지만, 고객에게 그럴듯한 설명을 덧붙여야 할 때는 요긴하게 쓸모 있었다.

현구는 전문가라는 이의 이름을 되뇌며 채널을 돌렸다. 곧이어 영상이 바뀌고 배우들의 말소리와 함께 관객들의 웃음소리가 방 안에 가득 찼다. 현구는 숟가락을 들어 찌개를 한 입 떠먹고, 아주머니가 챙겨준 반찬을 뒤적였다. 하루의 일과를 마친 늦은 저녁, 따끈한 밥상을 차려 식사하는 시간. 거기에 고민 따위는 잊은 듯한 웃음소리까지. 어느 때에 행복을 느끼냐고 누가 묻는다면, 현구는 망설임 없이 이 시간을 말할 것이다. 아무 사고 없이 하루를 마무리했다는 안도, 오늘과 크게 다르지는 않겠지만 내일도 오늘처럼 무사한 하루가 이어질 거라는 믿음, 또다시 이 방에 앉아 여느 때처럼 늦은 저녁을 먹을 거라는 연속성. 현구에게는 이게 행복이었다.

주방의 식탁을 놔두고 밥상을 펼쳐 식사하는 건, 이곳에서 아버지와 살기 시작한 이후 생긴 습관이다. 어색한 침묵보다는 거실 텔레비전에서 흘러나온 소리가 둘 사이를 채우는 편이 나았다. 아버지가 집을 떠난 지 꽤 되었지만, 현구는 여전히 끼니때가 되면 밥상을 펼쳤다.

아버지를 떠올리면 두 가지만 생각났다. 부재, 그리고 햇빛.

기억도 하지 못할 만큼 어렸을 때 엄마가 세상을 떠

나 가족이라고는 아버지 한 사람이었다. 그러나 현구가 십대 시기를 지나는 동안 아버지의 얼굴을 본 것은 절반도 되지 않았다. 아버지는 늘 밖으로 떠돌았고, 그러다가도 십대 아이가 해결하지 못하는 일이 생기면 어떻게 알았는지 용케 집으로 돌아왔다. 그리고 다시 떠났다. 돌아올 때는 무언가를 경계하는 사람처럼 초조해 보였고, 떠날 때는 화가 난 듯 서둘렀다. 그래서 현구는 내내 혼자였다. 그것이 자연스러운 것인지 아니면 부당하게 방치된 것인지를 판단하기도 전에 당연해져 버렸다.

아이들이 으레 겪곤 하는 사소한 사고로 병원에 입원했다 퇴원한 날, 아버지는 현구를 집이 아닌 이곳으로 데려왔다. 바닷바람을 삼나무 숲이 병풍처럼 막아주는 곳에 위치한 셰어하우스. 아버지는 앞으로 여기서 지낼 거라고 했다. 이곳에 발을 디딘 그 순간, 그동안 아버지가 집을 떠나 여기서 머물렀다는 사실을 알아챘다. 아들 그리고 아내와 함께 살던 집 대신 이 셰어하우스를 관리하면서. 그 뒤로 이곳에 살았고, 아버지가 떠난 뒤에는 줄곧 현구가 관리해 왔다. 현구에게 아버지는 집을 잊은 사람이었다. 그런 아버지가 남겨준 게 '하우스'

라니, 농담 같은 일이었다.

 이곳에 와서 본 아버지는 의외로 떠나는 게 체질인 사람이 아니었다. 셰어하우스를 관리하고, 가끔 손님들과 술 한잔씩 하며 수다를 떠는 게 하루의 대부분이었다. 그 외에는 음악을 듣거나 소파에 앉아 TV를 보다 꾸벅꾸벅 졸았다. 가끔 뒤쪽 삼나무 숲을 오래도록 노려보기도 했다.

 현구는 아버지가 거실 소파에서 졸던 어느 날의 모습을 기억한다. 거실 창으로 햇빛이 쏟아져 내리던 날이었다. 아버지는 쏟아지는 햇빛에 적나라하게 노출된 채 눈을 반쯤 뜨고 조는 중이었다. 잠든 게 아니라 허공을, 눈에 보이지 않는 존재를, 어떤 시간을 지켜보고 있는 듯했다. 하얗고 노르스름한 햇빛에 잠식당해 아버지의 몸이 투명해지는 것처럼 보였다. 익숙함으로 보지 못했던 주름들, 눈, 코, 입이 만들어 낸 표정들이 선명히 드러나다 급기야 하얗게 투명해지는 듯했다. 그 와중에 반쯤 감긴 눈 틈새로 깊은 어둠이 새어 나왔다. 한낮의 고요가 그 눈빛으로부터 울려오는 낮은 웅얼거림과 공명하는 듯했다. 지금껏 가져본 적 없다고 생각했던 존재인데도, 한없이 투명해지다 혹여나 사라질까 두려웠다. 어쩌면 그날부터인지도 모른다, 아버지의 뇌세포가 죽기 시작한 것은.

  비정상적인 단백질 변이로 뇌세포가 죽어가고 있다는 선고를 받은 아버지는 어쩐지 태연해 보였다.
"원래는 언어나 정서의 측면에서 주로 증상이 드러나는데, 환자분의 경우에는 기억에까지 영향이 미친 케이스예요."
  보고된 바 없는 유전자 변이 때문이라고 했다. 이미 한참 진행된 상태이며 분명 일상생활에서 전조가 있었을 거라는 의사의 말에도 고개만 끄덕였다. 그러더니 얼마 뒤 또 짐을 싸 훌쩍 떠나버렸다. 오랫동안 잠잠했는데, 다시 시작된 걸까. 현구는 궁금했다. 전에는 집을 나와 이곳 셰어하우스에 머물렀다. 그렇다면 이제 어디로?
  병원에서 연락이 온 건 한 달쯤 지나서였다. 현구는 간호사가 일러준 병실로 들어가려다 문 앞에 멈춰 섰다. 고작 한 달 만에 아버지는 시간의 흐름보다 훨씬 빨리 늙어있었다. 휠체어에 앉아 강렬한 빛이 새어드는 창밖을 내다보는 뒷모습을 가만히 지켜보았다. 당장에라도 빛이 아버지를 삼킬 것 같았다. 더 지켜보지 못하고 병실로 들어섰다. 아버지는 말없이 고개를 돌려 현구의 얼굴을 빤히 쳐다보다 다시 고개를 돌렸다. 내내 도망치기 바빴어. 아버지의 언어 기능은 못 본 새 눈에 띄게 나빠졌다. 현구는 한쪽 무릎을 꿇고 아버지의 얼굴에 귀를 가까이 가져가며 되물었다. 못 들었어요. 뭐라고요?

"나도 방법을 몰랐어. 무서웠다."

아마도 현구를 혼자 둔 것에 대해 말하고 싶은가 보다고 생각했다. 현구는 대꾸하지 않았다. 아버지에 대한 미움이 있었던가? 되려 현구가 자신에게 묻고 싶은 부분이었다. 집에 혼자 머물렀던 그 시기에는 그런 마음을 가졌을지도 몰랐다. 하지만 이제는 잘 떠오르지 않았다. 시간이 많이 지났고, 무엇보다 셰어하우스에서 함께 사는 내내 현구가 그려왔던 아버지의 모습과는 너무 달라 그 차이에 익숙해지는 데 집중했으니까. 그러는 동안 그 마음이 사라졌을지도 모를 일이다. 그런데 아버지의 이어지는 말이 현구를 당황스럽게 만들었다.

"네 엄마는 죽은 사람이나 마찬가지다. 잊고 살아라."

현구는 당황스러움을 넘어 혼란스러워졌다. 엄마라니. 가끔 엄마는 죽지 않은 게 아닐까, 어딘가 멀리 떠나

버렸던 건 아닐까, 의문을 가진 적이 있기는 했다. 봉안당 위치라도 알려줬을 법한데, 아버지는 그러지 않았다. 더는 궁금해하지 않았다. 엄마라는 존재에 대해 입 밖으로 꺼낼 기회조차 박탈당했기 때문이었다. 물어볼 사람도 없었고, 아버지에게 엄마 얘기를 꺼내면 불같이 화를 냈다.

물론 실제로 어땠는지는 상관없이 현구에게는 이미 죽은 것이나 마찬가지이기는 했다. 아무리 떠올려 봐도 엄마에 대한 기억이 없었다. 그나마 어린 시절로 추정되는 어느 때에 어두컴컴한 방 안에 머물러 있던 누군가의 모습을 어렴풋이 떠올릴 수 있었다. 그마저도 이미지의 형태가 아니었다. 시각이나 촉감과 같은 감각으로는 설명할 수 없는, 자기장처럼 눈에 보이지 않지만 분명 힘을 발휘하는 그 무엇. 마치 검은 안개가 몰려들어 어떤 형태를 이루다 바로 흩어지듯 존재감만 미약하게 느낄 수 있는 정도였다. 그래서 현구에게는 그냥 죽은 존재였다.

그런데 죽은 사람이나 마찬가지라니. 그건 죽지 않았다는 얘기인 걸까? 그걸 이제 와 왜?

현구는 자기도 모르게 피식 웃으며 고개를 저었다.

기억이 온전하지 않은 아버지였다. 뇌세포가 많이 죽어 그나마 남은 기억들이 사실과 전혀 다른 기억을 만들었을 가능성이 컸다. 아버지는 또 웅얼거리듯 말했다. 네 엄마의 결정을 따를 수밖에 없었다. 그게 최선이었어. 목소리가 기어들어 가듯 뭉개졌다. 현구가 그냥 알겠어요, 라며 넘기려는데, 이번에는 비교적 분명하게 말을 이었다.

"잊고 살 수 없다면 용서하며 살아."

아버지의 입에서 나온 그 용서라는 단어가 현구의 머릿속에 박혀 내내 떠올랐다. 어렸을 때 죽었거나 떠났을 거라 여겼던, 지금은 모습조차 기억나지 않는 사람이었다. 용서 따위를 운운할 만한 관계가 있기는 했던 걸까? 지금까지 신경 쓴 적도 없었다. 그런데 아버지의 말을 들은 뒤, 알 수 없는 힘들이 현구를 감싸오는 듯했다. 실체 없이, 현구의 몸을 관통했다가, 잔상처럼 이내 사라져 버렸다. 현구는 종종 마인드-리셋을 받은 고객들의 기억을 지도로 그리면 어떤 형태일지 궁금했다. 그들이 삭제한 기억의 자리는 현구의 기억처럼 어두운 안개가 가득 차 있을까?

많은 사람이 기억을 지우고 싶어 찾아왔다. 현구가

그들을 중개한 데에는 아버지의 기억이 조금이라도 늦게 사라지게 하려는 이유도 있었다. 얼마나 더 버틸 수 있을까. 셰어하우스 운영만으로 병원비와 대출금을 감당하는 건 불가능했다. 어쩌면 결국에는 담보 잡힌 셰어하우스를 넘겨야 할지도 몰랐다. 하지만 그다음에는? 이후의 시간이 그려지지 않았다.

그래도 이번에 여자가 시술받으면 당장은 상황이 달라질 수 있었다. 시술 자체 비용이 센 편이고 비공식으로 진행하는 만큼 수수료 비율도 꽤 높았다. 게다가 여자의 건은 다른 건보다 높은 수수료율이 책정되어 있었다. 그 정도라면 요긴하게 사용될 수 있었다. 현구에게 여자는 고객을 넘어 일종의 가능성인 셈이었다. 금전적인 면에서, 그리고…… 또 다른 의미에서도.

연락을 받고 불을 갈아주러 공터로 향했다. 손님 중 누군가 가져왔는지 광장 귀퉁이에 홀로그램 데코 비전이 세워져 있었다. 홀로그램 데코 비전은 공터를 축제가 벌어지는 중세의 광장처럼 만들어 놓았다. 사람들은 그곳에서 정말 축제라도 즐기는 듯했다. 사람들 사이를 비집고 중앙의 화로를 향해 걸어가다 현구는 잠시 멈칫

했다. 무리 사이에 여자가 앉아 있었다.

기억할 만한 시간을 만들고 싶은 이들과 기억을 지우고 싶은 이들. 지금까지 이들이 섞이는 일은 거의 없었다. 현구도 그걸 원하지 않았다. 어떤 고객들은 셰어하우스의 다른 손님들과 웃고 즐기며 이야기를 나누다 시술받겠다는 결정을 번복하기도 했다. 그건 현구에게 손해였다.

현구가 장작을 쌓고 사이에 채워 넣은 숯과 착화탄을 불로 가열하는 동안, 여자는 나이가 훨씬 어린 투숙객들과도 스스럼없이 대화하며 웃고 있었다. 여자의 모습에 한편으로는 안도했다. 동시에, 상반되는 다른 감정들이 스멀스멀 밀려들었다. 그 감정의 정체가 무엇인지 알 수 없었다. 같이 앉으세요. 누군가 현구에게 앉기를 권했고, 여자도 거들었다.

"나도 이렇게 즐길 때는 즐기잖아요. 어서 앉아요."

다른 이들이 환호했고, 여자는 분위기에 호응하듯 술잔을 들어 현구에게로 뻗었다. 그 순간 현구의 머릿속에 단어 하나가 떠올랐고, 그 때문에 놀랐다. 지금 여자에게서 느껴지는 감정이 일종의 배반감에 가깝다는 사실을 깨달았기 때문이다.

*

 빛이 실내로 들어오지 못하고 블라인드 틈에 고여 있었다. 이제 곧 어두워질 것이다. 숲에는 어둠이 빨리 찾아왔다.
 어둠이 찾아온다, 찾아온다, …… 찾아오다? 여자는 재빨리 생각을 수정했다. 여자는 블라인드를 열었다. 이곳에 머무르며 종종 숲을 응시하곤 했다. 삼나무가 빽빽하게 들어선 숲 한가운데서 며칠을 보내는 사이, 어둠은 찾아오는 게 아니라 드러나는 거라고 확신하게 되었다. 한낮의 빛이 안개 걷히듯 사라지면 슬그머니 어둠이 드러났다. 시시각각 색을 바꾸는 숲은, 나무들의 그림자가 겹겹이 포개진 어둠 안에서 더욱 깊어졌다. 실체와 그림자 사이의 거리만큼 아득한 침묵이 숲에 숨어 있었다. 어둠의 본질은 침묵이라고 생각했다. 세상을 가득 메운 사람들의 말과 무수히 많은 소음도 결국 어둠과 침묵의 대지로부터 싹튼 일부에 불과했다.
 혼자 지내는 시간이 이어지는 동안 말은 더 줄었고, 대신 감각이 예민해졌다. 그녀는 잠에서 깨면 바로 일어나지 않고 눈을 감은 채 자신이 누워 있는 모습을 상상했다. 이미 또렷해진 의식을 눈꺼풀 뒤에 잠시 모아 둔 채 감각에 집중했다. 피부로 느끼는 온도와 감은 눈꺼풀 위로 희미하게 느껴지는 빛의 움직임 같은 것들. 머리를 어느 쪽으로 두고 누워 있는지, 손을 뻗으면 무엇이 만져질지와 같은 것들을 추측했다. 처음 며칠은 잠자리가 바뀌었다는 사실조차 인식하지 못했다. 밤을 보내고 깨어난 아침, 그녀는 눈을 감은 채 그녀의 집에서처럼 침대 옆 책장에 올려둔 휴대폰을 집어 시간을 확인하려 했다. 그러나 손은 벽과 부딪칠 뿐이었다. 손에 닿은 완강한 벽의 감촉을 느끼고서야 집이 아니라는 사실을 환기할 수 있었다. 일상에서 벗어나 타지에 와 있으면서도 피처럼 그녀 안에 흐르는 몸의 습관이 신기하게 여겨졌다. 몸에 깃든 수십 년의 시간. 그것은 일종의 침묵이었다. 겉으로 드러나는 확실한 기표는 없지만 분명히 존재했다.

어제 어느 섬의 작은 공터에 둘러앉은 사람들, 그들의 소란스러운 몸짓과 노랫소리 사이에서 여자는 처음으로 그 시간을 입 밖으로 꺼냈다. 아주 오래전의 이야기. 한 번도 입 밖으로 내뱉어 본 적 없는, 아니 언어화해 본 적 없는 심상들. 더듬더듬 그 시간을 짚어나갔다. 그녀의 언어로, 그녀의 몸에 새겨진 리듬대로. 이 말들이 전해질 수 있을까? 이제는 신경 쓰지 않았다. 서로 다른 언어와 몸짓으로 말해도 상관없었다. 축제니까. 우연히, 바로 그 순간, 바로 그곳에 있다는 사실만으로 충분했다.

 말들이 있어요. 언어가 있어요. 어딘가에 속한다는 것은 그 집단의 언어를 듣고 말할 수 있다는 것을 의미하죠. 그 언어는 낯설어요. 그래서 배워야 해요. 한번 배워두면 내가 속한 그곳에 적응하며 살 방법이 되기도 해요. 모든 게 좀 느린 편이었어요, 나는. 말하고 들을 수 있기 위해 노력했답니다. 내 생의 가장 젊고 아름다운 시절을 다 바쳤어요. 그거 알아요? 하나의 언어에 익숙해지고 길든다는 건, 다른 방법으로 말하고 표현하는 법을 잊어간다는 뜻이기도 해요. 어딘가 속한다는 건 그런 거예요. 이봐요. 내 말 듣고 있어요? 무슨 얘기인지 알겠어요?

 술에 취한 남녀가 꾸벅꾸벅 졸며 고개를 끄덕였고, 누군가는 유행하는 노래를 틀어놓고 크게 불렀다. 모두가 서로 끌어안고 춤을 추듯 모닥불 주변을 휘청였다.

그녀도 그들을 따라 휘청였다. 공터로 불어오던 바람, 바람의 리듬으로 희끄무레 흔들리는 어둠, 그 사이로 오래된 감각들이 뚫고 지나갔다. 그녀의 입에서 흘러나오는 단어들이 실체에 닿지 못하고 자꾸 미끄러지는 듯했다. 그녀는 무엇을 말하고 싶었던 걸까. 그녀가 느낀 소외 혹은 외로움을? 그녀가 서 있던 지독히도 쓸쓸한 풍경을? 아니면 그 풍경 속에 우두커니 서 있을 수밖에 없었던 이유에 대해서? 어쩌면 정말 말하고 싶은 것들은 아무것도 말할 수 없을지도 몰랐다. 그녀의 말이 사람들에게 가 닿지 않을지도 몰랐다. 그래도 괜찮았다. 침묵보다는 나았다.

틈이 생겨 버렸어요. 그들의 언어와 내 언어. 허우적댈수록 틈은 더 벌어졌어요. 우리와 같은 말을 할 수 없다면 이제 너는 이곳에 속하지 않는다고, 속할 수 없다고 했어요. 다른 방식으로 말할 수 없는 사람에게 네가 배운 언어는 쓸모가 없다고 말하는 건, 존재하지 말라는 것과 같았어요. 아무도 그걸 입 밖으로 꺼내지는 않았어요. 대신 침묵으로 말했어요. 그들의 언어는 침묵이었고, 나는 그 침묵 속에 무엇이 있는지 알았죠. 이봐요. 듣고 있냐고요.

그녀는 말을 멈췄다. 사실 무엇 때문이었는지가 무슨 소용일까. 그건 중요하지 않았다. 중요한 건 그때 그녀가 두 발 딛고 섰던 그 세계가, 그런 방식으로 존재했다는 사실이었다. 여자는 그때의 시간을 여전히 기억했다. 그건 머리로 아는 개념이 아니라, 생생하게 육체에 새겨진 감각이었으니까. 그 틈에서 허우적대는 동안 그 어떤 목소리도 여자에게 닿지 못했다. 대신 거울들이 생겨나 여자를 에워쌌다. 거울은 끝도 없이 만들어졌다가 깨졌다가 다시 생겨나길 반복했다. 그럴수록 여자가 볼 수 있는 건 거울 표면에 떠오른 것들뿐이었다. 거울에 비친 건 그녀의 분신들이었다. 그녀를 **염려하고, 조롱하고, 위로하고, 상처 입히고, 비웃고, 결국에는 끝장내고 싶어 안달하는 그녀 자신**이었다. 거울의 목소리가 그녀를 에워쌌다. 사람들의 목소리가 그녀에게 닿지 않았다. 세계가 돌아가는 원리와 법칙과 관계들이 닿지 못했다. 오래도록 그녀를 비참함에 빠뜨렸던 사람들의 표정이나 도로의 신호등이 지시하는 의미 같은 것마저도 그녀에게 닿지 않았다.

  누구도 그녀의 말을 이해하지 못했다. 아니, 이해하려 하지 않았다. 그건 그들의 언어가 아니었기 때문이다.

그들이 사는 세계의 리듬이 아니었기 때문이다. 사람들은 그녀의 언어와 감각을 착각이라고 불렀다. 그녀의 세계가 흘러가는 리듬을 망상이라고 불렀다. 처음에는 그녀도 자신의 입에서 나온 말들을, 온몸으로 느낀 감각들을, 눈앞에 펼쳐진 것들을 의심했다. 다시 다른 사람들의 언어를 배우려 시도했다. 그 시도는 성공할 것 같은 때도 있었지만, 모든 순간 실패했다. 이제 사람들이 그녀를 이해하는지는 중요하지 않았다. 그녀에게 중요한 것은 사람들이 말하는 착각과 망상이 그녀에게는 실재라는 사실뿐이었다.

모든 언어와 의미가 무의미했다. 그녀의 몸에 맞지 않는 말들을 배우고, 그걸 따라가려 노력한 결과가 결국 이것이었으니까. 그녀를 염려하고, 조롱하고, 위로하고, 상처 입히고, 비웃는 분신들 사이에서 그녀가 할 수 있는 유일한 일. 언어를 버리는 일, 고통을 끝내는 일, 듣지 않고 보지 않는 일, 감각을 멈추는 일.

하지만…… 그마저도 실패했다.
그리고 그 실패 뒤에는 고통이 남았다.

침묵으로 상처 입은 사람은 또 다른 누군가에게 침묵으로 상처를 줘요. 다른 이의 목소리가 닿지 못했다는 건, 나 역시 그들에게 닿을 수 없다는 얘기이기도 했지요. 모든 시도에 실패하고 나서야 비로소 사람들이 보였어요. 어떻게든 내게 닿으려 했던 사람들이 보였어요. 나를 에워싼 거울은 그들의 거울이기도 했어요. 그들의 고통과 신음과 비명이 들렸어요. 그걸 보게 되는 게 어떤 건지 알겠어요? 오해하지 말아요. 내가 의도한 게 아니에요. 믿어줘요. 그럴 만한 힘이 내게는 없었어요.

밤의 축제는 더 흥겨워졌다. 공터에 모인 사람들의 노랫소리는 더 커졌고, 누군가는 아이처럼 뛰어다녔다. 광대처럼 춤추고 재주를 부렸다. 사람들은 더 즐거워했고, 취했고, 그리워했다. 그 사이를 그녀의 독백이 유령처럼 흘러 다녔다. 무슨 얘기인지 알겠어요? 내 말을 알아들을 수 있겠어요? 그리고 누군가의 목소리가 들려왔다. 이제 당신이 그들에게 닿으면 되잖아요. 다가가면 되잖아요. 그녀는 목소리가 들리는 곳을 향해 시선을 던졌다. 다가가는 게 가능할까? 모든 시간과 고통의 감각이 지나간 자리에 남은 것은 또 다른 괴로움뿐이었다. 그녀 주변에 머물렀던 사람들이 느꼈을 고통이었다. 아니, 그건 진정 그들의 고통이 맞을까? 그녀 자신의 죄책감에 불과한 건 아닐까? 알 수 없었다. 모든 질문의 끝에 그녀에게 남은 하나의 바람은 없었던 일인 듯 모든 것을 잊는 거였다.

쿵, 소리에 눈을 떴다. 어쩌면 쿵, 이 아니라 쩍, 이었을까. 여자는 가슴이 덜컥 내려앉은 상태에서 쉽게 빠져나오지 못했다. 눈만 뜬 채 가만히 누운 채로 주변을 감지했다. 침묵이 방 안에 가라앉아 있었다. 더 이상 소리는 들려오지 않았다. 깜빡 잠들었다가 메시지 알림 소리에 놀란 모양이다. 그녀는 손을 뻗어 휴대폰을 확인했다.

내일 추가 검사 예약일입니다. 준비해 두세요.

*

세상이 많이 변했다고들 하지만 변하지 않는 것도 있었다. 매일 같이 셰어하우스에 몰려들어 알지 못하는 사람들끼리 만나서 웃고 즐기는 습성 같은 것들. 그리고 은행권 밖에서 사람들에게 터무니없는 이자로 돈을 빌려주고는 조금 늦기라도 하면 협박과 폭력을 행사하는 사채업자 같은 존재들. 바퀴벌레 같은 놈들. 현구는 아직 아물지 않은 눈가의 상처를 닦아낸 뒤 반창고를 붙이며 읊조리듯 중얼거렸다. 그러다가 현구 자신이 그 바퀴벌레 같다는 생각이 들기도 했다. 돈을 빌리고 제때에 갚지 못한 것도 현구 자신이니까. 하지만 현구가 감당해야 하는 아버지의 병원비도, 셰어하우스가 담보로 잡혀 곧 넘어갈 위기에 처한 것도, 기억을 삭제하겠다는 사람들을 업체와 연결하는 브로커 일을 할 수밖에 없는 것도 현구의 잘못 때문은 아니었다. 매 순간 걱정과 긴장으로 보내야 하는 현구로서는 이곳에 찾아와 기억을 지워달라며 큰돈을 지불하는 이들을 이해하는 게 쉽지 않았다. 그러나 현구가 그들을 이해하고 공감하는지는 중요하지 않았다. 어떻게든 서로 필요로 하는 이들을 잘 연결해 주는 게 현상 유지라도 할 수 있는 유일한 방법이었으니까. 이 모든 게 현구를 뫼비우스의 띠처럼 이어지는 질문의 수렁으로 밀어 넣고는 했다.

화장실에서 나온 현구는 수납 창구에 들러 두 달 치

비용을 납부한 뒤 영수증을 한참 들여다봤다. 앞으로 얼마나 더 납부할 수 있을지, 계산할수록 한숨만 나왔다. 여자의 시술 가능성이 희박해진 상황에서는 더욱 암담했다.

어제 여자의 검사 결과를 확인하러 찾아갔을 때, 닥터는 별말 없이 진단 결과를 띄웠다. 사전 검사와 추가 검사를 진행한 뒤였다. 닥터는 회의 때문에 외부에 나가봐야 한다며 짐을 챙기면서 화면을 가리켰다. 현구는 결과서 한쪽에 표기된 코드를 확인했다. F06.7, 이건 경도 인지장애. F33.1, 이건 우울증. 이 일을 반복하다 보니 이제 엔간한 내용은 현구도 알아볼 수 있었다. 누군가가 몸부림치며 온몸으로 겪어온 실재들이 이토록 짧은 코드로 치환될 수 있다는 사실에 현구는 몸서리쳐졌다. 자해도 있어요. 현구는 닥터를 쳐다봤다. 뭐 다들 그러니까…… 평소라면 이렇게 대답하고 넘겼을 텐데, 이번에는 아무 대꾸도 하지 못했다.

"부탁도 있고 해서 여러 가능성을 두고 살펴봤어요. 그런데 저번에도 말했던 것처럼 시술 이력이 문제가 될 거예요. 공식 채널은 깨끗해요. 그런데 다른 채널에 손댈 수 없을 만큼 마킹이 많아요. 이제 손댈 수 있는 건

공식 채널밖에 없는 듯해요."

비공인 업체들은 절대 공식 채널은 건드리지 않았다. 혹시라도 고객이 훗날 MDC 같은 기관에서 또다시 시술을 받게 되었을 때, 비공인 시술 이력을 들키기라도 하면 문제가 커지기 때문이다.

"그런데 고객이 원하는 게 꽤 난해해서 공인기관 쪽으로 진행해도 어떻게 될지는 장담할 수 없어요."

"고객이 원하는 게 뭔데요?"

"보통은 특정 사건이나 인물에 대한 기억을 지우고 싶어 해요. 그런데 이 고객의 경우는 복잡해요. 표면적으로는 자신이 자해를 시도했다는 사실을 지우고 싶어 해요. 그런데 범위를 특정할 수가 없어요. 가령 특정 사건이나 인물 자체에 대한 기억을 지우는 건 비교적 쉬운 편이에요. 그 사건이나 인물 자체에 여러 조건을 걸어 활성화되지 않게 만들면 되니까요. 그런데 이번 케이스의 경우 지우려고 하는 게 자신이 자해를 시도했다는 사실이나 자해의 결정적 원인이 된 어떤 사건 혹은 감정이 아니에요. 오히려 자신의 자해가 다른 사람들에게 미친 영향, 그리고 그와 관련된 연쇄적 감정 상태에 대한 거예요. 쉽게 말하면 이 고객은 지금까지 계속해서 자신의 자해를 지켜보거나 경험한 다른 이들의 감정 상태를 상상해 왔어요. 그러고는 그걸 자신의 감정으로 내면화했고요. 그것도 아주 오랫동안. 그 과정에서 감정전이가 복합적 방식으로 작동해 또다시 다른 감정을 만들어 냈어요. 가령 (이렇게 한 단어로 단정할 수는 없지만) 일종의 죄책감 같은 거죠. 내가 무슨 짓을 한 거지, 얼마나 고통스러웠을까, 하는 생각들을 상상 가능한 온갖 상황과 장면으로 구체화해 왔어요. 이런 경우에는 자신이 본래 지녔던 감정, 그러니까 자해까지 이르게 할 정도로 압박했던 사건과 심리, 그리고 자해 이후 마음속에서 만들어 온 타인의 감정이 섞여버려요. 이렇게 되면 기억을 범주화하거나 경계화하기가 매우 어려워요. 아직 기술이 감당하지 못하는 부분이기도 하고요."

닥터는 어깨를 으쓱하더니 시계를 확인했다. 이어 외투를 집어 들며 덧붙였다.

"단순히 시술이 반려되는 문제가 아니라, 자칫 잘못 건드렸다가는 환자의 인지 체계가 무너질 수 있어요. 지뢰나 마찬가지예요. 어디서 어떻게 터질지 모르는. 문제는 그게 고객만이 아니라 우리에게도 리스크가 될 수 있다는 거예요. 시술 뒤 문제가 생겼을 때, 누가 이

고객의 이상 징후를 문제 삼기라도 하면 감시 기관에 포착될 수도 있고요. 안 그래도 여론이 좋지 않은데, 조심하는 게 낫지 않겠어요?"

닥터는 잠시 말을 멈추더니 결과서만 뚫어지게 쳐다보는 현구의 얼굴을 살폈다. 아마 얼굴의 상처를 보는 듯했다. 닥터는 짐을 내려놓더니 달래는 듯한 어투로 말을 이었다.

"저도 엔간하면 시도해 볼 텐데, 이번에는 정말 위험해요. 이 정도 사례는 임상시험이나 학계에서도 보고된 바가 없어요. 다른 건에 집중하는 편이 나을 겁니다."

현구가 이번 건에 집중하는 게 커미션 때문이라고 생각하는 듯했다. 현구는 대꾸하지 않았다. 틀린 말도 아니었다. 물론 이제는 상황이 조금 달라졌지만, 그건 어차피 말하지 못할 거였다. 현구는 잠시 고민하다 심의 결과서를 복사해 가져가겠다고 말했다. 그러자 닥터는 어깨를 으쓱했다.

"우리 쪽에서 시술은 진행하지 못하지만, 다른 쪽도 알아보려면 복사해 가요. 제가 내일까지는 계속 외부 일정이라 없으니, 행정팀에 얘기해 놓을게요. 언제든 가져가요. 그런데 아마 대부분 거절할 거예요. 누구도 위험을 감수하고 싶지 않을 테니. 그리고……"

"……"

"고객에게 따로 설명이 필요하다면 데리고 와요. 내가 잘 설명할게요."

닥터는 늦었는지 정리를 부탁하며 급히 밖으로 향했다. 현구는 닥터가 나간 뒤에도 한참을 뚫어지게 결과서만 들여다보았다. 불현듯 며칠 전 저녁 셰어하우스 공터에서 마주한 여자를 떠올렸다. 타인의 감정을 고통의 형태로 상상해 받아들여 온 시간. 그런 걸 이해할 수 있기나 할까? 화면 위에 펼쳐진 어떤 내용도 그걸 이해하는 데에는 도움이 되지 않았다.

가끔 기억을 지운 이들에게 그 기억이 다시 돌아오는 순간을 상상해 보곤 했다. 닥터에 의하면 그건 스위치가 켜지는 것과 같았다. 특정 기억이 새로운 시냅스의 연결로 인해 활성화되는 거라고. 현구는 영화나 드라마에서 어떤 충격이나 사고로 기억을 잃은 사람들이 기억을 되찾는 순간 머리를 부여잡고 괴로워하는 모습을 본 적이 있다. 그때마다 그 스위치가 켜진 거라고 받아들였다. 스위치가 켜진다는 건 통증을 동반하는 거라고.

엘리베이터 대신 계단을 통해 병실로 향하던 현구는 우뚝 멈춰 섰다. 도대체 무엇이 스위치를 올린 걸까. 애써 더 많은 가능성을 떠올리려 애썼지만, 현구의 모든 감각은 자연스럽게 '그날'로 향했다.

MDC에 들렀다 여자를 닥터에게로 데리고 갔던 바로 그날. 외곽에서 시내 쪽으로 접어드는 중이었고, 현구는 내리던 빗줄기가 잦아들어 창문을 열었다. 그때 갑자기 오토바이 한 대가 불쑥 끼어들었다.

"조심해요."

여자가 소리쳤고, 동시에 현구는 급히 브레이크를 밟아 속도를 줄였다. 오토바이를 탄 사내는 뒤를 힐끔 돌아보더니 씨익 웃고는 이내 사라졌다.

"자율주행모드가 일상화되고 저렇게 위험하게 장난질을 하는 사람들이 간혹 있어요."

현구는 당황했으면서도 짐짓 별일 아니라는 투로 말했고, 여자는 두어 번 고개를 끄덕였을 뿐 더 이상 말이 없었다. 잠시 뒤 갑자기 도로가 막히기 시작했다. 막힐 구간이 아닌데. 현구는 핸들을 틀어 옆 차선으로 끼어들며 중얼거렸다. 앞쪽에 사고가 난 게 틀림없었다. 도로 한쪽에 버스 한 대가 비상등을 켜고 정차해 있었다.

"사고가 났나 본데요?"

여자가 두리번거리며 창밖을 내다봤다. 현구도 사고 지점 근처를 느릿느릿 지나갔다. 비상등을 켠 채 선 버스, 버스 안에서 창밖을 쳐다보며 우왕좌왕하는 승객들, 그리고 쓰러져 있던 오토바이 한 대. 조금 전 그들을 추월해 사라진 오토바이가 분명했다. 뒤를 힐끔 돌아보고 이내 쏜살같이 달렸던 사내, 그는 여전히 오토바이에 올라탄 모습이었다. 다만 더 이상 도로를 달리지 못하고 바닥에 쓰러져 있을 뿐이었다. 사내의 사지는 멀쩡했지만, 머리가 온전하지 못했다. 붉은 액체와 덩어리들이 흥건했다. 입체성을 잃고 납작하게 쪼그라든 사내의 얼굴에서는 표정과 온기가 사라지고 없었다. 그 모습만으로는 방금까지 무엇인가를 느끼고 생각했던 사람이라는 사실을 실감할 수 없었다. 여자의 짧은 탄식이 들렸다. 동시에 현구의 눈앞에 드리운 그림자, 그리고 날카로운 목소리. 보지 말아요! 사고 난 방향의 시야를 가린 여자의 손바닥이 볼과 눈가를 스쳤다. 그래. 바로 그때부터였다.

장면이 떠오르기 시작한 건, 어쩌면 여자와는 상관없

을지도 몰랐다. 현구 스스로 그렇게 기억을 편집한 것인지도. 기억이 돌아오는 순간의 통증. 그런 건 없었다. 통증 대신 가슴 한편이 내려앉는 듯했다. 꼭 해야 하는데 미뤄둔 채 잊고 있던 무언가를 뒤늦게 떠올린 것처럼. 장면이 떠오를 때마다 자주 숨이 가빴고, 가끔은 자신도 모르게 오래 숨을 멈췄다.

그 장면에서 현구는 거실 한구석에 우두커니 앉아 있었다.

예전에 살던 집이었다. 분명 매일 지나쳤을 거실인데, 그곳의 모든 게 처음 보는 것처럼 낯설었다. 이상하게 정신은 더 또렷했다. 무심코 지나쳤던, 아니 전혀 신경 쓴 적 없었던 벽지의 무늬나 바닥의 파인 자국 같은 사소한 것들까지 눈에 들어왔다. 소방관, 구급대, 경찰이 집 안을 마구 들쑤시고 다녔다. 분명 소란스러운 상황인데도, 그 소음이 장벽 너머에서 들려오는 듯했다. 무대와 관객석만큼의 거리. 보이지 않는 힘이 자꾸 현구를 무대 밖으로 밀어냈다. 그 장면의 마지막은 한결같았다. 평소에 늘 닫혀 있던 방문. 그 문이 열려 있고, 문틈으로 깊은 어둠이 뿜어져 나왔다. 어쩌면 밀어내고 있던 것은 현구였을까. 현구는 그 어둠을 외면하려 애

썼다.

장면은 거기까지였다.

그러나 문 너머 어둠 속에 무엇이 도사리고 있는지 현구는 알았다. 머릿속에서 그것들이 구체적인 형상으로 조합되려 할 때마다 현구도 어쩌지 못하는 알 수 없는 힘이 이미지들을 뿔뿔이 흐트러뜨렸다. 그리고 나면 어김없이 목소리가 찾아왔다.

오늘 오랜만에 우리 아들 김밥 싸 줘야지.

왜 이 말만 떠오르는지 알 수 없었다. 여전히 엄마의 얼굴은 떠오르지 않았다. 다만 어둠 속 안개처럼 뿌옇게 존재감만 그려질 뿐이었다. 늘 표정 없이 방 안에만 틀어박혀 있던 엄마였는데, 그날은 일찍부터 방에서 나와 있었다. 현구가 학교 가기 훨씬 전부터 주방에서 달그락거렸다. 그게 엄마가 병원에서 돌아온 지 얼마 되지 않은 날이었다는 사실은 이 장면을 여러 번 되새긴 뒤에야 알아챘다. 확실치는 않았다. 오래도록 어딘가에 묻혀 있던 기억일 뿐이니까. 평소와 크게 다를 게 없던 날이었다. 그래서 늘 굳게 닫혀 있던 엄마의 방문이 열려 있는 모습이 더 이질적으로 다가왔다. 현구가 무심코 그 방 안을 들여다보려는 찰나, 하얀 손바닥이 현구의 눈가를 가렸다. 그러곤 이내 가슴 폭으로 끌어들여 오래 안아주었었다. 장면을 떠올릴 때마다 그때 볼에 닿았던 손의 질감이 되살아났다. 그건 머리의 기억이 아니라 몸의 기억이었다.

그런데 그날 왜 평소보다 일찍 집으로 돌아갔지? 현구는 몇 번이고 기억을 되짚었다. 학교 수업이 일찍 끝나서였나, 아니면 그날 예정되었던 현장학습이 취소되었었나. 어쩌면 여느 때와 다르게 쾌활해 보였던 그날 엄마의 모습에 속없이 기뻐서였는지도 몰랐다. 늘 표정 없이 방에 머무르거나 병원에 들락날락하던 엄마가 이제 회복된 거라고. 다 나아서 병원에서 보내준 거라고. 예전 같은 일상으로 돌아갈 수 있을 거라고 기대했다. 누군가에게는 그 일상이 무엇보다 견딜 수 없는 시간일 수도 있다는 사실을 그때는 이해하지 못했다. 엄마에게 일상으로 돌아간다는 것은 그 어떤 것도 해결되지 않은 채 시곗바늘을 되돌리듯 다시 그 자리에 다시 선다는 것을 뜻했는지도 몰랐다.

그러나 그때는 답을 찾는 데에만 매달렸다. 도대체 왜 세상을 등지려고 마음먹을 수밖에 없었는지, 아버지와 나는 중요한 존재나 의미가 아니었는지. 질문은 많은데, 누구에게도 묻지 못했다. 답도 듣지 못했다. 아버지와 상담사를 비롯한 현구 주변의 모든 사람이 답을 말해주지 않았다. 대신 괜찮냐고 물었다. 그건 정말로 괜찮은지를 묻는 게 아니라, 괜찮아져야 한다고 말하는 듯했다. 그때 현구에게 필요했던 건 진정 괜찮아지는 게 아니라, 괜찮다는 것을 보여주는 언어를 배우는 일이었다.

계단을 올라 병실로 왔다. 창으로 쏟아진 햇빛이 실내를 가득 채우고 있었다. 아버지는 창 쪽으로 돌아누운 채 잠들어 있었다. 이제 현구를 알아보지도 못했다. 현구는 보호자 침대에 앉아 돌아누운 아버지의 등을 오래 쳐다봤다.

며칠 전 셰어하우스 공터에서 축제가 벌어지던 그 밤에 사람들 사이에 앉아 여자의 이야기를 들었다. 여자의 얘기를 듣는 동안 현구는 아버지를 떠올렸다. 나도 방법을 몰랐어. 무서웠다. 늘 집에서 도망치듯 사라지던 등이었다. 그런 줄 알았다. 이제는 그것만으로는 저 등을 전부 말해낼 수 없다는 것도 알았다. 아버지가 부재한 그 집에서 늘 혼자였다고 생각했다. 그러나 실은 내내 엄마와 함께였다. 모든 순간 도망쳤으면서 다시 돌아오기를 수도 없이 반복할 수밖에 없었던 아버지도. 그리움과 고통. 어쩌면 아버지는 그 가운데서 길을 잃었던 걸까. 문득 뇌세포를 하나씩 죽이고 있는 건 아버지 자신인 건 아닐까, 하는 생각이 들기도 했다. 스스로 기억을 잃음으로써 여전히 도망치는 중인지도 몰랐다.

차에 올라타 시동을 걸었다. 닥터의 사무실로 가는 내내 현구는 혼잣말처럼 이어지던 여자의 얘기들을 떠올렸다. 그날 밤 공터에서 여자의 얘기를 듣는데, 여자의 기억이 아닌 오래 잊고 있던 자신의 기억을 듣고 있다는 착각에 빠져 있었다. 오래도록 현구를 잡은 채 놓아주지 않던 물음에 대한 것이기도 했다. 만약 '그때' 현구가 여자의 곁에 있는 사람 중 하나였다면, 그녀를 이해할 수 있었을까? 상처받으면서도 끝까지 놓지 않고 그녀의 세계를 인정할 수 있었을까? 만약 다시 엄마가 옆에 있다면, 현구는 그리고 아버지는 엄마의 세계를 과거와는 다른 방식으로 바라볼 수 있을까?

현구는 알고 있다. 여자는 엄마가 아니다. 그러나 엄마이기도 했다. 그건 절대 알 수 없을 거였다. 분명한 건 여자에 관한 궁금증과 관심이 은폐된 채 방치되어 있던 엄마에 대한 기억과 맞닿으면서 존재성을 띠기 시작했다는 점이다. 그건 일종의 동일시였다. 또한 현구가 처음으로 타인의 마음을 자신의 안에서 이해하려는 시도이기도 했다. 불가능하다고 해도 여자의 기억을 알고 또 이해하고 싶었다. 결국 모든 시도가 실패하고 말겠지만, 그럼에도 멈추고 싶지 않았다. 그게 오래도록 어둠 속에 웅크린 채 방치되었던 자신이 밖을 향해 움직일 수 있는 유일한 방법이라고 확고히 믿기 시작했다.

*

 통화 중이던 직원은 현구를 보고 무슨 일이냐는 듯 눈짓으로 물었다. 현구가 심의 결과서를 출력하러 왔다고 말하자 알겠다는 듯 고개를 끄덕였다. 현구가 닥터의 사무실로 향하는데, "잠시만요." 하고 현구를 불러 세웠다. 직원은 통화 송신 마이크를 한 손으로 가리고 물었다.
 "방법은 아시죠? 도와드릴까요?"
 현구는 늘 하던 일인데 그럴 필요 없다는 제스처를

취했다. 그러자 직원은 고개를 살짝 끄덕이고는 다시 통화에 집중했다.

 복도를 지나 닥터의 사무실 문을 열고 들어갔다. 새삼스러울 게 없다고 스스로 다독였다. 평소에도 닥터가 자리를 비웠을 때 자주 심의 결과서를 출력해 가고는 했으니까. 현구는 컴퓨터 앞에 앉아 여자의 이름을 입력했다. 검사 일자별로 검사 기록과 결과가 출력되었다. 여자와 동명인 고객들이 많은지 출력된 결과가 꽤 많았다. 현구는 며칠 전 여자가 검사를 진행한 날짜를 되짚어 해당 날짜의 기록을 찾아냈다. 파일을 여니 어제 닥터가 보여줬던 결과서가 나왔다. 현구는 '복제' 항목을 선택해 해당 결과서를 문서 저장장치로 전송했다. 완료.

 현구는 이어 새로운 결과서를 하나 더 생성했다. 여기서부터가 중요하다. 새로 생성한 양식에 여자의 결과서를 불러와 복사했다. 그동안 많은 고객을 중개하면서 검사 결과서를 확인해 왔다. 별문제 없이 통과되어 MDC에서 시술받은 사람들의 심의서 내용을 떠올렸다. 기억을 되짚어 항목들을 조금씩 수정하는 것은 문제도 아니었다. 현구는 복사한 결과서의 내용을 아주 조금씩만 바꾸었다. 더 절실하게, 그리고 더 안전하게 보일 수 있도록. 잠시 뒤 해당 심의 결과서 상단의 '발행' 버튼을 눌렀다. 닥터의 이름으로 발행된 심의 결과서. 현구는 그걸 자신의 저장 기기로 전송했다. 완료.

자리에서 일어나 밖으로 나가려던 현구가 다른 파일들을 들여다보게 된 건 순전히 우연한 충동에서였다.
열린 문서들을 전부 닫고 일어서려는데, 화면에 떠오른 목록들이 괜히 시선을 끌었다. 현구는 무심코 여자와 동명인 다른 고객의 문서를 하나 열어보았다. 그런데 그건 동명인 다른 이의 기록이 아닌 여자의 기록이었다. 어떻게 된 거지? 현구는 여자의 이름으로 출력된 목록을 하나하나 전부 열었다. 날짜와 형식만 다를 뿐 화면에 떠오른 문서는 모두 여자의 상담 및 검사 결과를 정리해 놓은 기록들이었다. 현구가 이 일을 맡기 훨씬 전에 진행한 여자의 검사 결과도 있었다. 분명 삭제한다고 했는데. 그러나 삭제는커녕 전부 저장되고 있었다.
혹시나 하는 마음에 여자의 고유번호를 입력해 봤다. 화면에는 현구가 알고 있는 여자의 이름은 물론이고, 그 외의 다른 이름과 결과들까지 함께 출력되었다. 이름이 다를 뿐 모두 동일인, 즉 여자에 대한 자료라는 의미였다. 현구는 화면에 떠오른 이름들을 자세히 들여다보았다. 그중에는 한 번도 들어보지 못한 이름들도 있었지만, 기억 저 깊은 곳 어딘가를 부유하다 막 끌어올려진 것 같은 낯설지 않은 이름도 있었다. 현구는 자료를 열어보았다. 자료에는 여자의 지난 검사 결과는 물론이고, '마인드-리셋'이 도입되기도 훨씬 전 여자가 여러 병원에서 상담받은 기록들까지 포함되어 있었다. 상담 중 녹화된 영상과 음성기록까지도. 현구는 영상을 하나씩 재생했다. 그리고 자신의 기억 속 어두운 부분을 하나씩 채우기라도 하겠다는 듯, 눈도 깜빡이지 않고 영상들을 오래도록 지켜보았다.

*

여자는 킁킁대며 손 냄새를 맡았다.

"아직 냄새가 안 빠진 거 같아요."

현구는 아무 대꾸도 하지 않았다. 셰어하우스에서 출발하기 전, 현구는 여자를 찾아다녔다. 여자에게 메시지를 보내고 전화해 봐도 답이 없었다. 여자의 숙소에는 정리된 짐만 덩그러니 놓여 있을 뿐이었다. 초조하게 셰어하우스 안을 돌아다니는데, 주방 쪽에서 말소리가 들렸다. 식당 아주머니와 여자가 현구의 집 주방과 거실 바닥에 잔뜩 늘어놓고 김치를 담그고 있었다. 마치 가족이 모여 앉아 김장하는 듯한 모습이었다. 또다시 정체 모를 감정이 치밀었다. 자신도 모르게 울컥해 왜 연락을 받지 않냐고 타박하려는 순간, 아주머니가 현구를 알아보고는 손짓했다.

"젊은 사장, 이리 와서 간 좀 봐."

현구가 머뭇거리는 사이 여자는 작은 배춧잎을 따 양념을 묻혀 현구를 향해 내밀었다. 현구가 이러지도 저러지도 못하는데, "뭐 하고 서 있어? 빨리 먹고 얘기해 봐. 간이 어때?"라며 채근하는 바람에 여자가 주는 김치를 엉겁결에 받아먹었다.

차가 해변도로를 달리는 동안 여자가 들려준 얘기는 삶의 설명할 수 없는 순간들에 대해서였다. 그날 여자는 어느 한적한 도시의 카페에 앉아 있었다. 더 정확히 말하면 그녀가 앉은 1층 카페의 통유리로 트럭 한 대가 돌진해 오는 걸 지켜보는 중이었다. 아직 정오가 되기 전, 조금은 한산한 시각이었다. 인접한 골목을 빠져 나온 트럭 한 대가 차분한 거리의 분위기를 찢는 굉음과 함께 그녀가 앉은 카페로 달려오고 있었다. 통유리로 펼쳐진 거리 전경 저 멀리에 트럭이 보이고, 잠시 뒤 주변 공기의 미세한 변화를 눈치챘을 때만 하더라도 설마, 싶었다. 그러나 점점 속도가 붙은 트럭의 경로가 한 치의 오차 없이 그녀가 앉은 카페 건물, 그것도 그녀가 앉은 방향이라는 사실을 확신할 수밖에 없을 정도로 가까워졌을 때, 그녀는 체념 비슷한 마음으로 트럭이 달려오는 모습을 지켜보기만 했다. 그 순간 도로를 가로지르는 트럭의 굉음에 고개를 돌렸다가 위험천만한 이 광경을 목도한 거리의 누군가와 눈이 마주치지도 했다.

"정작 달려오는 트럭을 봤을 때는 비현실적인 느낌이었는데, 행인의 눈빛과 표정을 보는 순간 인정하게 되더라고요. 아, 진짜 큰일 났구나."

그런데 알 수 없는 건, 그 찰나에 행인의 표정이 이렇게 선명하게 보일 수 있는가, 하는 거였다고 했다. 트럭이 인도의 턱을 밟고 공중으로 조금 떠오른 채 카페의 통유리를 치고 몇 미터를 더 밀고 들어와 그녀를 살짝 비켜나 멈출 때까지, 그 과정이 슬로모션으로 보였다.

영화나 만화 속 특수능력자처럼 느리게 흐르는 시간 안에서 여자 혼자 빠르게 움직여 피하려면 피할 수도 있을 것만 같았다고 했다.

"물론 해보지는 못했어요."

여자는 호호 웃었다.

그리고 언젠가 비슷한 상황을 다시 겪게 될 거고, 그날이 오면 그때는 분명 죽게 되리라고 확신했다.

"죽는 게 무섭다거나, 반대로 무섭지 않다는 생각 같은 건 해본 적 없었어요. 그런데 내 몸이 바들바들 떨리고 있다는 사실을 알았죠."

그날 여자는 분명히 보았다. 가게 유리창이며 테이블, 의자를 부수고 멈춰 선 트럭에 깔린 채, 온몸이 찢겨 멀건 눈빛으로 바라보던 자신을. 닿는 건 그게 뭐든 잡아먹을 기세로 타오르는 불길처럼 검은 입을 벌린 채 도사리고 있던 고요한 어둠을. 여자의 말에 의하면 그건 비켜난 죽음이었다. 가까스로 도래하지 않은 미래이기도 했다.

"트럭이 불과 몇 미터 옆으로 비켜 지나가 멈췄을 때, 저 멀리에서 안도하는 행인들의 표정이 보였어요. 당연히 일어날 거라 여겼던 불운이 비켜나 다행이라는 듯했어요. 그 사람들의 표정 하나하나가 다 눈에 들어왔죠."

이건 마치 시간뿐만 아니라 물리적 공간까지도 전부 거스르는 듯한 경험이었다. 나중에 깨달은 거지만 여자가 봤다고 생각한 행인의 표정은 여자가 만들어 낸 착각일 가능성이 컸다. 절대 육안으로는 볼 수 없는 거리였으니까. 하지만 그녀가 그 표정들을 보았을 때 느꼈던 감정과 몸의 감각들은 분명히 존재했다. 그건 착각이라는 말로는 다 설명해 낼 수 없는 분명한 그 무엇이었다.

여자가 잠시 멈추었다 말을 이었다.

"하긴 세상이 쉽게 설명되고 또 이해될 수 있는 거라면, 나도 그런 선택은 하지 않았을지도 모르죠."

순간 현구는 룸미러로 여자의 표정을 살폈다. 여자는 예의 알 수 없는 표정으로 창밖을 내다보고 있었다.

"산다는 건 여전히 복잡하게 여겨져요. 완벽하게 설명할 수 없으니까요. 하지만 설명할 수 없다는 게 존재하지 않다는 건 아니니까. 오히려 설명할 수 없는 만큼 더 명징해지는 게 있으니까요, 누군가에게는."

현구는 여자의 어떤 말에도 침묵했지만, 며칠 전 여자와의 대화를 떠올리는 중이었다. 그리고 그날 여자에게 던졌던 말들을 분명하게 다시 전하고 싶은 욕망에 휩싸였다. 이제 당신이 그들에게 닿으면 되는 것 아니냐고, 다가가면 되는 것 아니냐고. 그리고 자꾸 기억을 지움으로써 도망치지 말고, 이제 당당하게 대면해도 되는 거 아니냐고 말하고 싶었다. 그러나 절대 그러지 못할 거라는 사실도 알았다. 그건 그녀를 위한다는 그 마음조차 실은 일종의 이기심이라는 사실을 마음 깊숙한 곳에서 이미 알아채고 있었기 때문이다. 사람들이 말하는 착각과 망상이 그녀에게는 실재라는 사실. 무언가를 결심한 듯 현구는 자신도 모르게 고개만 끄덕였다. 운전대를 잡은 손에 힘이 꽉 들어갔다.

여자는 해안도로 카페의 야외 테라스에 앉아 현구가 내민 문서 저장장치의 화면을 오래 들여다보았다. 거기엔 여자의 심의 결과가 들어 있었다. 서로 다른 내용의 두 가지 결과. 한 번의 클릭으로 선택하게 될 미래이기도 했다. 한참을 침묵하던 여자가 입을 열었다.

"그러니까 내가 벌써 여러 번 기억을 지웠고, 그게 문제가 될 수 있다는 거네요?"

현구는 아무 대꾸도 하지 않았다. 대답이 필요한 질

문이 아니었다. 여자는 말을 이었다.

"시술을 더 받으면 내 전체 기억이 뒤죽박죽 되어 이 세상 전부를 못 알아보게 될 수도 있다는 거죠?"

"……"

"그러면 이제 내가 선택하면 되겠네요. 여기서 그만둘 건지, 아니면 위험을 감수하고라도 시술을 받을 건지."

현구는 말없이 고개를 끄덕였다.

여자는 선택하는 대신, 고개를 돌려 펼쳐진 바다를 향해 시선을 던졌다. 그러더니 다른 얘기를 시작했다. 그건 언젠가 들려준 어린 시절의 이야기이기도 했다. 수십 년도 전, 그녀가 할머니 댁에서 돌아온 어느 날의 이야기이기도 했다. 할머니 댁에서 만난 청년의 죽음은 금세 잊혔다. 그러나 그녀가 인지한 최초의 죽음, 그것을 인지함으로써 일상에서 살짝 기울어진 듯했던 그 순간의 느낌은 이후의 삶 곳곳에서 언제고 되살아났다. 그건 어떤 논리로 설명할 수 있는 일이 아니었다. 그 불가항력만 간신히 인정하게 되었을 뿐이다.

현구는 그저 여자의 얼굴을 쳐다보기만 했다. 여자는 바다에 시선을 고정한 채 알 수 없는 말들을 흥얼거렸다. 비켜났다는 것은 기운다는 거고, 기울어지면 미끄러질 수도 있고, 미끄러지면 다시 일어서거나 아니면 주저앉거나, 주저앉은 이는 결국 또 비켜날 수밖에…… 여자는 문서 저장장치의 화면을 다시 쳐다보더니, 결심한 듯 손가락으로 화면을 눌렀다.

"이해할지 모르겠지만, 이게 내가 매 순간 목도하는 세계니까요."

장치를 현구에게 내밀었다. 현구는 여자가 건넨 장치를 받아들어 쳐다보다, 바다 먼 곳을 향해 고개를 돌렸다.

현구는 시내 도로변에 비상등을 켜고 잠시 차를 댔다. 여기가 갈림길이었다. 공항으로 가든 MDC로 가든 여기서 정해야 한다고 하자, 여자는 흠, 하고 숨을 내쉬었다.

"여기서부터는 이제 각자 가는 게 좋겠죠?"

여자는 벨트를 풀더니 차에서 내렸다. 현구도 문을 열고 밖으로 나왔다. 길가에 선 여자는 현구에게 수수료는 결과와 상관없이 입금될 거라고, 그러니 걱정하지 말라고 말했다. 그러더니 덧붙였다.

"고마워요."

여자가 돌아서는데, "잠시만요"하고 현구가 불렀다.

여자는 현구를 향해 고개를 돌렸다.

"이거……"

현구는 차에서 꺼낸 머플러를 잘 펴서 접은 뒤 목에 둘러주었다. 여자의 얼굴을 오래 쳐다보았다. 그러니까, 나는 괜찮아요, 라고 말하고 싶었다. 내가 배운 괜찮은 세계의 언어들을 따라 좋은 곳으로 흘러가고 있다고. 그러므로 걱정하지 말라고 말하고 싶었다. 정말로 그렇게 믿고 있기도 했다. 그러니 더 이상 기억을 지울 필요 없다고, 미안해하지 않아도 된다고도 말하고 싶었다. 그러나 그 모든 말들의 끝에 맴도는 말은 하나였다. 하지만 당신이 정말 괜찮아질 수 있다면, 영영 잊어도 괜찮아요. 나를 지워도 괜찮아요.

여자는 현구가 둘러준 머플러를 한 손으로 몇 번 쓰다듬더니 이내 웃음 짓고 몸을 돌렸다. 길을 따라 천천히 걸어가며 한 손을 높게 흔들었다. 현구도 자기도 모르게 손을 흔들었다. 여자의 뒷모습이 점점 멀어졌다.

*

"일어나셨어요?"

여자는 새어드는 빛에 눈을 찌푸린 채로 가만히 누워 있었다. 목소리가 들려왔다. 여자는 밝은 빛 사이로 울려오는 목소리에 집중했다. 어딘가 익숙한 목소리.

"아, 선생님! 여기에서도 뵙네요."

"점점 일은 많아지는데, 인력은 부족해서요. 이게 다 박사님 덕분이죠."

여자는 잠시 침묵하다 되물었다.

"저를 알고 계셨나요?"

"그럼요."

목소리는 당연하다는 듯 말을 이어갔다.

"이쪽 일에 종사하는 사람치고 박사님을 모르는 사람이 있을까요? 저는 박사님 초창기 논문부터 읽어왔답니다. 세상 사람들은 '마인드-리셋'이 다른 이의 손에서 탄생했다고 생각하죠. 사람들이 기억하는 이름은 다른 이름이지만, 사실 이 모든 연구를 가능하게 했던 기반이 선생님 손에서 일궈졌다는 걸 알 만한 사람들은 모두 아니까요."

여자는 목소리의 시선을 따라 벽면 디스플레이 속 사내의 얼굴을 쳐다보았다. 전문가로서의 자부심을 잔뜩 뿜어내는 듯한 사내의 표정이 밝은 빛 사이로 희미하게 눈에 비쳤다. 여자는 눈을 감았다.

"다 옛날 일일 뿐이죠."

"그나저나……"

목소리가 말을 이어갔다.

"지금 기분은 어떠세요? 머리가 아프다든가 구토감이 있지는 않으세요?"

"더 지켜봐야겠지만, 지금은 괜찮은 거 같아요."

여자는 덧붙였다.

"그런데 뭔가…… 다른 건 다 잊어도, 절대 잊어서는 안 되는 게 있는 거 같은데, 그게 뭔지 모르겠어요."

"괜찮을 겁니다. 모니터 상으로는 전부 안정적입니다. 시술 전 박사님과 협의한 시술 대상에 대한 세부 항목과 비교해도 잘 되었다는 생각이 드네요. 이따 담당 선생님과 연구원이 와서 더 세부적으로 체크할 거예요. 이미 너무 잘 아시겠지만, 사전에 박사님이 요청한 시술 항목에 관한 세부 내용은 임의로 공개하지는 못한다는 거 다시 말씀드립니다. 하지만 문서와 영상으로 모두 기록을 남겨 놓았으니, 만약 불가피한 상황이 발생한다면 공인 변호사 참관 하에 확인하실 수 있습니다. 조금 더 지켜보고 딱히 문제없으면 퇴원하시는 걸로 하죠. 경과를 지켜보려면 한 번 더 방문하시는 게 좋을 듯한데요? 예약은 접수처 말고 여기 시술실 연구원에게 직접 해주시면 됩니다."

목소리는 누워 있는 여자를 뒤로하고 멀어졌다.

MDC 지하 시술실에서 나온 닥터는 통제구역 표시가 된 문을 통해 연구실로 향했다. 간혹 복도에서 마주친 직원들은 닥터를 보고도 딱히 아는 체하지는 않았지만, 그렇다고 제지하지도 않았다. 폐쇄된 문도 홍채와 카드키로 가볍게 통과했다. 복도를 걸어오던 양복 입은 사내가 닥터를 지나치며 인사 건네듯 말을 걸었다.

"다음 주 본사 보고 준비는 잘 되고 있죠?"

닥터는 어깨를 으쓱할 뿐 대답하지 않았다.

방으로 들어간 닥터는 보고서를 입력하기 시작했다.

[#010742: 마인드-리셋 인지-회귀 촉발 관련성 모니터링 자료_20371123]

- 대상: 피험자 a(미분류), 피험자 704

ㄴ 피험자 a는 '마인드 리셋'이 정식 인가 받기 전 피험자 704가 주도하여 시술 진행. 시술 진행 십여 년이 지났으나, 시술 사실에 대한 인지반응 없음. 연령대에 따른 시술 적합도에 대한 보다 많은 케이스 수집 필요.

ㄴ 피험자 a와 피험자 704 모두 회귀반응을 보였으나, 더 진척되지는 않음. 상대에 대한 인지가 촉발되기는 했으나, 정확히 이루어지지는 않은 것으로 판단됨. 몇 번의 접촉에도 촉발되지 않았던 회귀반응을 일으킨 요인이 무엇인지 후속 연구 필요함.

ㄴ 피험자 704는 인지 체계 위험성으로 인해 추가 연구 불가능. 점진적 폐기 절차 실행 요망.

닥터는 '저장'을 누르고 창을 닫았다.

여자의 계단

Cat of the Parallel Universe

남자가 계단을 오른다. 한 발씩 딛는 발걸음이 조심스럽다. 계단을 오르는 것이 혼자뿐인 듯 통로가 조용하다. 하나, 둘, 셋…… 남자는 계단을 오르며 숫자를 센다. 건물 계단이 몇 개인지는 밖에서 본다고 알 수 있는 것이 아니다. 평소 남자는 건물의 계단에 대해, 더욱이 계단 수에 대해 생각해 본 적이 없다. 엘리베이터를 주로 이용했고, 간혹 계단을 이용할 때도 몇 칸씩 성큼성큼 건너뛰곤 했다. 여자가 아니었다면 숫자를 세며 계단을 오르는 일은 없었을 거다.

계단을 오르는 남자의 숨소리가 점차 흐트러진다. 남자는 난간을 잡고 계단참에 쪼그려 앉는다. 종아리가 팽팽하게 당겨진다. 안주머니에서 종이를 꺼낸다. 종이에 숫자와 그림이 적혀 있다. 문득 여자의 말소리가 들리는 듯하다. 247개의 계단이 있는 건물이야. 247. 남자는 소리 내 숫자를 말해본다. 남자의 목소리가 텅 빈 계단실에 울렸다 사라진다.

 남자는 1층부터 옥상까지 계단이 247개인 건물을 찾고 있다. 남자의 사무실을 둘러싼 건물은 네 개다. 그중 세 개의 건물은 이미 올랐다. 남자가 찾는 건물이 아니었다. 너무 높거나 낮았다. 이곳이 남자가 찾는 건물일 가능성이 제일 컸다. 계단은 16층에서 끝이 났다. 그리고 1층부터 16층 끝까지 계단은 총 240개였다. 몇 번을 올라도 변함없었다. 여자가 잘못 센 건 아닐까. 간혹 의심이 들었다. 그때마다 남자는 고개 저었다. 여자를 의심해서는 안 된다.

 호흡을 가다듬으며 벽을 올려다본다. '8F'라는 표지가 붙어 있다. 남자는 고개를 길게 빼 계단 사이로 아래를 내려다본다. 딛고 올라온 계단들이 겹겹이 쌓여 있다. 이 많은 계단을 어떻게 올라 다녔을까. 남자의 두 배쯤 되는 몸을 이끌고 느릿느릿 계단을 올랐을 여자의 모습이 눈에 선하다. 손으로 난간 손잡이를 잡았을 수도 있고, 아니면 무릎을 짚었을 수도 있다. 도중에 잊어버리지 않기 위해 소리 내 숫자를 셌을지도 모른다. 어쩌면 계단참에서 잠시 쉬면서 늘 짓곤 하던 예의 그 표정으로 숨을 몰아쉬었을지도. 그 표정이 떠오르자 품, 하고 웃음이 새어 나온다.

남자는 여자를 회사에서 만났다. 첫 출근 날, 회사 대표이기도 한 남자의 대학 선배가 자리로 안내하겠다며 앞장섰다. 남자는 조금 들떠있었다. 졸업 후 처음 발 디딘 사회였다. 백여 장의 이력서를 썼다. 디자인학과를 나와 할 수 있는 일이 적지는 않았다. 그러나 전공을 하지 않았음에도 디자인을 할 수 있는 사람 역시 많았다. 어느 날 동문회에서 만난 선배가 남자에게 말했다. 우리 회사에서 일해라. 캐릭터를 만들고 삽화를 그리는 회사였다. 주저할 이유가 없었다. 서류나 잘 만들어 와. 남자처럼 일하게 된 학부 졸업생이 더러 있다는 것, 선배가 졸업생 일부를 취업시켜 학과 취업률을 올리는 조건으로 겸임교수 타이틀을 얻게 되었다는 사실 같은 건, 그때는 알지 못했다. 알았어도 상관없었을 거다. 그때 남자는 그냥 엘리베이터를 탄 듯한 기분이었다.

여기다. 앞장서 걸어가던 선배가 손으로 가리켰다. 남자는 선배가 가리키는 곳을 바라봤다. 사무실 귀퉁이, 파티션으로 만든 다섯 평 정도의 공간이었다. 책상 세

개가 한 걸음 정도의 간격으로 놓여 있었다. 물감, 파스텔, 에나멜 물감들이 책상에 어지럽게 널려 있고, 책상마다 디자인용 컴퓨터가 놓여 있었다.

그때 여자를 처음 만났다. 책상에 누군가 앉아 있었다. 몸을 잔뜩 구부린 채였다. 구부린 상체가 책상 절반 이상을 가리고 있었고, 의자는 작아 보였다. 마치 아동용 책상에 어른이 앉아 있는 듯했다. 여기 신입. 선배의 말에 여자가 상체를 일으키더니, 의자를 뒤로 빼고 몸을 돌렸다. 여자가 움직일 때마다 회전의자가 삐걱거렸다. 남자는 그 모습에 조금은 압도당했다. 속내를 들킬까 봐 여러 번 연습한 대로 여자를 향해 꾸벅 인사했다. 하지만 듣기는 한 건지 여자는 대답도 별 반응도 하지 않았다. 그냥 남자를 향해 한 손을 까딱 들었다 내렸을 뿐이다. 남자는 조심스레 여자를 쳐다봤다. 안경은 몸집에 비해 작다 싶었고, 한 손엔 샐러드 그릇이 들려 있었다. 코끝에 걸린 안경 너머로 여자가 남자를 넘겨다봤다. 말없이 코를 계속 실룩이더니 손가락으로 남자 뒤쪽의 책상을 가리켰다. 거기가 남자의 자리였다.

회사의 주력 분야는 캐릭터와 삽화 제작이었다. '이

미지는 내용에 앞서 전달된다.' 의뢰자들은 일러스트나 삽화가 사람들 의식에 끼치는 영향력을 잘 아는 사람들이었다. 의뢰가 들어오면 기획팀과 디자인팀이 모여 회의를 진행했다. 남자는 디자인팀에 속해 회의에 참여했다. 회의라고는 하지만 대부분 기획팀이 원하는 내용이 디자인 측면에서 구현 가능한지 말해주거나, 작업 진행 일정을 조율하는 게 다였다. 남자가 회의 내용을 정리해 넘겨주면, 여자가 초안 작업을 했다. 전임자도 맡았던 업무라고 했다. 남자도 디자인 작업을 하기는 했다. 하지만 어쩐지 이곳에서의 주요 업무는 기획팀과 여자의 소통을 대신하는 거라는 생각이 자주 들었다. 여자가 기획팀과 직접 접촉하는 일은 없었다. 사실 사무실 내 누구와도 사적인 교류가 없는 것 같았다. 늘 혼자였고, 다섯 평 남짓한 원화 디자인실에 주로 머물렀다. 대화 자체를 즐기지 않는 듯했다. 어쩌다 자리를 비웠는데, 돌아올 때 무언갈 품속에 안고 왔다. 그게 뭐예요? 보물이라도 챙기신 거예요? 별생각 없이 농담 삼아 물은 적이 있는데, 여자는 대꾸조차 하지 않았다. 남자는 어깨를 으쓱했다.

여자는 컴퓨터를 만지는 대신 붓이나 파스텔을 손에

쥐었다. 요즘에는 작업 대부분이 컴퓨터 드로잉 프로그램으로 이뤄졌지만, 가끔 펜과 물감으로 직접 작업하기도 했다. 수채화의 붓 자국이나 물의 농도처럼 재료나 도구의 특성을 살리고 싶을 때다. 컴퓨터로도 구현 가능하지만, 실제로 그린 것과는 차이가 났다. 그것들 대부분을 여자가 맡았다. 여자의 작업에 대한 의뢰인들의 만족도는 매우 높았다. 특히 그림책 삽화로는 이미 업계에서 정평이 나 있다고 했다. 남자는 자신과 같은 직원을 둬서라도 여자를 데리고 있는 이유를 알 것도 같았다.

여자가 남자에게 초안을 넘기면 남자는 그 자리에서 클라이언트나 기획팀이 정한 내용이 충분히 구현되었는지 검토했다. 남자가 초안을 살피는 동안 여자는 가만히 앉은 채로 남자를 쳐다봤다. 패널에 걸어둔 컵에 과채주스를 따라 마시거나, 샐러드를 먹으면서. 가끔은 빈 종이에 스케치하기도 했는데, 눈치 보듯 남자의 얼굴을 살피고는 했다. 남자가 의견을 말하면, 수긍했을 때는 고개를 끄덕였고 이견이 있으면 쥐고 있던 컵 밑바닥으로 손바닥을 문질렀다.

남자는 의견을 말할 때마다 여자의 심기를 건드리지

않을까 긴장했다. 한번은 여자가 그린 초안이 콘셉트와 완전히 다른 방향이어서 해당 내용을 전해야 했다. 이번 그림은 좀 약한 거 아닌가요? 그쪽에선 파스텔이 식상하다 그러던데. 그러면 여자는 다시 초안을 살폈다. 캐릭터는 좀 더 강해야 하지 않을까요? 남자는 말할 때마다 여자의 표정을 살폈다 다행히 어자기 고개를 끄덕였다. 남자가 돌아서는데 뒤에서 여자의 목소리가 들렸다. 중지가 푹 파였던데, 펜을 많이 잡는 편인가 봐. 남자가 돌아봤다. 여자가 남자에게 사적인 말을 한 것은 그것이 처음이었다. 선배가 여자에 대해 했던 말이 생각났다. 성격이 보통이 아닐 거야. 딱 보면 알잖아. 호락호락하지 않을 테니 마음 단단히 먹고. 남자는 문득, 여자가 선배의 말처럼 꼬인 사람은 아닐 거라는 생각이 들었다.

남자는 다시 계단을 오른다. 계단 수는 어긋남 없이 그대로다. 이대로라면 이번에도 240개의 계단을 오를 것이다. 남자는 발이 닿을 때마다 다리에 힘을 준다. 오른발, 왼발, 다시 오른발. 남자의 몸이 리듬을 탄다. 몇 번씩 계단을 오르내리며 건물 전체를 상상하곤 했다.

남자는 지금 오르는 건물의 모습을 떠올린다. 1층 현관으로 들어가 로비 뒤쪽으로 돌아가면 계단실이 나온다. 계단은 층마다 열여섯 개씩 있다. 여덟 개의 계단을 올라 계단참에서 시계방향으로 모서리를 돌면 또 여덟 개의 계단이 나온다. 굴절형 구조다. 남자는 여러 건물을 오르면서 같은 굴절형 구조라 해도 건물마다 굴절 방향이 제각각이라는 것을 알게 되었다. 출입문의 위치나 건물의 평면 형태에 따라 시계방향으로 굴절되기도 하고 반시계방향으로 굴절되기도 했다. 그것은 의식해서 유심히 살펴보거나 직접 세어보지 않으면 알 수 없는 것들이었다.

 남자는 지금 오르는 건물이 다른 사람들에게는 어떤 의미일지 궁금해진다. 그들의 머릿속에 있는 이 건물은 특이한 구조를 가졌거나 누군가 살고 있거나 혹은 어떤 특정한 상점이나 회사가 있는 곳일 거다. 건물을 오르는 횟수가 늘어나면서 건물과 자신이 비밀을 하나씩 공유하는 것 같았다. 서로를 한 걸음씩 알아가는 것. 남자는 자신이 사는 곳이나 자주 가는 건물의 계단이 몇 개인지 알지 못했다. 당연히 다른 사람이 사는 건물에 대해서도 아는 게 없다. 어쩌면 여자는 그런 것들을 알고 싶었을까. 그래서 이 많은 계단을 세며 올랐던 걸까. 남자는 짐작도 할 수 없다. 여전히 여자에 대해 아는 것이 아무것도 없다.

그날, 창밖에선 햇빛이 스며들고 있었다. 남자가 일하는 다섯 평 공간에도 따스한 열기가 가득 찼다. 남자가 점심을 먹고 돌아왔을 때도, 여자는 자리에 앉아 있었다. 뭐해요? 남자의 물음에 여자가 고개를 들었다. 여자 뒤쪽으로 햇빛이 하얗게 빛나고 있어 그녀의 실루엣밖에는 볼 수 없었다. 책상에 잔뜩 구부린 여자의 상체 너머로 긴 붓꼬리가 흔들렸다. 남자는 의자를 끌어 여자 옆에 앉았다. 남자는 일러스트레이터나 포토샵, 코렐 페인터 같은 프로그램은 능숙하게 다루었지만 직접 그리는 데는 약했다. 남자가 뭔가를 직접 그린 경험은 입시 미술을 공부했던 게 다였다. 그 이후에는 잡지나 만화를 모사하며 기본적인 감각을 유지했을 뿐이다. 여러 재료를 이용해 직접 그림을 그리는 데 일종의 동경심을 갖고 있었다. 직접 그린 그림에는 편집되지 않은 무언가가 있다고 생각했다.

여자가 그리는 것은 날아간 씨앗들이었다. 여자는 동화용 삽화를 그리고 있었다. 동물들의 횡포를 피해 꽃들이 날린 씨앗들의 이야기였다. 남자는 턱을 괴고 그림을 지켜봤다. 씨앗들은 바람이 불면 어디로든 날아갔다. 날아가 사람들의 어깨에도 앉고 지붕에도 앉고 담벼락에도 앉았다. 그건 잠시뿐이었다. 또다시 바람이 불면 어딘가로 날아가야 했다. 그래도 씨앗들은 행복했다. 지겹게 한곳에 머무르지 않아도 되고, 동물에게 밟혀 죽을 염려도 없었다. 씨앗들은 바람을 통해 자유로웠고, 날아간 곳에는 항상 누군가 있었다.

이 모든 것이 여자의 손끝에서 생겨났다. 여자는 스케치한 종이 위에 파스텔을 칠했다. 씨앗에 엷고 노란 바탕선이 그려졌다. 여자는 씨앗의 배경에 하늘색 파스텔을 칠하고, 그 위에 밝은 수채화 물감을 덧칠해 파스텔을 얇게 폈다. 여자의 손이 크게 움직였다. 그러자 파란 하늘이 종이에 가득 찼다. 여자는 압지로 남아 있는 습기를 제거하더니, 이번에는 딱딱한 파스텔을 이용해 씨앗을 그렸다. 여자의 손이 세밀하게 움직이자, 씨앗 표면에 오돌토돌한 돌기가 생기고 표정이 그려졌다. 여자는 이번에는 다른 색 파스텔로 씨앗의 표면을 색칠하고 바람의 결을 만들었다. 일정한 리듬을 만들며 여자의 손이 빠르게, 때로는 섬세하게 움직였다. 종이 위에 바람이 불었고, 씨앗들이 바람에 실려 하늘을 날았다. 강한 선이든 얇은 선이든, 또 움직이는 것이든 멈춰 있는 것이든, 여자의 손이 움직이면 생생해졌다.

지켜보던 남자는 햇빛 때문인지 아니면 붓이 만들어낸 교묘한 리듬감 때문인지 약간의 나른함을 느꼈다. 미세한 전율이 남자의 등줄기를 타고 올랐다. 남자는 순간 낯선 감정을 느꼈다. 남자와 여자가 앉은 이 공간이 일상에서 툭 떨어져 나온 듯했다. 여자의 작업을 지켜보는 것이 그녀와 대화를 나누는 것 같았다. 여자가 붓을 놓았을 때 남자는 턱을 괸 채 물었다. 매번 일찍 나오고 늦게 퇴근하는 것 같던데…… 근처 사시나 봐요. 여자가 고개를 돌려 남자를 쳐다봤다. 돌연 여자의 표정이 굳었다. 남자 몸을 감싸던 나른함이 그 표정에 확 달아났다. 다섯 평 공간도 평소와 다름없이 현실적으로 돌아온 듯했다. 선을 넘었을까. 남자는 무안해져 고개를 돌렸다.

그런데, 여자가 남자의 옷깃을 붙잡았다. 여자는 빈 종이를 꺼내더니 펜으로 그림을 그렸다. 남자의 사무실이 있는 건물과 그 건물을 둘러싼 세 건물이었다. 뭐예요? 내가 사는 곳. 여자가 숫자를 썼다. 247번지? 남자의 물음에 여자가 고개를 저었다. 남자는 종이를 들여다보며 고개를 갸웃거렸다. 한참 동안 답을 알아내지 못했다. 247개의 계단이 있는 건물. 여자가 말했다. 그 건물 207번째 계단이 있는 층, 열일곱 번째 집. 여자의 눈이 가늘어졌다. 와, 찾아가려면 계단을 다 올라야 하겠네요. 분위기를 바꿔보려고 남자가 말하자 여자가 대답했다. 그 정도 노력 없이 남에 대해 알려고 했어? 남자는 그때만 해도 여자의 말을 좇아 계단을 오르리라고는 생각지 못했다.

8층에 이르러서도 남자는 멈추지 않는다. 옥상까지 얼마 남지 않았다. 입은 여전히 숫자를 중얼거린다. ……백오십육, 백오십칠, 백오십…… 그때 누군가 계단 문을 벌컥 연다. 남자는 '팔'을 내뱉지 못하고 입속에 숨긴다. 누군가 계단으로 들어온다. 남자가 서 있는 곳에서 두 층 정도 아래다. 남자는 소리 죽여 계단에 앉는다.

쿵, 부딪치는 소리가 들린다. 남자는 소리에 귀를 기울인다. 벽을 치는 소리다. 벽을 치는 사내의 입에서 육두문자가 튀어나온다. 상사나 동료, 헤어진 연인이거나 자신에게 하는 말일 거라고 남자는 생각한다. 혼자라고 생각했는지 사내의 입에서 튀어나온 소리가 점점 커진다. 말하고 싶은 것이 있어도 할 수 없는 때가 있다. 남자는 그런 때 할 수 있는 몇 가지 방법을 알고 있다. 하나는 울창한 대나무숲을 찾아가 하고 싶은 말을 외치는 것이다. 동화에 나오는 박두장이처럼. 다른 하나는 오래된 나무에 구멍을 내어 그 안에 하고 싶은 말을 써넣은 뒤 구멍을 메우는 것이다. 이것은 남자가 오래전 다큐멘터리에서 본 방법이다. 어느 나라 부족이 써먹는 방법이라고 했다. 이때 중요한 것은 나무를 태우는 거다.

남자는 자신의 오래된 나무를 떠올린다. 항상 뭔가를 넣어두기만 했지, 그것들을 다시 꺼내본 적은 없다. 아마 지나간 시간이나, 곤두박질친 기억, 그때 바랐던 소망 같은 것들로 차 있을 거다. 그것들이 어두운 구멍 안에서 어떤 모습으로 뒤섞여 있을지 남자는 문득 궁금하다. 그러나 꺼내 보지 않을 것이다. 누군가에게 말하게 될지도 모르니까. 누구나 대나무숲이든 오래된 나무든 하나씩은 갖고 있을 테지만, 오래된 나무가 대나무숲이 되는 것을 바라는 사람은 없을 것이다. 그래서 그 부족 사람들은 나무를 태우는지도 모른다. 아마 사내는 자기 말을 누군가 듣고 있을 거라고는 생각하지 못할 거다.

사내의 오래된 나무는 남자로 인해 대나무 숲이 될 수도 있다. 철컥. 문 여닫는 소리가 들린다. 더 이상 사내의 소리가 들리지 않는다. 계단실은 다시 텅 빈 듯 고요하다.

15층, 15층 반, ……, 16층. 천장이 점점 낮아지더니, 더 이상 계단이 이어지지 않는다. 남자가 마지막에 내뱉은 수는 240이다. 남자는 바닥에 털썩 주저앉는다. 벽에 붙은 '16' 표지가 더 올라갈 수 없다는 경고문처럼 버티고 있다. 남자는 더 이상 이어지지 않는 계단을 본다. 며칠 동안 계단을 오르던 모습이 스쳐 지나간다. 계단을 오르며 남자는 이건 말도 안 되는 짓이야, 라고 되뇌었다. 여자의 말만 듣고 여자를 찾아 계단을 오른 것부터 그랬다. 처음부터 함정이 숨어 있었는지도 모른다. 247개의 계단이 있는 건물을 올라 207번째 발 디딘 곳에 닿은 층, 여자가 사는 곳. 남자는 여자가 아니다. 다른 누군가의 세계로 들어가 그것을 엿보는 것은 영영 불가능할지도 모른다.

그래서였다. 여자가 남자에게 종이를 내밀었을 때, 남자는 당황하고 있었다. 여자가 건넨 종이에 남자의 초상화가 그려져 있었다. 연습 삼아 그려본 거야. 여자는 코를 실룩거렸다. 여자가 건네주는 게 남자의 초상화인데도 그녀는 누군가 의뢰한 그림을 넘겨주는 표정이었다. 여자가 코를 움직일 때는 부끄러울 때인지도 모른다고 남자는 문득 생각했다. 언제 그린 걸까. 남자는 자신의 눈치를 보다 고개 돌리던 여자의 모습을 떠올렸다. 여자가 말했다. 아무래도 영락없이 그림쟁이인가 봐. 사람들이 나를 외모로 판단하는 건 싫어하면서 나는 겉모습을 그리고 있으니.

이후로 남자는 여자가 그림 그리는 과정을 자주 지켜봤다. 여자가 든 붓이 하얀 백지에 닿으면 어떤 것이라도 생생해졌다. 붓의 터치와 색의 조화가 남자를 매료시켰다. 여자는 무표정했지만 그림을 지켜보는 게 싫지는 않은 눈치였다. 여자가 남자에게 붓을 쥐어 주기도 했다. 처음엔 서툴렀지만 조금씩 그린 그림이 완성되어 가는 모습을 보며 남자는 희열을 느꼈다. 그런 시간이 늘어나면서 둘은 자연스럽게 많은 얘기를 나눴다. 어느 날 남자는 여자에게 직접 회화를 공부한 사람에 대한 동경을 이야기했다. 그러자 그건 몰랐다는 듯 여자가 말했다. 그래도 회화 한 사람보다 디자인 감각은 뛰어날 것 아냐. 제각기 장단점이 있는 것 같아. 지금 나한테 배우니까 디자인 감각에 회화 능력까지 갖추면 되겠네. 이렇게 여자가 대답하는 경우도 있었지만, 주로 말하는 것은 남자였다. 내용도 다양했다. 학교 다닐 때 일부터 입사까지. 여자는 남자가 말하면 가끔씩 답해줄 때도 있었고, 또 대답하는 대신 그림을 넘겨주기도 했다.

남자는 여자가 그림 그리는 것이 말하는 대신일지 모른다고 생각했다. 그날 여자는 카니발을 소개하는 정보지 삽화를 그렸다. 남자는 여느 때와 마찬가지로 여자 옆에 섰다. 여자는 여러 가지 색으로 화려한 카니발을 표현하고 있었다. 중세의 축제를 그려 놓은 그림. 도시에 벌어진 축제와 그것을 즐기는 사람들. 그림을 들여다보다 남자는 놀랐다. 언뜻 보면 그림 속 사람들 모두 즐거운 표정을 짓고 있었지만, 즐거운 그림은 아니었다. 그림 속 마을의 광장에는 많은 사람들이 몰려와 있고, 그들은 광대의 공연을 지켜보고 있었다. 오물을 뒤집어쓴 사내가 사람들 틈을 비집고 돌아다녔고, 어떤 이는 집단 구타를 당해 다리뼈와 갈비뼈가 튀어나왔다. 마녀사냥의 광경도 펼쳐졌다. 광장에 높게 쌓은 단 위에서 한 여자가 화형 당하는 모습이었다. 불에 타 죽는 사람이 있는데도 사람들은 똑같은 가면을 쓴 것처럼 하나같이 웃고 있었다. 그림을 보던 남자는 몸서리쳤다. 남자는 오래전, 카니발을 재현한 적이 있었다. 그것은 학교 행사의 일환이었다. 단순히 전시가 아닌 다른 사람들이 함께 축제에 참여할 수 있는 프로그램을 기획했다. 초상화를 그려주거나, 미술 전공자가 아닌 사람들이 여러 재료를 사용해 그림을 그려볼 수 있는 행사들. 되도록 많은 사람이 참여하길 바랐다. 마지막 행사에는 가면을 만들어 써오도록 했다. 축제는 예상 밖의 성과를 거두었다. 학교를 찾은 선배들이 후배들을 격려했다. 지금을 즐겨. 학교 졸업하면 아무것도 없어. 사람 관계도 도구일 뿐이야. 전쟁, 그 이상도 이하도 아니야. 서로 속내 터놓으며 공감하는 거 같지? 자, 내 약점이니 드세요, 하는 거나 마찬가지야. 남자를 비롯한 후배들은 모두 고개를 끄덕였다. 졸업을 앞둔 마지막 행사였기에 남자에게 그 카니발은 좋은 기억으로 남아 있다.

그러나 여자의 그림은 다르다. 하나도 유쾌하지 않다. 여자의 축제는 이런 것이었나, 남자는 생각했다. 그때 그림 한 부분이 눈에 들어왔다. 뭔가 그리다 만 흔적이었다. 광장에서 멀리 떨어진 집안 구석에 웅크리고 있는 사람들. 여기는…… 남자의 말에 여자가 종이를 가져갔다. 응, 아크릴로 덮을 거야. 여자가 말했다. 고생해 그린 걸 왜 그냥 덮어요. 여자는 미완인 부분을 손으로 문질렀다. 카니발은 분명 즐거운 날일 테지만, 분명 누군가는 무엇인가가 두려워 어두운 방 안에 웅크리고 앉아 있었을 거야. 남자는 여자를 쳐다봤다. 그런 사람들에게 방법은 두 가지야. 다른 사람들처럼 가면을 쓰고 광장으로 나가든가, 아니면 광장에는 얼씬도 하지 않고 어딘가에 숨는 거. 순간 남자는 여자의 표정이 변하는 것을 보았다. 물을 많이 탄 물감처럼 희미했지만, 남자가 처음 본 여자의 표정이었다.

남자는 얼굴을 쓸어내리며 시계를 본다. 점심시간이 거의 끝났다. 사무실로 돌아가야 할 시각이다. 남자는 담배 한 대를 피우고 돌아갈 심산으로 옥상 문을 찾는다. 16층은 계단이 끊긴 자리여서인지 문의 위치가 다른 층과는 다르다. 남자는 손잡이를 잡고 문을 열어젖힌다. 바깥공기가 쏟아져 들어올 거라 예상한 남자의 눈앞에 두 개의 문이 떡 버티고 서 있다. 남자는 그 자리에 멈춰 선다. 머릿속에 예감이 스치고 지나간다. 남자는 문을 하나씩 연다. 남자의 가슴이 두근거린다. 첫 번째 문을 열자 다른 층처럼 복도가 나온다. 복도 저쪽으로 기계실과 설비보관소가 차례로 이어진다. 남자는 문을 닫고 복도를 빠져나온다. 남자가 또 다른 문 앞에 선다. 문 중간쯤에 자물쇠가 걸려 있다. 남자는 자물쇠를 건드려본다. 잠겨 있지는 않고 걸려만 있다. 남자는 자물쇠를 빼고 문을 연다. 문이 열리자, 남자 앞에 직선 계단실 하나가 나타난다. 남자가 조심스럽게 계단을 오른다. 하나 둘 셋…… 남자는 조마조마하다. 다섯, 여섯…… 그리고 일곱. 계단은 일곱 개다. 1층부터 옥상에 이르는 계단이 247개인 건물을 찾은 거다. 첫 관문을 통과했으니 207번째 계단이 있는 층을 찾는 두 번째 관문은 아무것도 아닌 것처럼 느껴진다. 남자는 군데군데 칠이 벗겨진 문을 힘겹게 당긴다. 이음새 부분이 녹슬었는지 뻑뻑하다. 문이 열리고 바깥바람이 얼굴로 달려든다. 남자는 옥상 난간 앞에 선다. 눈앞에 도시의 전경이 펼쳐진다. 회색빛 대기 속에 빌딩들이 서 있다. 그 빌딩에는 제각각 서로 다른 형태와 숫자의 계단들이 있을 테고, 또 그만큼의 사람들이 살아가고 있을 거다. 남자는 왔던 길로 몸을 돌린다. 시간이 빠듯하지만, 지금이라면 여자가 수수께끼를 내듯 알려준 여자의 방을 찾을 수 있을 것만 같다. 남자는 올랐던 계단을 다시 내려가기 시작한다. 다시 1층에서부터 207개의 계단을 올라야 할 것이다. 자신이 살고 있는 건물의 계단 수가 몇 개라는 것을 알아두는 사람이 몇 명이나 될까. 남자는 궁금해진다. 열 명 중 여덟 명? 아니면 나머지 두 명? 여자는 답을 알고 있을까.

한 달에 한 번인 회식은 언제나 남자의 선배가 일장 연설을 하는 것으로 시작됐다. 그건 시작을 알리는 선언 같았다. 연설을 끝내면 선배가 직원들에게 일일이 맥주를 부어주고 격려했다. 그럴 때면 모두 긴장했다. 마지막으로 남자 이름이 불렸다. 선배는 별말은 하지 않았으나 뭔가 남자의 목덜미를 누르는 듯했다. 다른 사람은 몰라도 너는 내가 끌었으니 더 잘해야 한다는 것 같았다. 오래전 축제 때 학교에 찾아와 학교 밖 세계의 고통을 토로하던 선배의 모습이 떠올랐다. 그러나 회사에서 본 선배는 그때 그런 표정은 지어본 적이 없다는 듯한 모습이었다.

술자리가 이어졌다. 술자리가 무르익을 즈음 여자 이야기가 테이블에 오갔다. 남자는 여자가 참석하지 않은 이유가 궁금했다. 옆 사람이 남자에게 말했다. 그 사람은 안 와. 채식주의자거든. 그는 낄낄거렸다. 남자의 앞 사람도, 앞사람의 옆 사람도. 애인이 떠나고 많이 먹어서 살이 쪘대. 에이, 그게 아냐, 원래 뚱뚱했는데 애인이 살 좀 빼라고 그랬다. 에이, 뚱뚱이라니. 너무 지나치다. 요즘 그런 표현 쓰면 큰일 나요. '원래도 많이 건강했는데'라고 해야지. 그래서 그 체격 어떻게 유지하나 몰라. 남자는 도대체 어떤 표정을 지어야 할지 난감했다. 도대체 사회성이라고는 없잖아. 말을 하면 나 혼자 떠드는 거 같으니. 참, 내가 봤는데 만날 품속에 뭘 숨겨서 들어오는데, 그게 뭘까? 간식이라도 사 오나 보지. 다들 웃었다. 남자는 맥주만 마셨다. 이런 대화들이 막장 드라마나 인터넷에 올라온 사연 같은 게 아니라는 걸 믿을 수 없었다. 그런데 그거 다 근거 있는 얘기예요? 남자가 어리숙한 듯 웃으며 물었다. 옆 사람이 남자를 쳐다봤다. 앞사람과, 그 옆 사람도. 자리가 순식간에 조용해졌다. 누구도 말을 꺼내지 않았다. 쓸데없는 말을 했다고 남자는 생각했다. 이봐, 신입! 선배가 남자를 불렀다. 사람들이 선배를 향해 고개를 돌렸다. 열 명 중 여덟 명이 그렇다고 하면 뭔가 이유가 있는 거야. 선배의 말에 다른 사람들이 수긍한다는 듯 고개를 끄덕였다. 문득 여자가 그린 카니발 그림이 떠올랐다. 다들 '8'이라는 가면을 쓰고 거리로 뛰어나온 듯했다.

 남자는 1층부터 다시 계단을 오른다. 계단을 오르는 발걸음이 경쾌하다. 잠시 앉았던 112번째 계단을 지나 곧 사내가 떠들던 158번째 계단을 지날 것이다. 남자의 발걸음이 잠시 주춤댄다. 남자는 층간 계단 수를 알고 있다. 207번째 계단이 몇 층인지는 계산을 해봐도 알 것이다. 그러나 남자는 계단을 하나하나 직접 밟고 오르자고 생각한다. 직접 계단을 오르지 않았더라면 건물에 247개의 계단이 있는 줄 몰랐을 거다. 여자가 남자에게 계단수를 알려준 것도 그 때문인지 모른다.
 여자의 말이 부쩍 늘게 된 것은 사람들이 남자의 초상화를 보면서부터다. 남자의 초상화를 본 사람들의 반응은 놀라웠다. 시작은 누군가 여자에게 건넨 한마디였다. 이야, 멋있네. 나중에 나도 그려줘요. 그가 정말로 여자로부터 캐리커처를 받은 이후, 하나둘씩 여자에게 부탁했다. 그들 중에는 함께 사는 반려동물 사진까지 챙겨 와 그림을 부탁하는 사람도 있었다. 다섯 평 남짓한 공간에 드나드는 사람들이 부쩍 늘었다. 여자에게 사교적이지 않다거나 대인관계에 문제가 있다고 말했던 사람들이었다. 그들은 얼마 지나지 않아 필요한 말만 하는 사람을 좋아하는데 당신이 꼭 그런 것 같다,라는 식으로 여자에게 말했다. 여자는 그림을 그려주며 그림에 사용된 재료의 특성이나, 누군가를 그려줬을 때의 일화를 그들에게 들려주기도 했다. 줄곧 여자에 대해 말하기 좋아했던 사람들은 이제 여자에게 이야기를 듣는 처지로 바뀌었다.

여자는 처음 특기를 발견한 사람처럼 말하는 것에 집중하기 시작했다. 그 집중력은 대단했다. 사람들이 여자를 찾고, 여자가 그들에게 이야기하기 시작한 것은 불과 얼마 되지 않은 일이었다. 여자는 이제 그림에 대한 것뿐만 아니라 회사 동료들에 대한 것까지도 말할 수 있었다. 여자는 그동안 하지 못한 말을 모두 하려는 사람처럼 항상 누군가에 관한 이야기를 쏟아냈다. 여자가 자리를 비우는 일도 부쩍 늘었다. 남자는 궁금했지만, 묻지 않았다. 여자는 사람들과 몸을 부딪치며 알아가는 중이었다. 바람에 실려 날아가는 씨앗처럼 행복해 보였다. 남자는 그 표정이 아슬아슬했다.

남자가 선배의 전화를 받은 건 늦은 밤이었다. 너 도 대체 사내자식이 입이 왜 그래? 선배는 다짜고짜 거친 말을 내뱉었다. 이유를 알 수 없었다. 너 내가 끌어왔다는 식으로 사람들에게 말하면 내 입장이 어떻게 되느냐 말이야. 남자가 전화를 받는 순간 여자의 얼굴이 지나갔다. 사무실에서는 알게 모르게 이상한 기류가 흘렀다. 근원을 알 수 없는 소문 때문에 패가 나뉘거나 다시 합쳐졌다. 사무실 사람들은 그 중심에 여자가 있다고 생각했다. 그러나 왜 그런 이야기를 하고 다니느냐고 나서서 여자에게 말하는 사람은 없었다. 여자는 여전히 자리를 비우는 일이 많았고, 사람들은 여자가 없을 때면 여자 이야기를 했다. 사람들은 예전처럼 점점 여자에게서 멀어졌다. 여자도 그것을 알았을 거라고 남자는 훗날 생각했다.

이백오, 이백육, 이백칠…… 남자는 난감해진다. 208번째 계단을 밟아야 14층이다. 207번째 계단은 아직 중간일 뿐이다. 혹시 잘못 세었을까? 여자라면 어떻게 했을까. 남자는 자신이 경험하고, 미리 알고 있던 사실들을 머릿속에서 지워본다. 남자의 경험을 지우는 대신 여자가 되어 본다. 잠시지만 여자처럼 생각해 보려 한다. 남자는 눈을 뜨고 208번째 계단을 밟는다. 그리고 복도로 이어진 철제문을 힘껏 당긴다. 문을 열자 복도 바닥을 밟기 전, 아래로 디딤판이 하나 있다. 남자는 디딤판을 밟고 복도에 내려선다. 남자는 207번째 계단이 있는 층. 남자의 사고방식으로는 생각할 수 없는 일이다.

여느 때처럼 둘째 주 금요일에 회식이 있었다. 불판에 붉은 생고기가 올라갔고 지글거리며 기름이 들끓었다. 단합을 도모하는 분위기였다. 모두가 술잔을 돌리며 결속력을 다졌다. 지난 일은 다 잊자는 분위기였다. 분위기가 무르익을 즈음 선배가 남자를 불렀다. 신입이라는 말 대신 남자의 이름을 불렀다. 회식 전에, 선배는 이왕 소문이 난 것 괜히 약점 잡히지 말자며 남자의 어깨를 토닥였다. 저놈이 학교 다닐 때부터 노래 하나는 끝내줬거든. 사람들이 손뼉 쳤고 남자는 뒤통수를 긁적이며 자리에서 일어났다. 테이블 끝에서 숟가락을 꽂은 술병이 넘어왔다. 남자가 그것을 받으려는데 갑자기 조용해졌다. 얼떨결에 뒤를 돌아보니 식당 출입문에서부터 여자가 걸어오고 있었다. 여자가 태연하게 테이블로 다가왔다. 누구도 먼저 말을 꺼내지 못하고 쳐다보기만 했다. 이쪽으로 와. 누군가 마뜩잖은 목소리로 말했다. 남자는 슬그머니 자리에 앉았다.

여자는 남자의 맞은편에 앉았다. 잔이 돌며 술자리는 다시 활기를 찾았다. 누군가 여자에게 술을 따랐다. 여자는 아무렇지 않게 술을 한 번에 들이켰다. 사람들이 너도나도 여자에게 술을 따랐다. 초상화 고마워요. 누군가 여자에게 말을 건네기도 했지만 의례적이고 형식적인 말이었다. 저쪽 어디서 여자에게 말했다. 술만 먹지 말고, 안주도 좀 먹어. 설마 진짜 채식주의자는 아니지? 자리 곳곳에서 한 마디씩 끓는 기름처럼 튀어나왔다. 남자는 문득 여자의 표정을 보고 싶었다. 그러나 고개를 들 수 없었다. 남자는 눈앞의 잔을 들어 연거푸 들이켰다. 그러는데 다시 주위가 조용해졌다. 남자는 술잔을 입에 댄 채 여자 쪽을 힐끔 쳐다봤다. 순간 남자는 숨이 턱 하고 막혔다. 여자가 잔뜩 기름기가 묻은 고기를 입에 집어넣어 우걱우걱 씹고 있었다. 남자의 목구멍까지 그만하라는 말이 나왔다 들어갔다. 입이 가득 찼는데도 여자는 계속 고기를 욱여넣었다. 붉은 여자의 입술이 잔뜩 번졌고 입 주위에 기름이 잔뜩 묻었다. 접시만 보며 고기를 욱여넣던 여자가 불쑥 남자를 쳐다봤다. 그러나 남자는 여자와 눈이 마주치기 무섭게, 눈을 돌려버렸다. 가슴이 뛰었고, 다른 한편으론 가슴을 짓누르는 통증을 느꼈다. 짧은 순간, 알 수 없는 감정들이 휘몰아쳤다. 여자를 외면한 건 남자만이 아니었다. 다들 여자를 보지 않고 말없이 술만 마셨다. 여자가 입을 틀어막으며 벌떡 일어나 들어온 문을 향해 뛰었다. 다들 그 모습을 넋 놓고 쳐다봤다. 남자는 여자를 따라 밖으로 나갔다. 여자는 음식점 골목 뒤편에서 방금 먹은 것을 게워 내고 있었다. 남자는 여자가 다 토해내길 기다리며 서 있었다.

그리고 다음 날 여자는 사라졌다.

여자는 며칠이 지나도 회사에 나오지 않았다. 사람들은 여자가 보이지 않는 것을 '도망'이라고 했다. 남자처럼 사라졌다고 말하는 사람도 있었다. 남자는 정말로 여자가 사라진 것 같았다. 여자가 항상 앉았던 공간에 주인 없는 붓과 물감만 남아 있었다. 의뢰인과 약속된 일정은 재조정하거나 급히 삽화 작가를 섭외해 진행했다. 일주일쯤 지나 선배는 여자의 짐을 치우라고 소리쳤다. 누구도 나서는 사람이 없었다. 다들 선배의 눈을 피해 고개를 숙였다. 그날 모두가 퇴근한 후, 남자는 여자의 책상 앞에 앉았다. 짐이라고는 여자가 주스를 마시던 머그잔과 물감을 만질 때 둘렀던 앞치마밖에는 없었다. 책상 서랍을 열었다. 남자는 그것들을 꺼내 작은 상자에 넣었다. 돌려줘야 했지만, 여자에 대해 아는 것이라곤 연락망에 기재된 전화번호밖에 없었다. 남자는 자꾸만 여자가 어딘가에 웅크리고 앉아 있을 것만 같았다.

남자가 복도를 걸어간다. 지날 때마다 조명이 켜졌다 꺼진다. 남자는 열일곱 번째 집을 찾고 있다. 여자가 있는 곳이다. 남자는 복도를 처음부터 끝까지 일정한 발걸음으로 걷는다. 복도 제일 끝에 이르러 남자는 문에 적힌 호수를 확인한다. 남자는 낙심하고 만다. 복도의 집은 열여섯 번째가 끝이다. 남자는 그 자리에서 서성인다. 건물을 잘못 찾은 건가, 하는 생각이 남자의 머릿속을 지난다. 그때 남자의 눈에, 복도 제일 끝 집의 옆에 난 문 하나가 보인다. 다른 집들과는 색도 다르고 크기도 다르다. 남자는 그 문 앞으로 걸어간다. 문 앞 센서가 고장 났는지 불이 들어오지 않는다. 벨을 여러 번 눌러도 응답이 없다. 남자는 혹시나 하는 마음에 문손잡이를 잡고 돌려본다.

문이 열리자, 실내에 차 있던 물감 냄새가 훅 끼쳐온다. 공중에 오랫동안 부유하고 있던 냄새다. 남자는 천천히 집안으로 들어선다. 벽 한 면을 차지한 창문은 블라인드에 가려져 있다. 복도 조명마저 들지 않아 실내가 어두컴컴하다. 남자가 천천히 집안을 걷는다. 집안은 완전히 비어 있다. 오랫동안 누구도 살지 않은 듯하다. 남자는 창가로 가 내려져 있는 블라인드를 걷어낸다. 밝은 빛이 방 안으로 들어온다. 주위를 둘러보다 남자는 우뚝 섰다. 벽 전체에 그림이 그려져 있다. 도시 속 건물과 건물에서 살아가는 사람들이다. 벽에 그려진 그들의 모습은 매우 희극적이어서 마치 축제를 즐기는 듯하다. 남자는 손으로 그림을 훑는다. 그림들은 밝거나 화려한 색으로 칠해져 있다. 남자는 시선을 옆으로 옮긴다. 다른 그림들과는 다르게 어두운 방 하나가 그려져 있다. 남자는 그 방을 자세히 살펴본다. 그리고 곧 그곳이 어딘지 깨닫는다. 207개의 계단을 걸어 올라오면 그 층 복도 끝에 있는 방. 방안에는 여자가 있다. 여자는 웅크려 앉아 망원경을 들고 건너편 건물의 사람들을 쳐다보고 있다.

 그날 밤, 술자리에서 뛰쳐나온 여자를 따라 남자는

담벼락에 앉았다. 지나는 사람이 없어 조용했다. 조금 떨어진 번화가로부터 소음이 간혹 들려올 뿐이었다. 여자는 사람들에 대해 알게 된 것이 망원경 때문이라고 했다. 그냥 다른 사람들은 어떻게 사는지 보고 싶었어. 여자는 누군가 자신에 대해 말하면 망원경을 들고 사무실 밖으로 나왔다. 건너편 건물이 여자가 사는 곳이었다. 여자는 집으로 들어와 사무실에서 들고 온 망원경에 눈을 가져갔다. 렌즈 안에 사무실 사람들의 모습이 들어왔다. 망원경은 사람들을 여자에게로 가까이 끌어왔다. 사무실이라는 한 공간에 있는데도, 여자에게는 그들이 건물 밖에서 지켜보는 것보다도 멀게 느껴졌다. 여자는 자신도 모르는 사이에 자꾸 망원경 렌즈에 눈을 가져갔다. 몰래 그들 모습을 지켜보며 여자는 은밀한 쾌감을 느꼈다. 그러다가 사람들의 내밀한 부분까지 보게 되었다. 사무실에 혼자 남을 때면 다른 사람의 책상을 뒤지던 기획팀 직원을 보았고, 아무도 없는 틈을 타 상사의 책상을 발로 차는 사람을 보았다. 늦은 저녁에 사무실에 단둘이 남아 연애를 즐기는 직원들도 보았다. 여자만 알고 있는 사실들이었고, 가슴속에 감춰둬야 했다. 사람들이 여자에게 그림을 부탁하면서 말을 걸어온 것도 그즈음이었다. 여자는 다른 사람들이 그녀의 이야기를 하며 그들끼리 함께 한다는 것을 알고 있었다. 그건 일종의 가면이었다. 나도 가면 하나가 필요했는지도 몰라. 여자의 말에 남자는 고개를 돌려 여자를 보았다. 무슨 말이라도 해주고 싶었지만, 남자가 해줄 수 있는 말이 없었다.

남자는 창밖을 내다본다. 그리고 여자의 서랍에서 가져온 망원경을 꺼낸다. 남자는 망원경을 눈으로 가져간다. 망원경 렌즈 속으로 사물이 가깝게 다가온다. 남자는 사무실 쪽으로 망원경을 돌린다. 남자와 함께 일하는 직원들의 모습이 렌즈 안에 가득 찬다. 누군가와 이야기를 하거나, 업무에 열중하는 평범한 모습이다. 렌즈에 비친 그들의 모습이, 하나의 삽화 같다. 망원경으로 볼 수 있는 것은 그들의 행동 밖에는 없다. 사람들의 행동에 소리와 이야기를 부여하는 것은 여자의 몫이었을 거다. 사람들 사이에 파티션으로 가린 다섯 평의 공간이 보인다. 항상 저곳에 있었으면서도 사람들과의 거리가 이 망원경으로 보는 거리보다 멀다고 생각하는 이도 있다. 남자는 망원경을 내려놓았다.

*

　남자는 붓을 든다. 책상 위에는 하얀 종이가 있고, 기획팀에서 넘어온 서류도 펼쳐져 있다. 남자는 약간의 숨을 머금고 붓을 들어 종이에 갖다 댄다. 이번에 개업한 꽃집에서 쓸 캐릭터를 그려달라고 했다. 남자의 손이 움직일 때마다 선들이 생겨나고 갖가지 색이 입혀진다. 여기 신입. 선배의 말에 남자가 고개를 든다. 포트폴리오 봤는데 페인터 다루는 실력이 끝내줘. 선배가 물러가고 신입사원과 남자 둘만 남는다. 남자는 아무 말도 하지 않고 손가락으로 뒤쪽 책상을 가리킨다. 그게 신입의 자리다.

　남자는 계단을 오른다. 벌써 몇 번째 오르는 계단이다. 남자는 208번째 계단을 밟고 통로에 난 문을 연다. 디딤판을 밟고 복도에 내려선다. 207번째 계단을 밟은 셈이다. 남자는 복도를 따라 걷는다. 저 끝에 열일곱 번째 집이 있다. 지금은 아무도 살지 않는 빈집이다. 남자는 그 집 현관 앞에 선다. 문을 열기 전에 항상 기대했다. 혹시 여자가 웅크리고 있지는 않을까. 남자가 문을 열자 물감 냄새가 풍긴다.

남자는 가져온 가방을 내려놓고 벽 앞에 쪼그려 앉는다. 가방을 열자 물감과 붓이 가득 차 있다. 얼마 전 남자는 벽에 그려진 그림 위에 흙색으로 덧칠했다. 여자가 눈에 망원경을 대고 있는 부분이다. 남자는 덧칠한 부분을 만져본다. 물감이 아주 잘 말랐다. 남자는 붓을 들어 그 위에 선을 긋는다. 서툴지만 조심스럽다. 점점 남자의 손이 빨라진다. 남자의 손이 움직일 때마다 선이 그어지고, 또 겹쳐진다. 남자는 가끔 창문 틈으로 고개를 빼고 밖을 내다본다. 어디선가 여자가 보고 있지 않을까. 두 눈에 망원경을 대고 남자가 하는 모습을 지켜보고 있을지도 모른다고 남자는 생각한다. 붓을 내려놓고 남자가 일어선다. 창문으로 들어온 빛이 점점 남자의 그림으로 다가온다. 그 자리에서 빛이 잠시 흔들린다. 거기에 씨앗 하나가 있다.

남자는 일어나 붓과 물감을 가방에 넣는다. 가방을 든 남자가 들어왔을 때처럼 조용히 문밖으로 걸어 나간다. 그러다 남자는 다시 몸을 돌려 자신이 그린 씨앗을 바라본다. 황톳빛 대지에 심어진 작은 씨앗이다. 씨앗은 자유롭게 날아가지 못하고, 또 누군가와 항상 함께하지 못할 것이다. 자라면서 동물에게 짓밟힐 수도 있다. 그러나 그럴수록 씨앗은 땅 깊숙이 뿌리를 내릴 것이다. 단단하게 지탱하며 점차 자랄 것이다. 그러면 사람들도 아름다운 그것을 보기 위해 고개를 돌릴 것이다. 남자는 씨앗을 보며 훗날의 모습을 눈으로 그려본다. 그것은…… 꽃이다. 아주 붉고 생명력 넘치는 싱싱한 꽃이다.

남자는 방 안을 둘러보고 밖으로 나온다. 오래된 나무의 구멍을 메우듯 조용히 문을 닫는다. 여자의 오래된 나무는 안전하다.

존재의 윤리학
_기억, 고통, 그리고 발견되는 주체들

김대현 | 문학평론가

1.

기억을 잃은 채 어디로 가야 할지 모르는 '이름 없는 자(Nameless one)'가 교차로에 서 있다. 그때 한 노인이 나타나 '당신의 세 번째 소원을 말할 차례요'라고 말을 건넨다. '이름 없는 자'는 의아한 표정으로 첫 번째와 두 번째 소원을 말한 기억이 없는데 어떻게 세 번째 소원을 말하라는 거냐고 반문한다. 노인은 당신의 두 번째 소원은 첫 번째 소원을 말하기 전으로 돌려달라는 것이었으며 지금의 상태는 그 소원이 이루어진 결과라 설명한다. '이름 없는 자'는 속는 셈 치고 세 번째 소원을 말한다. '나는 내가 누구인지 알고 싶소.' 그러자 노인은 입가에 미소를 지으며 그에게 대답한다. '그게 바로 당신의 첫 번째 소원이오.'

'고통(Torment)'이라는 제목의 게임에 소개된 이 우화에는 모종의 서늘함이 있다. '이름 없는 자'는 기억의 회복을 통해 자신이 누구인지를 확인하고자 한다. 하지만 그가 간절히 바라는 그 기억은 이미 스스로 버린 기억이다. 이야기의 끝이 다시 시작점으로 회귀하는 이 원환적 서사구조는 우리를 "뫼비우스의 띠처럼 이어지는 질문의 수렁으로 밀어"(212쪽) 넣는다. 나는 누구이며 내가 누구인지 말할 수 있는 자는 누구인가, 라는 존재의 본질에 관한 질문이다.

이준희의 『평행우주 고양이』에 수록된 소설들은 이 오래된 질문에 대한 각각의 응답이다. 이준희는 존재를 규정하는 구성 요건으로서의 기억과, 그 기억과 불화하며 고통에서 탈주하고자 하나 다시 그 기억을 직면해야 하는 존재의 필연을 다루고 있다. 그것은 내가 나라는 사실과 싸우며, 그럼에도 다시 나를 확인하고자 하는 지난한 여정이다.

2.

「루디」는 화재 현장 사고로 혼수상태에 빠진 소방관 태주와 인공지능 기반 소방 에이전트 루디의 상호 작용에서 발생하는 이야기다. 루디는 "환자의 기억 속에 부정적 요인으로 작동하는 실패의 경험을 반복 학습을 통해 긍정적 경험으로 변화시키는 전략"(24쪽)으로 태주가 일상으로 복귀할 수 있도록 기억에 간섭하려 한다. 하지만 루디의 시도는 태주의 완강한 저항에 매번 실패한다. 이는 기억의 정의에 대한 태주와 루디의 이해 차이에 있다. 루디에게 기억은 "특정 상황에서 인간이 느끼는 것으로 기록된 감정들을 수치화"(44쪽)한 데이터의 집합이다. 그러므로 기억은 수치의 가공을 통해 언제든지 변형과 재구성이 가능하다. 하지만 태주에게 기억은 "현장에 나갈 때마다 온몸에 생생하게 각인되는 감각이나 고통"(19쪽)처럼 단순한 정보의 저장이 아니라 감각적 경험의 총합이다. 이것은 지울 수도 없고 지워져서도 안된다. 기억은 기술되는 것이 아니라 새겨지는 것이다.

"실패한 경험이라도 나는 철저하게 더 기억할 거야."(45쪽)라는 태주의 진술은 '고통은 나를 말하지 못하는 존재로 만든다. 하지만 나는 그 고통을 끝내 말하고 싶다. 내가 인간임을 다시 증명할 수 있기 때문이다.'라는 나치 수용소 희생자 장 아메리의 의지와 통한다. 태주와 아메리에게 기억은 고통의 형상으로 존재하지만, 그 고통을 신체에 새기지 않으면 나는 더 이상 내가 아니다. 기억의 이해에 대한 이 간극이 바로 인간과 비인간의 차이다. 이는 기억에 대한 니체의 사유와 연결된다. 니체에게 기억은 약속을 가능하게 하는 필요조건으로, 동물과 달리 인간을 책임의 주체로 만든다. 이런 맥락에서 태주는 자신의 삶이 기록한 서사의 책임을 기꺼이 감내하겠다는 윤리적 존재가 된다.

우리가 '기억'해야 할 또 하나의 서사는 태주의 기억을 수정하지 못한 루디의 실패다. 관건은 루디가 이 "실패한 경험"을 어떤 방식으로 처리하는가에 있다. 루디는 본디 이름 없는 존재로서 인간을 보조하는 기계적 도구에 지나지 않는다. 하지만 태주가 루디를 인지하고 루디의 이름을 부르는 순간, 루디는 단순한 기계가 아니라 인격적 주체로 바뀐다. 그리고 이는 루디의 체계를 근본적으로 변화시킨다. 가상의 화재 현장에서 루디는 "내 몸이 불타고 있었다."(34쪽)는 데이터로 환원 불가능한 신체적 감각을 체험하고 루디의 안위를 걱정하는 태주의 마음과 이어진다. 루디는 태주와 접속을 종료하고자 하지만 "그런데 어째서 계속 이어지는 걸까?"(35쪽)라는 독백처럼 루디의 흔적은 태주의 기억에 새겨진다. 이와 함께 루디는 "이제 내가 무엇을 해줄 수 있을지, 무엇을 해야 하는지 분명히 알 것 같았다."(38쪽)고 깨닫는다. 이제 루디는 단순히 데이터를 주어진 공식에 따라 처리하는 존재가 아니라 "인간이 그러듯 그의 어깨를 토닥여주고 싶다는 생각"(38쪽)처럼 태주의 기록을 데이터베이스가 아닌 '기억'에 새긴다.

하지만 모든 사람이 책임을 담보하는 윤리적 주체로 자리하는 것은 아니다. 소설의 마지막에서 태주를 믿고 따르던 '윤'은 기억의 고통을 견디지 못하고 새로운 기억과 함께 "선배는 어때요? 좋지 않은 기억들 다 지우고 싶지 않아요?"(50쪽)라는 말과 함께 사라진다.

「마인드 리셋」은 이처럼 기억과 결부한 고통을 감내하지 못하고 기억을 버린 사람들의 후일담이다. 소설의 시간은 태주와 루디의 서사로부터 조금 지난 미래의 이야기다. "우리가 착각하는 게 뭐냐면, 기억을 삭제하면 뭔가 훼손된다고 여긴다는 거예요. 바로 온전함이죠."(194쪽)라는 진술처럼 특정 기억을 소거하는 '마인드-리셋'이라는 기억 삭제술이 이미 만연한 시기다.

현구는 아버지와 함께 셰어하우스를 운영하며 여러

이유로 마인드-리셋 시술을 받을 수 없는 사람들을 음지의 시술자에게 중개하는 브로커다. 현구에게 엄마의 기억은 "어두운 안개로 가득 차"(201쪽) 있는 공동 상태이다. 그러던 현구에게 어느 날 익숙한 여자가 시술 중개를 요청하러 찾아온다. 하지만 여자는 현구를 전혀 기억하지 못한다. 이미 잦은 시술을 받은 여자는 찾아올 때마다 '광고 기획자', '시간강사', '피아니스트'로 직업이 다르다. 여자는 언제나 파편적으로 존재한다.

여자가 기존의 시술에도 불구하고 다시 시술을 받기를 원하는 이유는 매번 다르지 않다. 자신의 자해가 자신을 넘어 다른 사람에게 상처를 입힌 사실을 지우는 것이다. 문제는 시술이 여자의 죄의식을 근본적으로 해소하지 못한다는 데에 있다. "절대 잊어서는 안 되는 게 있는 거 같은데"(238쪽)라는 여자의 진술처럼 어떤 기억은 부재한 것 그 자체로 고통이 된다. 여자의 사연을 듣던 현구는 여자에게 마치 엄마와 같은 친밀감을 느끼며 "기억을 지움으로써 도망치지 말고, 이제 당당하게 대면해도 되는 거 아니냐고"(233쪽) 말하고 싶지만, 입 밖으로 꺼내지 못한다. 이후 현구는 "처음으로 타인의 마음을 자신의 안에서 이해하려는 시도"(225쪽)를 하며 하나의 결론에 이른다.

현구는 여자에게 속으로 "당신이 정말 괜찮아질 수 있다면, 영영 잊어도 괜찮아요. 나를 지워도 괜찮아요."(236쪽)라고 말한다. 하지만 이는 현구의 다짐에 불과하다. 다짐이란 언제나 그렇게 할 수 없는 사람들이 행하는 주술적 언어에 지나지 않는다. 여자도 마찬가지다. '틈'은 지우는 것으로는 결코 메워지지 않는다. 마지막까지 그들은 기억과 직면하기 두려워한 아버지와 마찬가지로 "내내 도망치기 바"(199쪽)쁜 사람들로 남는다. 그렇게 여자는 현구의 기억을 뒤로 남기고 다시 기억 삭제술을 받는다.

소설은 다소 노골적으로 현구와 여자가 높은 수준의 친밀한 관련성을 가지고 있다고 암시한다. 마지막 닥터의 보고서는 현구와 여자가 다 같이 '마인드-리셋'을 받은 피험자이며 현구는 여자가 주도하여 시술한 것으로 읽을 수 있다. "여자의 손바닥이 현구의 볼과 눈가를 스"(219쪽)칠 때 과거의 현구가 엄마의 방에서 체험한 "손의 질감이 되살아"(222쪽)나는 식으로 상호 회귀 반응을 보이는 것도 마찬가지다. 다시 언급하지만, 기억은 머리가 아니라 신체에 새겨지는 것이다. 하지만 소설은 마지막까지 그들의 관계를 명시하지 않는다. 어쩌면 당연한 귀결이다. 진실이란 기억의 고통을 감내하기를 마다하지 않은 윤리적 주체만이 마주할 수 있는 희소한 표정이기 때문이다. 고통 없는 온전함은 온전함의 정의에 부합하지 않는다.

3.

앞선 소설들이 존재를 구성하는 요건으로서 기억에 대한 서사들이었다면, 여기의 소설들은 존재를 존재로 승인하는 요건에 대한 서사들이다.

「평행우주 고양이」는 박사 연구원인 '나'와 근로봉사 장학생 레나와의 특별한 관계에 관한 이야기다. '나'는 본교 출신 전 애인과 그를 편애하는 지도교수와 갈등 상태에 놓여 있다. 극도의 피로와 스트레스에 빠진 '나'는 휴식을 취하고 평범한 하루를 맞이하는 '합리적 선택' 대신 실험실의 근로봉사 장학생 레나가 일하는 바에 가서 맥주를 마시는 '소심한 일탈'을 선택한다. 이는 '나'가 레나의 '선생님'에서 '언니'로 존재하는, 가능한 '평행우주'의 하나가 개시되는 사건이 된다. 이후 레나는 '나'에게 현실에 존재하지 않는 여러 평행우주에서 벌어진 사건들을 이야기하며 관계의 밀도를 높여 간다.

레나는 모든 이에게 친절한 사람이다. 길을 묻는 학생에게 설명 대신 굳이 목적지까지 데려다주거나 다른 사람의 결원 시 대체 근무를 자원하기도 한다. 이는 레나가 가진 장애에 기인한다. 부모의 이혼과 재혼, 그로 인한 이국에서의 고독에 후각이 마비된 것이다. 후각의 결핍은 단순히 하나의 감각 결핍에 국한되는 것이 아니다. "불안이나 행복, 두려움 등"(114쪽)과 같은 냄새에 담긴 미묘한 정서의 감지 불가능으로 낯선 사람을 이해하는 과정이 지체되는 것이다. 이처럼 상대에 대한 과도한 친절은 상대에게 승인을 받지 못할 것이라는 레나의 불안에서 야기된다. 이는 때로 "인정받으려는 발악"(88쪽)으로 평가되어 다른 이들의 오해를 사기도 한다. 하지만 "누군가의 조건 없는 호의가 절실했던"(84쪽) '나'에게 레나는 각별한 이해의 대상이 된다.

레나와 '나'의 관계는 실험실에서 발생한 의문의 화재로 인해 금이 가기 시작한다. 화재에 책임이 없음에도 자신의 사정을 고백하며 책임을 지려 하는 레나의 모습에 "그런 얘기들까지 해가며 변명할 만한 일이 아니"(106쪽)라는 '나'의 위로가 레나를 사라지게 한 것이다. 알다시피 이는 적절한 위로가 아니다. 옳든 그르든 간에 "자신을 불행 자체로 규정"(105쪽)하고 자신과 연루된 사람들의 불행에 책임을 지는 윤리적 주체가 되고자 하는 레나의 존재 이유를 부정한 것이기 때문이다. '나'는 "레나의 표정에서 발견한 미세한 낙차"(107쪽)를 응시한다. 이는 두 사람의 관계가 다시는 이전으로 돌아갈 수 없다는 것을 의미한다. 레나는 '나'와의 상호작용을 포기하고 '나'와 교감하는 평행우주에서 존재가 소거된다.

이런 의미에서 레나의 캐릭터는 소설의 근간이 되는 평행우주와 양자역학의 이론적 모델이 현실로 전이된 서사적 장치에 해당한다. 레나는 관측할 수 있기 전까지 어떤 상태로도 현출이 가능한 양자역학적 중첩 상태에 놓여 있다. 관찰자가 레나의 존재에 확신을 가질 때 레나는 유의미한 존재로 관측된다. 하지만 레나를 이해하지 못하거나 무시하는 자들에게 레나는 없는 존재와 다름없다. "걔가 이상하거나 나쁘지는 않은데, 조금 과해요."(89쪽)라는 레나의 존재 부정과 함께 그 말을 한 사실마저 망각하는 C에게 레나는 영원히 관측 불가능한 대상이다. 유의할 것은 레나만이 중첩 상태로 있는 것이 아니라는 점이다. 레나와의 상호 작용이 아니었다면 '나' 또한 평행우주 연구자가 아니라 언제든지 C의 삶을 사는 것이 가능한 존재이기 때문이다.

그러므로 소설이 전하는 이야기는 이런 것이다. 우리는 서로가 존재에 아무런 영향을 미치지 않는 관찰자(Observer)에 머무는 것이 아니라 서로의 존재를 형성하는 데 큰 영향을 미치는 효과기(Effector)로 작용한다는 이야기다. 우리의 존립 근거는 우리가 아니라 타자이다.

다음 이야기를 하기 전에 사르트르의 소설 「에로스트라트」의 주인공 폴 일베르에 대해 먼저 언급하는 것이 좋겠다. 소설의 제목이 된 '에로스트라트'는 아무런 재능이 없으면서 후세에 자신이 불멸로 기억되기 위해 아르테미스 신전에 방화를 한 범죄자의 이름이다. 일베르 또한 마찬가지다. 일베르는 인간에 대한 적대감으로 아무와도 관계를 맺지 않는다. 그는 7층 발코니에서 다른 사람들을 내려다보며 우월감을 느낀다. 그가 윤락업에 종사하는 여성에게 돈을 주고 바닥을 기라고 지시를 내리는 것도 마찬가지다. 하지만 그는 불안에 빠진다. 일베르의 우월감에도 불구하고 아무도 그와 마주치지 않는다면 그는 어떤 존재의 근거도 가지지 못한다. 일베르가 무차별 살인이라는 범죄를 통해 자신의 존재를 세상에 각인하고자 하는 이유도 이 지점이다.

「여자의 계단」에서 일러스트레이터로 근무하는 여자의 행동도 폴과 유사하다. 여자는 뚱뚱한 외양과 사회성 부재로 사무실에서 고립되어 있다. 그 상황에서 여자의 선택은 "광장에는 얼씬도 하지 않고 어딘가에 숨는"(259쪽) 것이다. 여자는 자신의 집에서 망원경으로 사무실의 동료들을 관찰한다. 여자는 다른 사람들은 알지 못하는 동료들의 내밀한 행동을 포착하는 것에서 "은밀한 쾌감"(271쪽)을 느낀다. 타인에 관해 '안다'는 쾌감이 곧 여자의 존재 증명이다. 하지만 이는 곧 한계에 봉착한다. 아무리 타인에 대해 알고 있어도 그것이 어떠한 영향도 끼칠 수 없다면 여자는 '존재'가 아니라 '무'에 지나지 않는다.

신입으로 입사한 남자와의 교류는 여자에게 좋은 기회로 작용한다. 이를 계기로 여자는 다른 사람들과 적극적으로 소통하기 시작한다. 남자는 급작스러운 변화에 궁금증을 표하지만 "여자는 사람들과 몸을 부딪치며 알아가는 중이었다."(264쪽)며 자신을 이해시킨다. 파국은 그렇게 다가온다. 여자와 접촉한 사람들의 비밀이 사무실에 회자한다. 여자가 타인의 비밀을 누설하는 대가로 자신의 실존을 확인한 것이다. 사건의 진상이 퍼지며 여자는 다시 고립에 빠진다. 다급해진 여자는 채식주의자임에도 회식에 참가하여 술을 마시고 고기를 먹고는 그것을 게워낸다. 이는 앞선 소설에서 "인정받으려는 발악"(88쪽)과 다르지 않다. 아무도 자신을 승인하지 않아 실존의 근거를 상실한 여자는 그 밤을 마지막으로 모두의 시선에서 사라진다.

마지막까지 여자를 찾은 남자의 시도도 마찬가지다. 여자가 사라진 이후 남자는 여자가 남긴 단서를 따라 "247개의 계단"을 찾아 오른다. 계단을 세는 행위는 외견상 여자의 집에 대한 탐색에 있지만, 그 내포하는 바는 여자의 존재를 직시하고 승인하기 위한 윤리적 모색에 해당한다. 마침내 남자는 여자의 빈방을 찾아내지만, 그것은 단지 여자의 존재가 아닌 존재의 흔적에 지나지 않는다. 아무리 상대에 다가가려 해도 "남자는 여자가 아니"(255쪽)며, "다른 누군가의 세계로 들어가 그것을 엿보는 것은 영영 불가능"(255쪽)하기 때문이다.

소설은 개인이 어떻게 타인을 통해 자신의 실존을 증명하려 하는지, 그리고 타인을 온전히 이해하고자 하는 시도가 좌초할 수밖에 없는지에 대해 이야기한다. 하지만 그것이 전부는 아니다. 남자는 여자가 남긴 '씨앗' 그림에 자신의 '씨앗'을 덧씌운다. 남자는 씨앗이 지금은 제대로 피지 못할지라도 언젠가 반드시 꽃을 피울 것이라 믿는다. 이는 '나'가 어디선가 "해맑게 웃음 짓는 레나를 발견하기를 바라며"(122쪽) 평행우주 연구에 참여하는 것과 같다. 이 믿음이 도달 불가능함에도 우리를 타자로 향하게 한다.

4.

「대수롭지 않은」은 일상의 우연적 사건이 중첩하며, 우리 안으로 포섭되지 않은 존재가 공동체에서 필연적으로 추방되는 과정을 다룬다. 건물 관리인으로 근무하는 장 씨는 건물 지하 2층 기계실을 가끔 숙식 용도로 사용한다. "내가 없으면 이걸 다 누가 하겠냐고"(53쪽)라는 장 씨의 자평은 본인의 역할에 대한 자부심이기도 하지만, 그가 공간을 점유할 자격이 있으며 공동체 내부에 그의 용도가 분명히 있음을 공중에게 각인시키는 의식이기도 하다. 도시의 공간은 인간이 기능적으로 유용한 존재일 때만 접근성을 부여하기 때문이다.

병원에서 '나'와 함께 간호사로 일하는 M은 "말을 섞고 싶지 않은 것뿐이야."(54쪽)라며 장 씨를 무시하지만, 비품 수리처럼 필요가 있을 때는 "그 어느 때보다 살가"(54쪽)운 표정을 지을 수 있는 사람이다. '나'는 M과 달리 다른 존재들과 일정한 거리를 두는 사람이다. 존재에 가까이 닿는 것은 책임을 지는 것이기 때문이다. 병원에 "언니가 자꾸 잘 들어주고 대답해 주니까 자주 오는 거야."(54쪽)라는 M의 힐난에 "그런가?"(54쪽)라는 긍정도 부정도 아닌 '나'의 응답은 다른 존재들과 '나'의 거리를 설명한다.

건물을 거점으로 미묘한 균형을 이루던 이 소규모 공동체의 일상은 건물 주변 비둘기의 군집으로 교란되기 시작한다. 처음에 장 씨는 비둘기들이 모이는 원인을 스마트시티 개발 여파로 생각한다. 비둘기에 대한 그의 분노는 여기서 더 심화한다. 비둘기의 군집은 건물에 발생한 다른 이슈들과 달리 장 씨의 능력으로 해결할 수 없는 일이다. "장 씨 아저씨도 이제 큰소리 못 내겠네, 그런 도시에서는 건물 관리도 뭔가 새로운 전문가들에게 맡기지 않겠어?"(60쪽)라는 M의 언급은 장 씨 아저씨의 역할이 언제든지 폐기 가능한 것으로, 공동체에서 소거될 수 있다는 것을 의미하기 때문이다.

마침 M의 눈에 비둘기에게 모이를 주는 도시락 가게 여인이 들어온다. 하지만 이건 아직 '대수롭지 않은 일'이다. 장 씨의 존재론적 불안과 달리 '나'와 M에게 비둘기는 감내할 수 있는 단순한 불편이기 때문이다. 하지만 이는 "구체적인 말을 몸으로 얻어 대수로운 일"(61쪽)로 바뀐다. 장 씨에게 사물함 수리를 부탁하던 M이 조금 더 쉬운 성사를 위해 여자의 이야기를 전한 것이다. 장 씨의 불안은 가장 쉬운 표적을 찾았다. 여인이 조선족이라는 사실은 그의 추방에 대해 아무도 항의하지 않는다는 것을 의미한다. 여인은 그렇게 사라진다.

하지만 여전히 모호함은 남는다. 여인은 왜 비둘기를 불러들이는 것과 동시에 다시 내쫓는 것인지. 그리고 어떤 비둘기는 생물체가 아닌 CCTV의 동작으로 '나'를 감시하는지. 여기에 대한 응답은 "모른 척해"(66쪽)라는 여인의 말에서 찾을 수 있다. '대수롭지 않은 일'로 누군가의 삶을 언제라도 비극으로 향하게 만드는 시스템에서 우리는 서로의 역할을 인지할 수 없으며, 인지해서도 안 되기 때문이다. 이에 접근하는 사람은 또 하나의 추방 대상이 된다. 그러므로 이 소설의 모호함은 다소 의도된 형식이다.

「심해의 파수꾼들」은 해저 도시에서 태어난 최초의 아이 로비가 스스로 존재의 정체성을 구성해가는 성장 서사다. 해저에서 로비는 이방인 아닌 이방인이다. 로비는 "이 도시에서 태어나고 자랐지만"(132쪽) 로비를 관리하는 닥터 주를 비롯한 다른 이들은 모두 지상에서 이주한 이들이다. 로비는 이를 "스스로의 특별함"(131쪽)으로 인식하고 자부심으로 여긴다. 하지만 "그들과 로비 사이에는 늘 일정한 폭의 거리가 존재했다. 대체로 그들은 그 거리를 넘어서는 일이 없었다."(132쪽)는 사실은 로비가 공동체의 바깥에 거주하는 타자라는 것을 의미한다. 로비는 육지를 향한 동경과 함께 그들의 공동체에 편입하려 하지만 그때마다 돌아오는 것은 "더 특별해지면 보여줄게."(133쪽)라는 완곡한 거절이다.

로비가 그들과 육지가 아닌 바다에 우애와 연대의 감정을 가지는 것은 자연스럽다. 로비의 존재를 조건부로 승인하는 육지와 달리 바다는 무조건적 환대의 공간이기 때문이다. "온몸으로 소리를 내고 또 듣는다는 것. 그것은 다른 존재가 거기 있음을 몸으로 체득하는 일이었다."(138쪽)는 진술처럼 로비는 "바다의 소리"를 들으며 살아있음을 체감한다. 동시에 로비는 바다의 파수꾼인 향유고래들과 교감하며 그들의 자유로운 움직임과 소리에 매료된다. 이후 로비는 기태와의 만남을 통해 인류가 바다로 오게 된 진정한 이유와 함께 로비가 동경하던 무와 라쿤에 대한 전설이 어떻게 왜곡되었는지를 깨닫는다. 해저 도시는 지나친 욕망으로 지상을 파괴한 인류가 고래를 비롯한 비인간 주체들을 향한 폭력을 통해 바다를 개척하기 위한 거점이며, 자신은 그에 적합한 능력을 갖출 수 있는지를 가늠하는 실험체였다는 참혹한 진실이 그렇다.

결말에서 로비가 "육지를 밟은 첫 번째"(170쪽)라는 누군가에 주입된 꿈을 포기하고 "바다 생명의 파수꾼"(171쪽)이 되기를 바라는 것은 의미심장하다. '추방'의 위협에도 불구하고 "원래 그런 방식으로 돌아가는 거야."(171쪽)라는 로비의 진술처럼 시스템의 작동 원리를 인지한 자는 다시는 그 이전으로 돌아갈 수 없기 때문이다.

이로써 소설은 배제의 형식으로 공동체의 바깥에 자리한 존재들이 비인간 주체를 비롯한 다른 존재들과의 연대를 통해 기존 공동체의 범주를 넘어선 새로운 공동체를 지향하는 과정을 그린다.

5.

『평행우주 고양이』에 수록된 소설들은 각각의 소설이 독립적 서사를 가지면서도 공통의 설정과 상징을 공유하는 연작소설로 읽을 수 있다. 이정표를 대신하여 일부러 흘린 헨젤의 과자처럼 이준희는 're:envision'을 중심으로 기억 조작, 평행우주에 대한 관찰자로서 비둘기 등을 명시적으로 제시하며 이들 세계가 하나로 연결되어 있다는 것을 주지한다. 하지만 이는 그리 중요한 요소는 아니다. 각 소설을 하나의 세계로 연동하는 핵심은 중복되는 소재가 아니라 '인간이란 무엇인가'라는 존재에 대한 근원적 질문이기 때문이다. 기억과 고통, 책임과 윤리, 승인과 배제를 통한 존재들의 고투가 바로 그렇다.

소설집의 또 다른 특징은 SF(Sci-Fi)의 형식을 빌리면서도 통상의 SF 문법을 따르지 않는 것이다. 상당수 SF가 근대적 상상력의 범주에 머무르며 과학의 진보와 기술적 예언에 기초한 근미래의 기술적 풍경을 제시하는 것에 그치는 것과 달리 이준희는 오히려 미래 기술을 매개로 현재를 철저히 해부한다. 이준희의 소설은 자신의 사고 실험을 핍진하게 수행하기 위한 개념적 도구로서 SF의 외피를 두르고 있지만 가족, 젠더, 노동, 생태 등 지금 여기의 주요한 의제들을 잔혹할 정도로 날카롭게 천착하고 있다는 점에서 이른바 리얼리즘 문학의 성취와 부합한다. 이준희의 SF는 단순한 도피적 상상력이 아니라 현실의 문제를 극한으로 이끌어가는 사고 실험의 전장으로서 SF(Speculative Fiction)에 해당한다.

이런 의미에서 "다시 써질 거다. 그게 내 역할이니까."(7쪽)라는 루디의 독백은 이 소설집의 의도를 함축한다. 루디가 태주와 상호 작용을 통해 새로운 윤리적 주체로 전환되는 것처럼 우리 또한 소설집과 상호 작용을 통해 존재와 타자, 그리고 그들이 거주하는 현실에 대한 이해를 새롭게 구성하기 때문이다.

작가의 말

인간의 의식은 실제보다 뒤처진다는 내용의 글을 읽은 적이 있다. 인간은 무수히 많은 감각 신호 중 일부만 받아들일 뿐이며, 그것도 약 1/3초가 지난 뒤에야 의식한다고. 우리가 현재라고 의식하는 세계는, 사실 1/3초 늦은 세계인 셈이다. 또 하나. 인간은 50밀리 초(0.05초) 이하로 제시되는 자극에는 반응하지 못한다고 한다. 100밀리 초(0.1초) 이상은 제시되어야 반응할 수 있다고.

분명 존재함에도 우리가 의식조차 하지 못하는 자극들, 실제와 의식 사이에 놓인 1/3초 지연된 세계 같은 것들. 늘 이런 세계가 궁금했고, 끌렸다. 보통의 감각과 언어로는 놓칠 수밖에 없는, 그래서 가능성으로 존재해야만 더욱 선명해지는 세계.

이 책에 실린 여섯 편의 소설은 그 가능성의 세계에 사는 존재들에게 안부를 묻는 마음으로 쓴 것이다.

최근에 쓴 글도 있고, 아주 오랜 시간을 들여 여러 번 고친 글도 있다. 고치는 과정에서 완전히 새로 쓰기도 했다. 쓰고, 고치고, 또 완전히 새로 쓰면서, 그럼에도 변치 않고 원형처럼 남은 인물이나 사건, 그리고 마음들을 발견하기도 했다. 말로 설명하지 못해 오래 담아 두었던, 흔적으로만 남은 것들이었다. 잘못 그어진 선처럼 허공에 나타났다 사라지는 틈새로 매번 힐끗 보기만 했는데, 이제야 비로소 형태를 갖출 수 있게 되었다.

쓰는 동안 분에 넘치는 애정과 응원을 받았다. 한 작품씩 써나갈 때마다, 그 글들을 모은 작품집이 출간될 '가능성의 세계'를 염원해 주었다. 애정 어린 응원과 때로는 따끔했던 조언까지도 하나하나 전부 기억한다. 특히 작품에 직접 도움을 주신 분들도 계시다. 소방공무원이 겪는 현실과 관련하여 기꺼이 인터뷰에 응해 주신 S 소방관님, 스트레스 호르몬과 암 사이의 작용 기전에 관해 아이디어 제공과 감수를 기꺼이 해준 J 선생님께

감사드린다. 두 분 덕분에 상상력을 더 구체적으로 확장할 수 있었다.

무엇보다 이 글들이 세상에 나올 수 있도록 해준 소설가이자 출판사 대표인 김서령 작가에게 감사드린다. 사실 김서령 작가가 아니었다면, 이 작품들은 광활하고 어두운 이진법 데이터의 세계에 묻힌 채 세상의 빛을 보는 일은 없었을지도 모른다. 기획부터 교정, 출판까지, 그 모든 순간 보내준 다정한 마음은 아마 평생 잊지 못할 거다. 바쁜 와중에도 해설을 써주신 김대현 평론가에게도 진심으로 감사드린다. 평소 피아노 솔로곡을 즐겨 듣지만, 스트링 사운드가 가미된 버전도 좋아하는 편이다. 원곡을 돋보이게 해 줄 뿐만 아니라, 미처 알아채지 못한 원곡의 면면들을 다시 돌아보게 해 주기 때문이다. 작품집의 해설이 소설을 다른 관점과 언어로 더욱 확장시킬 수 있다는 사실을 새삼 깨달았다. 진심으로 감사드린다.

늘 이렇게 아름다운 사람들 사이에 있으면서도, 가끔 외로움에 사무쳤다.

발작처럼 한밤중에 눈 뜨기도 했다. 그러곤 다시 잠들지 못했다. 그런 때에는 무엇을 해야 할지 몰라 조바심 난 듯 서성이다, 결국 찬장 그릇들을 모조리 꺼내 싱크대에 올려놓고는 세제를 풀어 다시 씻기 시작했다. 냉장고를 열어 오래된 음식들을 꺼내고, 아직 유통기한이 지나지 않았지만 뭔가 찝찝한 음료를 꺼내 개수대에 부어버렸다. 그러면 흐트러진 호흡 사이로 알 수 없는 감정들이 쓱, 들어와 박혔다. 그래도 잠들 수 없으면 책상 앞에 앉아 오래도록 그리워한 누군가에게 긴 편지를 쓰듯 끼적였다. 모두가 잠든 시각, 홀로 깨어 조바심 내고 있을 누군가에게 건네는 다정한 인사가 되길 바라며. 이 책 역시 그런 다정함으로 다가갈 수 있으면 좋겠다.

2025년 여름
이준희

이준희

세계일보 신춘문예에 단편소설 「여자의 계단」이 당선되며 작품 활동을 시작했다. 함께 쓴 책 《소방관을 부탁해》, 《최소한의 나》가 있으며, 청소년 평전 《평화를 위해 쏘다 안중근》을 출간했다. 한국문화예술위원회 아르코문학창작기금을 받았다. 현재 중앙대학교와 백석예술대학교에 출강하며, 삶과 문학이 공존할 수 있는 방법을 모색 중이다.

폴앤니나 소설 시리즈 011
평행우주 고양이
ⓒ이준희 2025

초판 1쇄 인쇄	2025년 8월 1일
초판 1쇄 발행	2025년 8월 1일

지은이	이준희
펴낸이	김서령
책임편집	이진
편집	오윤지
디자인	이시호
제작	최지환
제작처	영신사

펴낸곳	폴앤니나
출판등록	2018년 3월 14일 제2018-09호
주소	06628 서울시 서초구 강남대로 305 서초현대렉시온 6층
전화	070-7782-8078
팩스	031-624-8078
대표메일	titatita74@naver.com
인스타그램	@titatita74

ISBN	979-11-94853-15-2 (03810)

이 도서는 한국문화예술위원회 아르코문학창작기금지원사업에 선정되어 발간되었습니다.

책값은 뒤표지에 있습니다.
이 책은 저작권법에 따라 보호받는 저작물이므로 무단전재와 무단복제를 금합니다.
잘못 만든 책은 구입하신 서점에서 바꾸어 드립니다.